Ich

Danke

Gott!

Ich danke dir, mein Gott und Vater, du gabst mir deinen Geist, der mir in allen Lebenstagen den Weg zum Himmel weist.

Herstellung und Verlag: BoD - Books on Demand, Norderstedt
ISBN 978-3-7504-7291-4

In dieser Zusammenfassung möchte ich darstellen, welche Erkenntnisse ich in meinem Leben gewinnen durfte, **weil ich dem Wort Gottes gefolgt bin.**

Es war mir immer ein Bedürfnis **die Wahrheit** zu ergründen, aber diese müssen wir suchen, weil sie uns leider nicht in die Wiege gelegt wurde. Trotzdem ist es uns möglich sie zu suchen, sie zu finden und ihr zu folgen! Das habe ich getan und habe dabei nicht nur die Wahrheit, **sondern auch Gott und alles Gute** dazu gefunden.

Ich habe auch Wunder gesehen, die nicht spektakulär sein müssen. Ich will es an einem Beispiel erläutern. Wenn es regnet, dann ist das für mich ein Wunder. Wer hat es nicht schon erlebt, wenn es regnet? Aber soll das ein Wunder sein? Ein Wunder ist für mich etwas, **das wir selber nicht machen können.** Wir wissen wohl, wie der Regen entsteht und wie alles zusammenhängt, aber machen können wir das nicht. Wir erleben auch den Frühling, Sommer, Herbst und Winter, wenn wir in den

Garten gehen und freuen uns über alles Schöne, das wir zu sehen bekommen. Manches Können wir uns auch erklären, und wir wissen es gehört viel Arbeit des Gärtners dazu alle Blumen zum Blühen zu bringen, aber dass sie blühen, das können wir nicht bewirken. Dazu braucht es Gott, der alles hat werden lassen, **auch uns!** Wer diese Wunder nicht sehen will, dem kann man nicht helfen, **weil er alles besser weiß.**

Ich habe sogar den Stein der Weisen gefunden, wonach die Menschen ihr Leben lang suchen. Auch ich musste fast 70 Jahre werden, um ihn zu finden.

Es ist der Stein, der nicht geworfen wird. Jesus hat uns ihn gezeigt im Gleichnis mit der Sünderin.

Und das Schönste, was ich erkennen und finden durfte ist die Auferstehung Jesu und das Weiterleben nach dem Tode.

Ich bin bis zur Schwelle des Jenseits gelangt und habe Erkenntnisse gefunden, die zu wissen von hohem Wert sind. In der angefügten DVD dieses Buches wird davon berichtet. Es kommen viele Wissenschaftler zu Wort, die der Meinung sind, dass es ein Weiterleben nach dem Tode gibt. Ein Wissenschaftler hält aber dagegen und sagt: Wer so etwas behauptet, müsste es auch beweisen! Darauf kann ich nur antworten: **Soll er doch beweisen und nicht von anderen fordern zu beweisen.**

Alles in allem möchte ich mit dieser Zusammenstellung zeigen, dass es einen Gott gibt und **er mir alles gesagt hat,** was ich brauche um in seine Herrlichkeit zu kommen. Das alles beruht nicht allein auf meinen Verstand, aber ich konnte alles mit meinem Verstand nachempfinden, **weil mein Herz dabei war.**

Ich wünsche allen, die das lesen, dass sie auch etwas davon erkennen, was ich zu sehen bekam. Es lohnt sich ganz sicher darüber nachzudenken!

Ich bin aber auch geistig toten Menschen begegnet, die gesagt haben: **„Die Bibel ist doch nur ein Märchenbuch!"** Sie haben sie nicht einmal gelesen, aber mit ihnen habe ich mich nicht beschäftigt und mich aufhalten lassen auf den Weg zur himmlischen Heimat. Ich hatte immer von Gott das richtige Rüstzeug dazu und will es hier, wie es in einem Lied heißt, deutlich machen:

Einen gold` nen Wanderstab ich in meinen Händen hab`.

Aus dem Himmel ist er her, nach dem Himmel weiset er.

Dieser Stab, das ist mein Glaube, hält mich aufrecht hier im Staube!

Trennt auch Leib und Seele sich, auf ihn trau` und baue ich.

Und ein Engel freundlich mild, meines Gottes Ebenbild,

wohnt in meiner Seele still, lenket mich wie Gott es will.

Dieser Engel ist die Liebe, o, dass sie die „erste" bliebe!

Sie macht uns zu Brüdern gleich, führet uns in Gottes Reich.

Und am Himmel, klar und rein, steht ein Stern mit hellem Schein,

winkt und lächelt mir zur Lust, füllt mit Wonne meine Brust.

Dieser Stern, der ist das Hoffen, sieht von fern den Himmel offen,

führet die, die ihm vertrau`n, zu des Himmels sel`gen Au`n.

Die Stille ist nicht auf den Gipfeln der Berge, der Lärm nicht auf den Märkten der Städte, beides ist in den Herzen der Menschen.

Wenn die Zeit mich überfällt mit Heeresmacht,

deren Vortrab Kummer ist und Sorgenmacht, rüst`

ich meinen Hinterhalt, der glücklich focht unter

zwei Emiren: Buch und Lampendocht.

Aus dem Schoß der Nächte führ ich dann hervor

Wunder, deren Wahrheit man nicht glaubt zuvor.

Und mit ihnen mach ich mich von Sorgen rein, wie

von Sorgen andre rein, wohl macht der Wein!

                          Yakut ar-Rumi 1179-1229

Wunder, die ich selbst erlebt:

Ich gehe in den Garten, will nach den Blumen sehn,
ich finde blaue Veilchen, so lieblich und so schön.
Ein Wunder, ein Wunder, ein Wunder hier geschah,
der Frühling, der Frühling, der Frühling, der ist da.

Ich gehe in den Garten, will nach den Blumen sehn,
ich finde rote Rosen, geheimnisvoll und schön.
Ein Wunder, ein Wunder, ein Wunder hier geschah,
der Sommer, der Sommer, der Sommer, der ist da.

Ich gehe in den Garten, will nach den Blumen sehn,
ich finde bunte Dahlien, so leuchtend und so schön.
Ein Wunder, ein Wunder, ein Wunder hier geschah,
der Herbst mit den herrlichen Farben, der ist da.

Ich gehe in den Garten, will nach den Blumen sehn,
ich finde Schnee statt Blumen, so blütenweiß und schön.
Ein Wunder, ein Wunder, ein Wunder hier geschah,
der Winter, der Winter, der Winter, der ist da.

Ich gehe in den Garten, will nach den Blumen sehn,
und alles, was ich finde, ist immer wieder schön.
Ein Wunder, ein Wunder, ein Wunder hier geschah,
der Schnee ist zerronnen, der Frühling wieder da.

10. 04.1979

Gedanken – sie kommen und gehen,
doch kann man sie halten,
flüchtig oder auch fest,
kurz nur oder auch lang!

Gedanken – sie kommen geflogen,
von ferne und nah,
ach, könnt ich sie halten
sie wären immer da.

Gedanken – wo kommen sie her,
wo fliegen sie hin?
Was geben sie uns,
wer begreift je ihren Sinn!

Gedanken – ach, wie sind sie schön,
kommen sie aus ewigem Licht.
Nicht aber mag ich die Finsternis!
Ich liebe die Wahrheit, ich liebe das Leben.

Gedanken – von ihnen darf ich nehmen und
nehmen, doch ich will auch versuchen zu geben.
Endlich – heute fange ich an!

Helmut Dröws

Es ist ungemein befreiend, jemanden zu haben, dem man zuweilen sein Herz ausschütten kann.

13. 04.1979

Wir Menschen – kommen in diese Welt
und wissen nicht woher!
Dann gehen wir von dieser Welt
und wissen nicht wohin!
Aber das scheint nur so,
denn unser Sein ist nicht irgendwo,
sondern im Licht!

Wir Menschen – entwickeln ein emsiges
Treiben, hier, wo wir doch nicht bleiben.
Wir schaffen und streben in unserem Leben
Und richten uns ein, als wäre viel und alles
mein!

Wir Menschen – beweisen es täglich,
dass unser Tun ist töricht und dumm.
Wir bauen gemeinsam, so sieht es nur aus, denn
in Wahrheit, gehen wir am Nächsten tagtäglich
vorbei!

Wir Menschen – haben nie Zeit,
die uns aber doch Gott gegeben!
Wir machen die Hektik In unserem Leben
und denken nur immer ans Nehmen,
aber wann wollen wir geben?

Wir Menschen – wollen eher sterben als denken!
Doch sollten wir unsere Schritte zum Nächsten
Lenken und uns in Liebe tief in seine Sorgen versenken!
Wir sollten lernen zu denken!

Wir Menschen – sind gar nicht so dumm,
sondern in Wirklichkeit klug.
Doch sind wir nicht fähig dieser Klugheit zu leben, sonst würden wir geben, geben und immer nur geben!

Wir Menschen – würden wir denken,
es könnt uns gelingen, in das Herz
unseres Nächsten vorzudringen!
Wir sind nicht nur Körper, sondern auch Geist
Und darum mit dem Geist, der uns treibt
für immer vereint!

Wir Menschen – gehen zu diesem Geiste zurück,
denn er hat ein Recht zu verlangen, was ihm gehört!
Wohin wir nun streben, zum Licht oder Leben,
zur Hölle, zum Tod, wir können wählen
zum Guten, zum Bösen – es fällt uns so schwer!

Wir Menschen – tun oft, was wir gar nicht wollen, doch wichtig ist, dass wir erkennen, im Denken, im Tun, dass nur unser Glaube den Weg uns zur Seligkeit weist!

Wir Menschen – haben so viele Philosophien, doch niemand kann einem anderen sagen, tu dies oder jenes, er muss sie selbst finden, man kann sie nur ahnen, aber auch fühlen, die Wahrheit!

Wir Menschen –erkennen die Wahrheit nicht an, sonst würde mehr Gutes vom Nächsten geredet.
Gut, das bin doch nur ich!
Aber was wäre denn, wenn wir würden erkennen, wir brauchen`s auch nicht gleich bekennen, dass eigentlich nur eines zählt, wo kommen wir her, wo gehen wir hin, Licht oder Finsternis, Wahrheit oder Lüge, gut oder böse, das wird sein, sonst aber nichts!

Wir Menschen – würden wir denken,
könnten wir danken, dem der uns hat werden lassen!
Der Geist der Wahrheit und des Lichts,
hat in mir Platz und sonst nichts!
Nun, wo komme ich her, nun wo gehe ich hin?
Ich danke dem Geist, dass er mich stets unterweist, dass er mir zeigt, wie groß er doch ist und alles in allem Liebe ist!
Ich kann es nicht fassen, dass ich sein darf sein Kind!

                                            Helmut Dröws

Gott kennt den ganzen Weg,
    wir wissen nur den nächsten Schritt
und das letzte Ziel.

                        Dietrich Bonhoeffer

20.04.1979

Denken – tun wir von morgens
bis abends klug oder weise, laut oder leise,
ein jeder auf seine Weise!

Denken – also ein jeder kann,
der einfache und auch der feine Mann.
Es richtet sich danach sein Leben,
er wird sich und auch anderen etwas geben,
sofern er gut und richtig gedacht!

Denken – das muss man lernen,
obwohl auch viel steht in den Sternen.
Man gehe und sehe, was andere gedacht
und gelernt, und nehme davon dann das Beste,
nie sage man aber, das alles sei Schein,
für mich zählt nur das heutige Sein!

Denken – also bestimmt unser Leben,
doch nicht erst seit heut, sondern
auch gestern hat man`s gebraucht,
aber auch morgen wird noch gedacht,
ob man auch alles richtig gemacht!

Denken – tun wir und machen Bilanz,
geben unserer Tat einen besonderen Glanz.

Wir glauben ganz fest, nur an das,
was wir uns selbst ausgedacht,
ach, hätten wir erst einmal nachgedacht!

Denken – wie kann man es lernen?
Man sehe wohl zu den Sternen
Und frage erst einmal, wo stehe ich
in diesem für uns großen Rätsel?

Denken – ach, ein so großes Wort!
Erst wird es aber richtig groß,
wenn wir uns nähern der Wahrheit!
Wie kommen wir aber dorthin?

Denken – wir einmal darüber nach,
es hat mal einer gesagt: „Ich bin die Wahrheit!"
Nun, sehen wir uns diesen doch an
Und fragen, was war das für ein Mann?

Denken – wir nicht, ach, das war einfach nicht
wahr, weil wir nicht dabei gewesen.
Ach, wir hätten lieber erst einmal nachgelesen!

Denken – o, wäre es ehrlich, wir müssten
bekennen, dass die Gedanken von diesem
Mann unmöglich ein anderer widerlegen kann!

Denken – wir über seine Gedanken nach,
o, was wäre, würden wir danach tun?
Wir hätten den Himmel auf Erden schon,
das kann man ganz nüchtern beweisen!

Denken – das haben wir eigentlich alle gelernt,
doch gibt es nur wenige Menschen,
die ihren Blick zur Wahrheit hin lenken!
Es mangelt an Ehrlichkeit weit und breit!

Denken – wir über uns selbst einmal nach,
wären wir ehrlich, wir könnten`s erkennen und
auch begreifen.
Nicht nur das heut, sondern auch gestern und
morgen! Wär das eine Freud!

       Helmut Dröws

04.05.1979

Das Leben –wie ist es so schön,
schwer oft und traurig,
es ist mal lustig, mal heiter,
doch es geht immer, immer weiter!

Das Leben – ward uns gegeben,
wir konnten`s nur nehmen,
doch was wir daraus machen,
das bleibt uns überlassen!

Das Leben – wir suchen in ihm das Glück,
doch finden wir stets nur Stück für Stück!
Das nenne ich aber wahres Glück,
wenn man findet zum Geber aller Dinge zurück!
Nur so findet unser Leben zum Leben zurück!

Das Leben – setzt uns manchmal auch zu,
es zeigt auch nicht nur glückliche Tage,
doch ob wir aus unserem Unglück gelernt,
ist eine berechtigte Frage –
wurden wir dadurch weiser,
so hatte das Ungute doch einen Sinn!

Das Leben – wird nicht nur schön vom Reichtum der Welt, aber erst mit ihm uns ein solches gefällt!
Wir streben nach Geld und nach Gut,
verlieren dabei nie den Mut –
das alles dient aber nur unserem Leib –
was tun wir denn für den Geist?

Das Leben – stets streitet zwischen Körper und Geist, ist der eine willig und der andere schwach, so sei auf der Hut und sei immer wach,
tu, was das Gewissen Dir rät!
Dieses allein hält Deinen Wandel rein!

Das Leben – gibt uns manches Rätsel auch auf,
man spricht von der Seele, vom Körper, vom Geist!
Man sucht, man forscht und man fragt, wer ist`s, der uns unterweist? Immer ist das ein Geist!
Ohne den unser Körper nichts kann!

Das Leben – zeigt uns aber auch alles,
wenn wir nur hinsehen!
Es ist uns gesagt, was wir tun sollen,
aber wir immer etwas anderes wollen!

Das Leben – nimmt seinen Lauf,
es sieht oft schwieriger aus,
sich in allen Theorien zurecht zu finden –
eigentlich gibt es nur zwei – Gut und Böse –
so einfach kann man es sehen!

Das Leben – gibt uns alles, was wir nur wollen,
doch müssen wir tun, was wir sollen!
Wir sollen das Gute in uns stark machen,
damit das Böse in uns keinen Raum hat!
Nur so wird uns das Leben immer nur Gutes
geben!

Das Leben – höret nimmer auf, es entwickelt
sich nur weiter!
Entwicklung will aber Pflege, die nicht einseitig
sein darf!
Deshalb prüfen wir alles, um das Gute zu
behalten!

Helmut Dröws

Und einmal nur am Tage
Ein Weilchen stille sein,
und einmal nur am Tage
mit Deinem Gott allein,
das löst Dir manche Frage,
das lindert manches Leid,
dies Weilchen nur am Tage
hilft Dir zur Ewigkeit.

Die Entstehung des Lebens
Auf der Erde mit dem Zufall erklären heißt,
von der
Explosion einer Druckerei
das Zustandekommen eines
Lexikons zu erwarten.

Es hat mich einst gerufen
Die höchste Majestät,
als vor des Thrones Stufen
ich weilte im Gebet!

Dienen –ein Wort, das nicht in diese Welt passt!
Viele Menschen hassen es und nur ganz wenige haben Mut zum Dienen!
Woher kommt das?
Man hat den Sinn des Dienens **nicht** begriffen, denn im Ursprung ist es der Dienst am anderen, d.h. der andere Mensch soll Gutes erfahren, ihm soll Hilfe in seiner Not gegeben werden.
Von diesem Ursprung hat sich der Mensch entfernt, hat ihn verfälscht und in sein **Gegenteil** verwandelt. Der Dienst wurde erzwungen und deshalb gehasst. Aber kann man denn von gehorsamen Kindern reden, wenn die Eltern den Gehorsam erzwingen? Diese Kinder werden den Gehorsam hassen, aber muss man deshalb gehorsame Kinder verdammen? Im Gegenteil sie sind doch etwas sehr Köstliches! Hier wurde doch offensichtlich ein falscher Schluss gezogen.

Genauso verhält es sich mit dem Dienen. Erzwungener Dienst ist etwas sehr Hässliches, aber dennoch ist der Dienst am anderen nicht zu verdammen, sondern im Gegenteil, etwas sehr Schönes, Edles und Mutiges.

Nur wenn man sich zum Ursprung der Dinge wendet, wird alles klar und deutlich, es wird Licht. Deshalb ist der ursächliche Sinn unseres Lebens ein Dienen für Gott, welches nur über das Dienen am nächsten erreicht werden kann. Gott müssen wir nicht dienen, weil er uns braucht oder in Not ist, **sondern aus Liebe zu ihm.**
Deshalb ist alles Dienen am Nächsten etwas **Freiwilliges aus der Liebe Kommendes.**
Echte Liebe, ursächliche Liebe wiederum ist eine Selbstaufopferung bis hin zum Tod. Genauso muss der Dienst am anderen beschaffen sein. Dabei dürfen wir unser Dienen nicht auf bestimmte Personen beschränken, sondern uns ausnahmslos für jeden, ohne Erwartung von Dank und Anerkennung, aufopfern, egal ob dieser Mensch selbst so handeln würde.
Das wäre ein christlicher Dienst!
Der Maßstab echter Liebe und des Dienens ist die Liebe zu sich selbst, zu Ehegatten und zu Kindern.
Unser ganzes Leben ist also ein Dienst am anderen, für die Welt, für Gott. Daraus ergibt sich, dass keiner für sich selbst lebt, wir alle zu

einer Einheit gehören, die, wenn sie so denkt, etwas Gutes sein muss und ist.

Wir können uns auch dienen lassen, dieses Wort hassen, aber dann bilden wir keine Einheit mehr, sondern gehören zu einer Macht, die alles verdreht, die alles entstellt, die aus etwas ursprünglich Gutem, Hass erzeugt. Man hasst etwas, was man als das Höchste im Leben ansehen sollte, das kann nur ein böser Bereich, ein mächtig finsterer sein.

Der Dienst des Menschen beginnt in der Kindheit.
Ein gehorsames Kind, von innen heraus, dient sich selbst zuallererst, aber auch seinen Eltern, seinen Lehrern, seinem Gott, seiner Umwelt, **es dient dem Guten.**

Welch ein Segen – ein gehorsames Kind!

Im Erwachsenenalter erfolgt der Dienst, am Nächsten, in der Familie, mit all unserer Kraft, mit allem Vermögen für Gott, wenn wir ein Segen sein wollen. Dabei ist es ungeheuer wichtig, dass Wort und Tat übereinstimmen.

Große Menschen sind doch nur deshalb groß, weil sie ihre Kraft und ihre Fähigkeiten in den Dienst für eine Sache gestellt haben.

Hätten sie ihr Wissen für sich behalten, wer würde ihrer gedenken?

Helmut Dröws

01.07.1979
Gegenwart und Zukunft

Früher sehnten sich die Menschen nach einer besseren Zukunft – man sprach über sie.
Ursache: Die Not der Gegenwart ließ in ihnen die Hoffnung nicht untergehen.

Heute spricht man nicht gern von der Zukunft – man will, dass alles so bleibt wie es ist, man will die Gegenwart verlängern.
Ursache: Der gegenwärtige Wohlstand lässt die Menschen erzittern, wenn sie daran denken, dass es einmal anders sein könnte.
Am besten, man spricht nicht darüber. Man verdrängt also die Zukunft, die aber gesetzmäßig kommt.
Und wie schnell ist der Mensch vom Wohlstand in den Notstand gekommen?
Wenn der Leib von Krankheit bedroht, was würden wir geben von unserem Wohlstand, um nur ein paar Tage unseres Lebens zu verlängern?

Was können wir mitnehmen von unserem Wohlstand? Und wie geht es weiter?

Weil man auf diese Fragen glaubt, keine Antwort zu wissen, schiebt man sie vor sich her. Damit ist das Problem aber nicht gelöst. Man weiß aber, weil unser Herz es ahnt, dass es irgendwo im Universum weitergeht.
Stellt man die Frage: wie, so meine ich, das ist völlig uninteressant, wichtig ist, dass es weitergeht. Und es geht für **alle** weiter!
Man weiß auch, weil unser Herz es ahnt, dass unser Wohlstand, wie wir uns ihn heute schaffen, **nicht rechtschaffen** ist!
Wir opfern dafür zu viel, z.B. unser Mitgefühl für andere, unsere Gesundheit, wir verunreinigen unsere Umwelt in bedenklicher Weise, setzen unsere Hoffnung, unseren Glauben, unsere Liebe aufs Spiel.
Weil wir mit diesem erworbenen Wohlstand, der uns heilig ist, unser Menschsein, unser Seelenheil verkaufen, wie Esau einst den Segen seines Vaters, wissen wir, dass wir in einer anderen Welt wohl dafür Rechenschaft ablegen müssen, dass unser Wohlstand von uns genommen werden wird und wir erkennen müssen, wie arm wir doch sind – **eigentlich heute schon.**

Und weil wir das erkennen, sollten wir etwas für unsere Zukunft tun.

Helmut Dröws

10. 08.1979
Warum wir uns streiten!

Wenn sich Menschen streiten, gibt es etwas ungewöhnlich Widersinniges, das ich immer neu feststellen muss. Jeder der Streitenden verteidigt mit Eifer und Hingabe, mit Zorn und mit Leidenschaft, aber auch von tiefer Liebe getragen, seine Meinung, ohne auch nur im Geringsten darüber nachzudenken, ob man überhaupt recht hat.
Es kann keinem übel genommen werden, wenn er etwas nicht weiß, denn Unwissenheit, beim heutigen Wissensstand, ist auf keinen Fall eine Schande. Auch der klügste Mensch kann nicht alles wissen, und kann ein Unwissender sein, wenn er über Dinge redet, von denen er nichts versteht. Das ist ganz normal und wir begreifen und verstehen das bisher Gesagte.
Gerade dort, wo unser Unwissen beginnt, fängt der Streit an, wenn man nicht vorsätzlich, wissentlich streitet.
In Wirklichkeit geht es uns bei einem Streit gar nicht um die Wahrheit, und darin liegt der Widersinn, sondern es geht uns um die Ver-

teidigung unserer Meinung, es geht uns um den Sieg über den anderen, nicht aber um die Wahrheit. Wir wollen recht behalten um jeden Preis. Woher wissen wir aber, ob wir recht haben? Ganz einfach, wir müssen nachdenken, aber das wollen wir nicht. Würde es uns wirklich um die Wahrheit gehen, könnten wir uns durch Nachdenken derselben nähern. Es kommt sogar vor, dass wir, auch wenn wir nachdenken, nicht sagen können, ob unsere Meinung die richtige ist. In diesem Fall sollten wir auf **unser Gewissen** hören.

So wie Licht und Finsternis, im Dämmerschein, dicht beieinander liegen, sind Wahrheit und Lüge eng miteinander verknüpft. Man kann oft nur sehr schwer den Weg zur Wahrheit finden, weil es der Kampf zwischen Gut und Böse ist. Im Streit siegt oft und meistens der Wortgewaltigere. Im Streit kann man sein Recht suchen, aber ob man es bekommt, ist eine ganz andere Sache. Darüber entscheiden die, welche Macht besitzen. Wer aber die Wahrheit sucht, sucht nicht im Streit sein Recht, sondern wartet in Demut auf die für immer geltende Gerechtigkeit, die kein Mensch aussprechen kann.

Jesus selbst ist uns darin das große Vorbild. Obwohl Jesus recht hatte, kam er nicht in diese Welt, um sein Recht zu suchen, sondern um der Gerechtigkeit willen hat er in Demut gelitten, wie man nur leiden kann, wenn einem Unrecht widerfährt.
Jesus dachte nicht wie Menschen denken, deshalb tat er das. Er sagte uns aber trotzdem was er dachte.
Das Schwert, welches Petrus zur Verteidigung, zum Kampf erhob, als Jesus gefangen genommen wurde, hat nicht recht bekommen, sondern für jeden wahrheitsliebenden Menschen wurde sichtbar, wie Gott denkt und wie Menschen, durch die Macht der Finsternis, an ihr Recht glauben.
Niemand von uns hat also ein Recht darauf, auch wenn er glaubt es zu wissen, anderen im Streit seine Meinung aufzuzwingen oder dafür zu kämpfen.
Auch kann niemand einem anderen etwas geben, wenn dieser es nicht nehmen will. Erst recht dürfen wir nicht nehmen, was wir wollen.
Was wir aber brauchen, gibt uns Gott.
Denn seinen Freunden gibt er`s schlafend. Psalm 127.2

Man sollte sich deshalb nicht streiten, sondern durch vernünftige Überlegungen und Achtung seines Nächsten, versuchen durch Liebe in Wort und Tat, zu überzeugen.
Selbst unsere Feinde sollen wir lieben. Dieses können wir aber nicht, weil es vielleicht so verordnet, sondern dies kann nur, **wer viel versteht.**
Dort, wo wir nicht überzeugen können, müssen wir in Demut leiden, wie einer leidet, dem Unrecht geschieht, wir müssen vergeben.
Jesus konnte vergeben, weil er verstand, weil er wusste und erkannte, dass die Menschen nicht wissen was sie tun. Sie wissen es aber nur deshalb nicht, weil sie nicht für die Wahrheit kämpfen, sondern um ihr vermeintliches Recht. Daher kann es auch kommen, dass Menschen als sehr schweigsam erscheinen. Auch ist das Sprichwort: „Reden ist Silber – Schweigen ist Gold!" in diesem Zusammenhang sehr bedeutungsvoll. Klar ist, dass wir deutlich und unmissverständlich unseren Standpunkt vertreten müssen, denn woher käme sonst eine neue Denkweise?

Wir müssen aber aufhören unseren Standpunkt zu vertreten, wenn wir merken, der andere verteidigt nur seine äußere Stellung.

> Helmut Dröws

> Jeder möchte die Welt verbessern und jeder könnte es auch, wenn er nur bei sich selber anfangen wollte.
>
> Karl Heinrich Waggerl

14. 09.1979
Gedanken zum Jahr des Kindes

Die Regierungen und höchsten Organisationen dieser Welt haben das Jahr 1979 zum „Jahr des Kindes" erklärt.
Welche Gründe gibt es dafür?
Die gelehrten Köpfe der fortschrittlichen Menschheit, Philosophen, Pädagogen, Regierungschefs usw. haben erkannt, dass für die Kinder dieser Erde, den Erwachsenen von Morgen, den Erdbewohnern der Zukunft, seit Bestehen der Welt, **zu wenig** getan wurde.
Wenn man bedenkt, dass im Mittelalter die Eltern über Leben und Tod ihrer Kinder entscheiden konnten, so ist das sehr vielsagend. Auch heute geschieht es, dass Eltern ihre Kinder misshandeln, sogar totschlagen oder verhungern lassen. Es klingt zwar sehr unglaublich, doch ist es wahr. Es ist auch nicht die Regel, aber gerade darin besteht die Liebe zu anderen, wenn es einem **wehtut,** wenn auch nur **einem** Kind Schaden zugefügt wird.
Im Gleichnis vom guten Hirten wird berichtet, dass ihm gerade das verirrte, das verlorene

Schaf am Herzen lag. Er liebte es umso mehr, weil es möglicherweise verloren gehen könnte. Ein weiterer Umstand stellt das bisher Gesagte in den Schatten, wenn man bedenkt, dass selbst im Jahr des Kindes 15 Millionen Kinder verhungern werden. (entnommen den Nachrichten vom 23.08.1979 ZDF), weil die Regierungen dieser Erde nicht in der Lage sind, den Reichtum der Ernte gerecht zu verteilen.

Das heißt, in der Lage wären sie schon, aber sie können sich nicht einig darüber werden, wie sie die Gaben Gottes verteilen sollen. Bisher hat die Erde so viel Früchte gegeben, dass alle Menschen davon leben könnten. **Gott hat dafür gesorgt.** Der Mensch aber verhindert seine Verteilung, lässt Kinder, selbst im Jahr des Kindes verhungern und was das Schlimmste ist, er vernichtet Nahrungsmittel, nur um Preise zu halten.

Damit haben sich die Regierungen der Erde eine Schuld aufgeladen, die ihnen durchaus bewusst ist. Deshalb haben sie das Jahr des Kindes ausgerufen. Sie sind also sehr klug, aber **nicht fähig** dieser Klugheit zu leben, sonst würden sie verhindern, dass gerade im Jahr des Kindes 15 Millionen Kinder verhungern.

Was aber können die übrigen Erwachsenen tun, die Eltern und Erzieher, die man nicht zu den klugen Köpfen dieser Welt zählt, denen auch nicht die Macht gegeben ist, größeres Unheil zu verhindern. Auch ihnen kommt eine große Aufgabe und Verantwortung zu. Sie müssen begreifen und verstehen lernen, dass ihre Kinder Menschen sind, wie sie selber und nicht ihr Eigentum, mit dem sie tun und lassen können, was ihnen beliebt. Kinder sind ein Geschenk des Himmels. Am Wesen der Kinder können wir sehen, **wie es im Himmel ist, denn von da kommen sie her.**
Die moderne Pädagogik lehrt, dass man Kinder überhaupt nicht schlagen soll. Das habe ich lange nicht verstanden. Aber ich habe nach einer Antwort gesucht. So müssten es alle Menschen machen, wenn sie etwas nicht verstehen, dass sie unermüdlich nach einer Antwort suchen, die ihrem **Gewissen** entspricht. Die Antwort fand ich aber nicht in der modernen Pädagogik, sondern bei einem Menschen, der Jesus genannt wurde und vor langer Zeit auf dieser Erde lebte.
Als Jesus vor dem Hohenpriester stand und verhört wurde, gab er eine Antwort, die einem

Tempeldiener nicht passte. Dieser schlug Jesus und sagte: „das ist für deine Antwort, die du dem Hohenpriester gegeben hast". Darauf antwortete Jesus mit der Frage: „Habe ich Übel geredet, so beweise es mir, habe ich aber recht geredet, **was schlägst du mich?"**

Wenn wir also Kinder schlagen, sollten wir immer aus ihrem Munde die Antwort Jesu hören: „Habe ich übel getan, **so zeige mir das Gute,** habe ich aber nichts böses gewollt, **was schlägst du mich?"**

Erwachsene, die Kinder schlagen, wissen oft oder nie, dass sie damit Unrecht tun. Rein menschlich gesehen, wollen sie sogar das Gute. Abgesehen von Eltern, die ihre Kinder misshandeln, die wir nur als Ausnahme betrachtet haben wollen.

Die Erwachsenen, die Kinder erziehen, tun es gewöhnlich aus der Überlieferung ihrer eignen Erziehung, aus der ihnen innewohnenden Gesetzmäßigkeit erlernte Fähigkeiten und Fertigkeiten weiter zu vermitteln. Leider gibt es nur zu wenig Erwachsene, die sich darüber Gedanken machen, was man besser machen könnte, damit man schon zur Gewohnheit gewordene Fehler nicht weiter vermittelt oder möglicherweise beim Nachdenken neue Fehler einführt.

Wer also Menschen erziehen will, muss Menschen kennen oder wer lehren will, **muss lernen.** Wir müssen uns ganz in die Kinder hineinversetzen können. Nur dann werden wir merken, dass kleine Kinder **gar nicht wissen,** was gut und böse ist, dass sie **keine Zeitbezüge** kennen, d.h. sie können nicht unterscheiden, was sie dürfen und was ihnen schadet, **sie wissen nichts damit anzufangen,** wenn man zu ihnen sagt: „morgen und nicht heute oder nächste Woche, denn sie werden immer wieder fragen, wann ist es denn soweit."

Auch gibt es für Kleinkinder nicht immer formgerechte Möbel oder Treppen. D.h., ein Kleinkind, bis zu drei Jahren vielleicht, fühlt sich nicht immer wohl auf einem Stuhl für Erwachsene oder das Treppensteigen ist für sie schon eine Leistung.

Stellen wir uns einmal vor, wir, die Erwachsenen müssten Treppen steigen, die 4 – 5 Mal größer sind, als die wir jetzt kennen. Kleinkinder können auch nicht über mehrere Stunden oder auch nur eine Stunde still sitzen oder schweigen. Wohl kann man sie dazu anhalten, dazu

erziehen, aber wenn man Erwachsenen dabei zuschaut, stellt man fest, dass sie sehr unpädagogisch dabei vorgehen.
Kinder erziehen, heißt, ihnen **in Liebe** begegnen. Eine goldene Regel aber heißt: **„Erziehung ist Beispiel und Beispiel und noch einmal Beispiel!"**
Die Erziehung der Kinder ist nur nachhaltig und bleibend, wenn wir ihnen Vorbild sind, ihnen religiöse Erlebnisse verschaffen, ihnen Gottes Herrlichkeit nicht nur erzählen und darlegen, sondern sie ihnen erleben lassen und zeigen, indem wir ihnen Glaubenserlebnisse verschaffen, ihnen Gottes Herrlichkeit in der Natur zeigen, mit ihnen staunen über das Aufblühen einer Blume am Sonnenaufgang, ihnen zeigen, wie diese Blume am Abend sich wieder schließt. Bringen wir ihnen die Märchenwelt nahe, zeigen und geben wir ihnen Vorbilder guter Geister, denn sie erleben und fühlen die Märchen, die sie kennenlernen.
Nicht das, was wir in die Kinderherzen hinein predigen, sondern das, was wir in **Liebe und Fürsorge** an ihnen tun, durch Vorbildwirkung, was wir ihnen zeigen und erleben lassen, wird wieder aus ihnen **zurückstrahlen!**

Wenn ich nur ein paar wenige Gedanken zum Jahr des Kindes geäußert habe, obwohl man ein Buch über Kinder schreiben könnte, habe ich aber etwas tiefgründiger nachgedacht als die Erwachsenen, die mich täglich umgeben, einfache Menschen wie ich selbst einer bin. Sie erziehen Kinder, mitunter nicht schlecht, aber das **niemand** über das Jahr des Kindes spricht, ist für mich das Schlimmste, was ich bei meinen Ausführungen feststellen muss. Es ist ein Zeichen dafür, dass sich keiner der Erwachsenen Gedanken macht, wozu ein Jahr des Kindes und was sollen wir tun? Wenn wir nicht darüber reden, **was wird sich ändern?**

Die Regierenden reden wohl darüber, aber nicht über ihren eigentlichen Beitrag, ihre eigentliche Aufgabe, zu verhindern, dass Kinder verhungern. Die Erwachsenen, sowohl die klugen Köpfe als auch die, die man einfache Leute nennt, werden ihrer Aufgabe nicht gerecht, **das Gute zu suchen!**

Wenn ich ein Kind wäre, und so wie heute denken könnte, würde ich zum Jahr des Kindes folgendes zu sagen haben:

„Kindliches Denken ist freies Denken, frei von allen Vorurteilen! Es sucht das Gute! Wenn das die Erwachsenen doch auch täten!"

Was zum Jahr des Kindes zu sagen wäre, kann man in einem Satz zusammenfassen: **„Nur die Liebe lässt uns leben!"**

Helmut Dröws

Ein Freund ist, wer hinter Deinem Rücken etwas nettes über Dich sagt.

28.10.1979
Erntedank

Wenn die Tage kürzer werden
Und der Herbstwind weht,
dann beginnt für den,
der ausgesät, die Mahd!

Vor jeder Ernte kommt die Saat,
viel Arbeit, Sorg und Mühe,
da heißt es sich nicht schonen,
sondern alles geben, was man hat
und das schon möglichst Frühe!

Sei`s nun die Aussaat auf dem Feld,
oder wo man sonst noch hat bestellt,
ins eigene Herz, in die Herzen der Andern,
stets werden wir ernten, was wir gesät!

Haben wir fröhlich und reichlich gestreut,
wird die Ernte nur sein eine Freud`!
Man kann auch verzehren oder behalten,
was zur Aussaat bestimmt, aber das bringt
uns nicht vorwärts, das weiß jedes Kind!

Nur die Vermehrung, also die Aussaat,
bringt uns nach vorn.
Dazu ist uns geliehen, alles was wir
Besitzen – ein jegliches Korn!

Drum streu`n wir in Liebe und Fröhlichkeit aus,
damit Freude geerntet wird für unser Haus.
Versuchen wir immer von dem, was wir haben,
zu geben! Zu geben! Zu geben!

Niemand erntet auch für sich allein,
denn wer könnt` für sich verbrauchen,
diesen Segen, der von Gott gegeben?
Nichts wir also aus uns selber haben,
alles sind es Gottes Gaben!

Und weil uns wird so viel geschenkt,
wenn wir uns fleißig regen,
geben wir doch von unsrer Ernte was ab,
ein jeder von seinen Gaben!

Das klappt mit unserer Ernte auf dem Feld,
da tauschen, verkaufen und verschenken wir,
doch öffnen wir unsere Herzenstür,
die oft verschlossen so fest,
geben und mehren die Liebe daraus!

Und wenn ein jeder bei sich selbst beginnt,
nicht erst auf eine Geste des anderen wartet,
wer kann es wohl ahnen,
was am Ende unserer harret?

Aus dieser Ahnung heraus,
weil meine Seele es fühlt,
entspringt eine Quelle
unerschöpflicher Dankbarkeit,
die zum Geber aller Dinge weist!

So denken nicht alle Menschen an einen Erntedank,
wenn bunt der Herbst die Blätter färbt.
Man spricht vielleicht einmal im Jahr, wenn`s der Kalender zeigt, vom Erntedanktag, doch fürwahr:
die Seele singt, das Lob ist grenzenlos,
wenn ich bedenk, was täglich mir geschenkt auf`s neu!

Helmut Dröws

Und vergib uns unsere Schulden, wie wir unseren Schuldigern vergeben Matth. 6.12

So sollt ihr beten, sagte Jesus und wir tun es, weil er es uns gelehrt hat. Weiter wurde uns gelehrt:
"Wenn ihr betet, dann tut es nicht wie die Scheinheiligen. Wenn ihr den anderen verzeiht, was sie euch angetan haben, dann wird auch euer Vater im Himmel euch eure Schuld vergeben. Wenn ihr aber den andern nicht verzeiht, dann wird euer Vater euch eure Verfehlungen auch nicht vergeben."

Oft hört man auch, ja vergeben tu` ich, aber vergessen nie. Auch stellte Petrus die Frage: „Herr, wenn mein Bruder an mir schuldig wird, wie oft muss ich ihm verzeihen? Siebenmal? „Nein nicht siebenmal", antwortete Jesus, „sondern siebzig mal siebenmal!"
Matth. 18.21-22

Das alles kennen wir und meinen, es zu verstehen. Ich aber sage, wir reden viel von

Vergebung, aber wir wissen nicht einmal, was Vergebung ist! Es sage niemand, das sei eine harte Rede, denn ich will sie erklären.

Wir begreifen z.B. nicht, wenn gesagt wird, dass zum vergeben auch das Vergessen gehört. Sicherlich können wir aus unserem Gedächtnis nicht auslöschen, was uns tief bewegt hat, sei es auch nur in einem Augenblick gewesen. Es sind aber doch immer tiefe Erlebnisse, wenn wir uns mit unserem Nächsten erzürnen, so dass es einer Vergebung bedarf. Vergessen können wir wohl deshalb nicht, weil wir nicht vergeben haben.

Was heißt nun Vergebung?

Ist das Vergebung, wenn ich sage: „bisher habe ich eine gute Meinung von meinem Schuldiger gehabt, aber nun muss ich ihn zwei Stufen tiefer einschätzen."

In wie viel Stufen teilen wir unsere Mitmenschen denn ein und auf welche Stufe stellen wir uns selbst?

Ach, vergeben ist alles, aber meine Meinung ist von meinem Schuldiger eine andere geworden. Wir sind ja so großzügig in unserer Vergebung und schließlich müssen wir doch vergeben, sonst wird uns ja auch nicht vergeben werden. So sind

doch unsere Gedanken. Mit Vergebung hat das alles wenig zu tun. Vergeben kann ich doch nur, wenn ich versuche meinen Nächsten zu verstehen. Ich muss versuchen, mich völlig in seine Lage zu versetzen, fragen warum er so und nicht anders gehandelt hat.
Nur wer viel versteht, kann auch viel vergeben!
Aus dieser Sicht verstehen wir auch die Forderung Jesus, wenn er sagte:
„Liebet selbst eure Feinde!"
Von unserem Verstand her betrachtet, kann man nur sagen, wie kann man denn seine Feinde lieben?

Der **neue** Mensch aber hat verstanden, warum seine Feinde so gehandelt haben. Er hat sich in ihn hineinversetzt. Nur wenn wir vollkommen in die Gedankenwelt des anderen hinabsteigen, werden wir ihn verstehen können. Wir werden auch feststellen, dass nicht nur Unkenntnis und menschliche Gutmeinung diese Handlung, die zum Streit führte, auslöst, sondern auch Bosheit und Schlechtigkeit die Ursachen sind. Aber nicht nur bei unseren Schuldigern sind diese Handlungsursachen feststellbar, sondern auch für unsere eigene Verhaltensweise gültig.

Nur wenn wir versuchen einander zu verstehen, sind wir in der Lage zu vergeben und zu vergessen, sogar unsere Feinde werden wir zu lieben beginnen, weil wir sie verstehen.

                    Helmut Dröws

> Nur der Denkende erlebt sein Leben, an Gedankenlosen zieht es vorbei.
>
> Marie von Ebner-Eschenbach

31.05.1985
Man müsste es mir einmal erklären

Viele Menschen und besonders Kinder, die eine Geschichte, ein Märchen, eine Legende oder eine Fabel lesen, fragen zuallererst: Ist das wahr, was da beschrieben wird? Und wenn sie sehen, dass das, was beschrieben wird, gar nicht geschehen konnte, sagen sie häufig: Das ist bloß erfunden, und das ist unwahr.
Die Wahrheit erkennt nicht der, der nur erkennt, was war, was ist und was sein soll, sondern der, der erkennt, **was nach Gottes Willen ist.**
Die Wahrheit schreibt nicht der, der nur schildert, wie etwas war, und was dieser Mensch getan hat und was ein anderer, sondern der, der zeigt, was die Menschen gut tun, das heißt nach dem Willen Gottes, und was sie schlecht tun, das heißt, entgegen dem Willen Gottes.
Die Wahrheit ist ein Weg. Christus hat gesagt: **„Ich bin der Weg, die Wahrheit und das Leben!"** Und deswegen kennt die Wahrheit nicht der, der unter seine Füße sieht, sondern der, der am Stand der Sonne erkennt, wohin er zu gehen hat.

Jeder Sonnenaufgang lehrt mich, dass ich den anbrechenden Tag voller Dankbarkeit annehmen kann und jeder Sonnenuntergang zeigt mir, dass ich auf dem Wege mit Christus der Wahrheit und dem Leben näher gekommen bin und unaufhaltsam dem Ziel meines Glaubens, dem Reiche Gottes, zustrebe.

Sich mit der Wahrheit zu beschäftigen und sie auszusprechen, heißt auch und sofort, dass man angezweifelt wird. Nun beschäftige ich mich nicht mit irgendeiner Wahrheit, das heißt mit menschlicher Logik und Schärfe, sondern mit dem, der sagte: „Ich bin die Wahrheit!" Viele haben gesagt: „Ich weiß die Wahrheit!"
Darin liegt aber ein gewaltiger Unterschied.

Mit der Religion ist es wie mit der Musik. Die Musik ist jene Kunst, die immer am unmittelbarsten auf das Gefühl einwirkt, und in der es, sollte man meinen, unmöglich ist, vom Verstehen zu sprechen. Gerade auf die Musik kann man das Wort „verstehen" am allerwenigsten anwenden, und dennoch hat es sich so eingebürgert, dass Musik verstanden werden muss.

Was heißt aber Musik verstehen? In der Musik gibt es kein Verstehen oder Nichtverstehen. Und das bedeutet offensichtlich, nur, dass man sich die Musik aneignen muss, das heißt, von ihr das empfangen kann, was sie gibt, oder auch nichts empfangen kann.

So ist es auch mit der Religion.

Wer sagt, dass er verstehe, dass Gottes Wohlgefallen auf uns ruhe, der irrt. Wer kann denn verstehen warum die einen glauben und die anderen nicht?
Es ist einzig und allein Gottes großes Geheimnis, warum die einen ergriffen sind von seinem Wort und die anderen nicht.
Wer von uns kann es verstehen?
Wir können uns aber anrühren lassen von der Liebe Gottes, die auch in dieser Schrift besteht. Nicht die Gedanken und der Fleiß des Schreibers können etwas in Bewegung bringen und nur ein Herz berühren, obwohl die gute Absicht dahintersteht und die Worte noch so schön aneinandergereiht sind.
Wer kann das verstehen?

Die Menschen haben eigentlich nie ohne eine Erklärung des Sinnes ihres Lebens gelebt. Immer und überall, traten fortschrittlich, hochbegabte Menschen auf, Propheten, wie man sie nennt, die ihnen diesen Sinn und die Bedeutung ihres Lebens erläuterten, und immer sind die einfachen, die durchschnittlichen Menschen, die nicht die Kraft haben, sich diesen Sinn selbst klar zu machen, den ihnen von den Propheten gegebenen Erläuterungen des Lebens **gefolgt.**

Dieser Sinn ist vor 1900 Jahren vom Christentum einfach und zweifelsfrei erläutert worden, wie es das Leben all jener beweist, die diesen Sinn erkannt haben und der Richtschnur des Lebens folgen, die sich aus diesem Sinn ergibt.

Dann aber sind Leute aufgetreten, die diesen Sinn so umdeuteten, dass er zum Unsinn wurde. Und die Menschen befinden sich nun in einem Dilemma: entweder müssen sie das Christentum anerkennen oder ohne jegliche Richtschnur und ohne jegliches Verständnis des Lebens leben.

Und die Menschen wählen das eine oder das andere. So leben die Menschen Generationen lang und tarnen sich mit verschiedenen Theorien, die geschaffen wurden, nicht um die Wahrheit zu erkennen, sondern um sie zu verbergen. Und die Menschen fühlen sich wohl dabei.

Es gibt aber auch Menschen, die die Dinge mit ihren eigenen Augen **scheinbar** so sehen, wie sie sind, ihre Bedeutung erkennen, die für andere verborgenen Widersprüche des Lebens bemerken und sich rege vorstellen, wohin diese Widersprüche sie unausweichlich führen müssen, und die schon im Voraus nach Lösungen der Widersprüche suchen. Sie suchen diese überall, nur nicht dort, wo sie zu finden sind, **im Christentum,** denn das Christentum erscheint ihnen als eine überlebte, veraltete Torheit. Und vergeblich bemüht, diese Lösungen allein zu finden, gelangen sie zu der Überzeugung, dass es diese Lösungen nicht gibt.

Das sind die sogenannten Wissenden.

Diese Wissenden, die Reichen und von Kenntnissen Überströmenden, wollen dieses ihr

Wissen den anderen mitteilen, denen es daran fehlt.

Die Aufgeklärten wollen mit den anderen teilen, und zwar ein Gut, das nicht abnimmt, wenn man es an andere verteilt. Man sollte meinen die Aufgeklärten brauchten nur teilen zu wollen, und die Hungrigen wären zufriedengestellt. Aber bei der Vermittlung von Kenntnissen durch die Wissenden liegen die Dinge ganz anders. Die Satten wissen nicht, was sie geben sollen, versuchen einmal dies, einmal jenes, und die Hungrigen rümpfen ungeachtet ihres Hungers die Nase über das, was man ihnen anbietet. Wie kommt das? Ich sehe nur drei Ursachen: Erstens, dass die Satten die Hungrigen gar nicht sättigen, sondern ihn auf eine für sie vorteilhafte Weise beeinflussen wollen; zweitens, dass die Satten nicht das geben wollen, was sie selbst sättigt,. Sondern nur Abfälle, die nicht einmal die Hunde fressen; und drittens, dass die Satten durchaus nicht so satt sind, wie sie sich selbst einbilden, sondern nur aufgebläht, **und das ihre Nahrung schlecht ist.**

Wie unterschiedlich hinsichtlich ihrer Form die Bestimmung des Menschen von den Menschen unserer christlichen Welt auch immer definiert wird, mag diese Bestimmung nun im irgendwie verstandenen Fortschritt der Menschheit gesehen werden, in der Vereinigung aller Menschen zu einem sozialistischen Staat oder einer Kommune, mag diese Bestimmung nun in einer Weltföderation erkannt werden wie mannigfaltig hinsichtlich ihrer Form also diese Definition der Bestimmung des menschlichen Lebens auch sein mögen, **alle** Menschen unserer Zeit erkennen an, dass die Bestimmung des Menschen das Glück ist; das höchste in unserer Welt erreichbare Lebensglück der Menschen aber wird durch ihre Vereinigung erlangt.

Die Bestimmung der Religion besteht darin, jene wahre Erkenntnis, dass das Glück der Menschen in ihrer Vereinigung liegt, aus dem Bereich der Vernunft in den Bereich des Gefühls zu überführen und an die Stelle der heute herrschenden Gewalt das Reich Gottes, das heißt der Liebe zu setzen, das uns allen ein höchstes Lebensziel der Menschheit vorschwebt.

Warum wenden sich nun die Menschen vom wahren Christentum ab?

Die ersten Christen waren beständig in der Apostellehre und in der Gemeinschaft und im Brotbrechen und im Gebet. (Apg. 2.42)
Aber außer diesem Christentum kam seit der auf Befehl der Herrscher erfolgten Massenbekehrung von Völkern zum Christentum ein anderes, das dem Heidentum näher stand als der Lehre Christi. Und dieses Kirchenchristentum gelangte auf Grund seiner Lehre zu einer völlig anderen Bewertung der menschlichen Gefühle. Wie entfernt von einer Anerkennung der grundlegenden und wesentlichen Glaubenssätze des wahren Christentums – des unmittelbaren Verhältnisses jedes Menschen zum Vater und der sich hieraus ergebenden Brüderlichkeit und Gleichheit aller Menschen, und daraus folgend, der Ablösung jeglicher Gewalt durch Demut und Liebe - , errichtete dieses Kirchenchristentum eine ganz andere Religion. Und so blieb das bis zu der Zeit, da in den höchsten, reichen und gebildeten Ständen der europäischen Gesellschaft Zweifel an der Richtigkeit jener Lebensauffassung aufkam, die vom Kirchenchristentum vertreten wurde. Und als dann nach den Kreuzzügen, der höchsten

Entfaltung der päpstlichen Macht und ihrem Missbrauch die Angehörigen der reichen Klassen das Missverhältnis zwischen der Lehre der Kirche und der Lehre Christi erkannten, konnten die Menschen dieser höchsten und reichen Klassen nicht mehr wie früher an die Lehre der Kirche glauben.

Wenn sie nach außen hin trotzdem an den Formen der kirchlichen Lehre festhielten, so konnten sie doch nicht mehr daran glauben. Sie hielten nur aus Trägheit daran fest und um des Volkes Willen, das auch weiterhin blind an die Lehre der Kirche glaubte und das in diesen Glaubensvorstellungen zu unterstützen die Angehörigen der höchsten Klassen um ihres eigenen Vorteils willen für notwendig hielten.

Die Lehre der christlichen Kirche hörte also zu einer bestimmten Zeit auf, allgemeine, religiöse Lehre des ganzen christlichen Volkes zu sein.

Die meisten Menschen der höchsten Klassen hatten zwar in der Tiefe ihrer Seele den Glauben an die Lehre der Kirche verloren, konnten oder wollten dies aber nicht, denn das Wesen der

christlichen Weltanschauung, die sie sich hätten zu eigen machen müssen, wenn sie dem kirchlichen Glauben abgesagt hätten, war die Lehre von der Brüderlichkeit und daher Gleichheit der Menschen, und eine solche Lehre negierte die Privilegien, durch die sie lebten, in denen sie groß geworden und erzogen worden waren und an die sie sich gewöhnt hatten.
In der Tiefe ihrer Seele nicht mehr an jene Lehre der Kirche glaubend, die überlebt war und für sie keinen echten Sinn mehr hatte, und außerstande, das wahre Christentum anzunehmen, blieben die Angehörigen dieser reichen, herrschenden Klassen –die Päpste, Könige, Herzöge und alle Mächtigen der Welt – ohne jegliche Religion, sie behielten lediglich die äußeren Formen der Religion bei, in der Meinung, dies sei für sie nicht nur vorteilhaft, sondern sogar notwendig, rechtfertigte diese Lehre doch, die Privilegien, die sie genossen.
Im Grunde genommen glaubten diese Menschen an gar nichts.

Außerstande, noch weiter an die kirchliche Religion zu glauben, die ihre Verlogenheit bewiesen hatte, und auch außerstande, die wahre christliche Lehre anzunehmen, die ihr ganzes Leben negierte, kehrten diese reichen und mächtigen Menschen, nun ohne jegliche religiöse Lebensauffassung unwillkürlich zu der heidnischen Weltanschauung zurück, die den Sinn des Lebens im persönlichen Genuss sieht. Und in den höchsten Klassen vollzog sich das, was man „Wiedergeburt der Wissenschaft und Künste" nennt und was seinem Wesen nach nichts anderes ist als die **Leugnung jeglicher Religion, ja noch mehr, die Behauptung, sie sei überflüssig.**

Und diese Erkenntnis ist auf das Volk übergegangen, das sich nun vom ersten Tage an betrogen sah. Auch diese Menschen leugnen nun jegliche Religion und halten sie für überflüssig. Sie wollen niemandem mehr glauben **und halten ihre Erkenntnis für wahres Wissen** und wenden sich sogar von der wahren Lehre Christi.

Was für Gründe gibt es nun am wahren Christentum festzuhalten?

Diese Gründe können nur angedeutet werden, weil sie zu vielfältig sind um alle genannt zu werden. Einige davon sind:

Das Leben ist mehr als Essen und Trinken. Seht euch die Vögel an! Sie säen nicht, sie ernten nicht, sie sammeln keine Vorräte – aber euer Vater im Himmel sorgt für sie. Und ihr seid doch viel mehr wert als alle Vögel!

Wer von euch kann durch Sorgen sein Leben auch nur um einen Tag verlängern?

Ich sehe den Baum wachsen, grünen und blühen. Aber die Kräfte, die dies bewirken, verstehe ich nicht. Ihre formende Fähigkeit bleibt mir rätselhaft.

Die letzten Fragen des Daseins gehen über das Erkennen hinaus. Um uns ist Rätsel über Rätsel.

Wir stecken in lauter Wundern, und das Letzte und Beste der Dinge ist uns verschlossen. Nehmen wir nur die Bienen. Wir sehen sie nach Honig fliegen, stundenweit, und zwar immer einmal in einer anderen Richtung. Jetzt fliegen sie wochenlang westlich nach einem Felde von blühendem Rübsamen. Dann ebenso lange nördlich nach blühender Heide. Dann wieder in einer anderen Richtung nach der Blüte des Buchweizens. Dann irgendwohin auf ein blühendes Kleefeld. Und endlich wieder in einer anderen Richtung nach blühenden Linden. Wer hat ihnen aber gesagt: Jetzt fliegt dorthin, da gibt es etwas für euch! Und dann wieder dort, da gibt es etwas Neues! Und wer führt sie zurück nach ihrem Dorf und ihrer Zelle? Sie gehen wie an einem unsichtbaren Gängelband hierhin und dorthin; **was es aber eigentlich sei, wissen wir nicht.**

Ebenso die Lerche. Sie steigt singend auf über einem Halmenfeld, sie schwebt über einem Meer von Halmen, das der Wind hin und her wiegt und wo die eine Welle aussieht wie die andere; sie fährt wieder hinab zu ihren Jungen **und trifft, ohne zu fehlen,** den kleinen Fleck, wo sie ihr Nest hat.

Alle diese äußeren Dinge liegen klar vor uns wie der Tag, aber ihr inneres geistiges Band ist uns verschlossen.

Mit dem Kuckuck ist es nicht anders. Wir wissen von ihm, dass er nicht selber brütet, sondern sein Ei in das Nest irgendeines anderen Vogels legt. Wir wissen ferner, dass er es legt: in das Nest der Grasmücke, der gelben Bachstelze, des Mönches, ferner in das Nest der Braunelle, in das Nest des Rotkehlchens und in das Nest des Zaunkönigs.

Dieses wissen wir. Auch wissen wir gleichzeitig, dass dieses alles Insektenvögel sind und es sein müssen, weil der Kuckuck selber ein Insektenvogel ist und der junge Kuckuck von einem Samenfressenden Vogel nicht könnte erzogen werden. Woran aber erkennt der Kuckuck, dass dieses auch alles Insektenvögel sind, da doch alle diese Genannten sowohl in ihrer Gestalt als in ihrer Farbe voneinander so äußerst abweichen – und auch in ihrer Stimme und in ihren Locktönen so äußerst abweichen! – Und ferner: Wie kommt es, dass der Kuckuck sein Ei und sein zartes Junges Nestern anvertrauen kann, die in Hinsicht auf Struktur und Temperatur, auf Trockenheit und Feuchte so verschieden sind, wie nur immer möglich?

Das Nest der Grasmücke ist von dürren Grashälmchen und einigen Pferdehaaren so leicht gebaut, dass jede Kälte eindringt und jeder Luftzug hindurchweht, auch von oben offen und ohne Schutz, aber der junge Kuckuck gedeiht darin vortrefflich.
Das Nest des Zaunkönigs dagegen ist äußerlich von Moos, Halmen und Blättern dicht und fest gebaut und innen mit allerlei Wolle und Federn sorgfältig ausgefüttert, so dass kein Lüftchen durchdringen kann. Auch ist es oben gedeckt und gewölbt und nur eine kleine Öffnung zum Hinein- und Hinausschlüpfen des sehr kleinen Vogels gelassen. Man sollte denken, es müsste in heißen Junitagen in solcher geschlossenen Höhle eine Hitze zum Ersticken sein.
Allein der junge Kuckuck gedeiht darauf aufs Beste.
Und wiederum wie anders ist das Nest der gelben Bachstelze!
Der Vogel lebt am Wasser, an Bächen und allerlei Nassem. Er baut sein Nest auf feuchten Triften, in einen Büschel von Binsen. Er scharrt ein Loch in die feuchte Erde und legt es dürftig mit einigen Grashälmchen aus, so dass der junge

Kuckuck durchaus im Feuchten und Kühlen gebrütet wird und heranwachsen muss. Und dennoch gedeiht er wiederum vortrefflich.

Was ist das aber für ein Vogel, für den im zartesten Kindesalter Feuchtes und Trockenes, Hitze und Kälte, Abweichungen, die für jeden anderen Vogel tödlich wären, durchaus gleichgültige Dinge sind. Und wie weiß der alte Kuckuck, dass sie es sind, da er doch selber im erwachsenen Alter für Nässe und Kälte sehr empfindlich sind.

Wir stehen eben hier vor einem Geheimnis.

Wer das hört und nicht an Gott glaubt, dem helfen nicht Mose und die Propheten. Das ist es nun, was ich die Allgegenwart Gottes nenne, der einen Teil seiner unendlichen Liebe überall verbreitet und eingepflanzt hat und schon im Tiere dasjenige als Knospe andeutet, was im edlen Menschen zur schönsten Blüte kommt.

Alles Tiefe ist zugleich ein Einfaches und lässt sich als solches wiedergeben, wenn nur die

Beziehung auf die ganze Wirklichkeit gewahrt ist.

Was ist nun der Friede Gottes? Das Stillewerden unseres Willens in dem Unendlichen.

Nicht auf das, was geistreich ist, sondern auf das, was wahr ist, kommt es an.

Ich glaube, das hier Gesagte ist Wahrheit. Darum ging es mir. Man kann von den Wundern und Geheimnissen unendlich weiter erzählen, aber wer das hört, was hier gesagt ist und nicht an Gott glaubt, **dem helfen nicht Mose und die Propheten.**

Ich meine:
Das Herz ist ein höherer Gebieter als der Verstand.
Die Menschen aber wollen geistreich sein. Diesen Anspruch erhebe ich nicht. Tiefe Wahrheit tritt nicht anspruchsvoll auf.

Die Herzen der Menschen aber sind alle gleich. Sie wollen stille und glücklich sein. **Das Herz, das glücklich ist, ist stille.**

Aber ich meine:
Das Gesetz der Zurückhaltung ist bestimmt durch das Recht der Herzlichkeit durchbrochen zu werden. Aus diesem Grunde kann ich nicht stille sein. Keiner von uns weiß, was er wirkt und was er Menschen gibt.
„Unser keiner lebt sich selber!" Römer 14.7

Möge uns das Wort verfolgen und nicht zur Ruhe kommen lassen, bis man uns ins Grab bettet.

Warum ich das hier niedergeschrieben habe, kann ich in einem Satz sagen:
„Aus Liebe zu meinem Nächsten!"
Deshalb:
Wer erkannt hat, dass die Idee der Liebe der geistige Lichtstrahl ist, der aus der Unendlichkeit zu uns gelangt, der hört auf, von der Religion zu verlangen, dass sie ihm ein vollständiges Wissen von dem Übersinnlichen bietet. In der Religion suchen wir Antwort auf die elementare Frage, vor der jeder von uns jeden Morgen aufs Neue steht:

Welchen Sinn und welchen Wert sollen wir unserem Leben geben?

Das erste beim Pflügen ist hoffen. Was wäre der, der im Herbst die Furchen zieht, wenn er nicht auf den Frühling hoffte!

So können wir auch nichts tun ohne Hoffnung, ohne die gewisse, innere Hoffnung, dass eine neue Zeit im Anbrechen ist.

Dies ist das Charakteristische an Jesus, dass er über die Vollendung und Seligkeit des Einzelnen hinaus auf eine Vollendung und Seligkeit der Welt und einer erwählten Menschheit ausschaut.

Wie viel wäre für den heutigen Menschen schon gewonnen, wenn wir alle nur jeden Abend drei Minuten lang sinnend zu den unendlichen Welten des gestirnten Himmels emporblickten und bei der Teilnahme an einem Begräbnis uns dem Rätsel von Tod und Leben hingeben würden, statt in gedankenloser Unterhaltung hinter dem Sarg einherzugehen.

Wenn du etwas tun musst, gemäß einer inneren Stimme, so tue es gleich, denn es kommt im Leben allzubald der Augenblick, wo du es nicht mehr tun kannst.

Das Einzige worauf es ankommt, ist, das wir darum ringen, dass Licht in uns sei. Das Ringen fühlt einer dem anderen an, und wo Licht im Menschen ist, scheint es aus ihm heraus.

Ich weiß, dass auch Du darum ringst.

Helmut Dröws

> Verlasse dich immer auf dein Herz, denn es schlug schon, bevor du denken konntest.
>
> Unbek. Verfasser

Es ist nicht immer Leicht

Um Entschuldigung zu bitten

Nochmal von vorn anzufangen

Einen Fehler zuzugeben

Einen Rat anzunehmen

Einmal völlig selbstlos zu handeln

Sich nicht immer rechtfertigen zu wollen

Aus Fehlern zu lernen

Berechtigten Ärger zu unterdrücken

Vergeben und vergessen können

Berechtigte und unberechtigte Vorwürfe

einzustecken.

ABER ES LOHNT SICH!

So und nicht anders werdet ihr Ruhe finden für eure Seelen
03.08.1983

Der Mensch macht in seinem Leben drei entscheidende Schritte.
Der erste Schritt ist die Geburt. Der zweite Schritt ist das Hinübergehen vom Diesseits ins Jenseits. Der dritte Schritt ist der Eingang in den Hochzeitssaal.
Um aber dort hin zu kommen müssen wir das Joch Jesu auf uns nehmen und ihm das Kreuz tragen.

„Nehmt auf euch mein Joch und lernet von mir, denn ich bin sanftmütig und von Herzen demütig!"

Was ist das Joch Jesu?

Das Joch Jesu bedeutet: **zuhören, annehmen und danach tun!**

Auf den ersten Blick schwer zu verstehen. Ein Joch ist doch eine Last. Soll zuhören eine Last sein?

Die Menschen wollen nicht zuhören, erst recht wollen sie nichts annehmen, was ihre Meinung ändern könnte und schon gar nicht wollen sie etwas tun, was ihnen in belehrender Weise zur Umkehr ihres Lebenswandels gesagt wird.

Und genau das verlangt Jesus!

Deshalb betrachtet man diese Forderung als eine Last – ein Joch.
Wenn so die Menschen sind, wer von ihnen kann dann das Joch tragen?
Dieses können nur die Sanftmütigen von ihnen. Den Sanftmütigen und Demütigen und Barmherzigen und Geduldigen und Friedfertigen und Leidtragenden und die reines Herzens sind, sind auch die Verheißungen Gottes gegeben.
Diese sollen getröstet werden. Sie sollen Barmherzigkeit erlangen. Sie sollen Gott schauen. Sie sollen Gotteskinder heißen. Das Himmelreich ist ihnen.

Und darum:

„Zu lernen bleibt noch unseren Seelen viel.
  Noch nicht errungen haben wir das Ziel.

Zu manchen Opfern fehlt noch Willigkeit
Und heit`rer Glaube noch zu manchem Leid
Und stille Demut noch zu manchem Glück
Und Treue noch beim flücht`gen Augenblick.

Gib mir die Hand, die meine reich ich dir.
Die Losung sei: Zum Himmel reisen wir.
Der Vorsatz sei: den schmalen Pfad zu gehen.
Die Sorge sei: im Kindessinn zu steh`n.
Die Freude sei: dem Herrn das Leben weih`n.
Die Ehre sei: **von Gott geboren sein.**"

Gern in alles mich zu fügen, mich der Stille still zu freu`n, ohne Worte mit Vergnügen aller Knechte Knecht zu sein, nie mit Gaben stolz zu prangen, Menschenruhm nie zu verlangen: Diese Weisheit fleh` ich mir, hocherhab`ner Gott von dir.

Helmut Dröws

Sokrates und die drei Siebe

469 bis 399 v. Christus

„Höre Sokrates, das muss ich dir erzählen, wie dein Freund…" – „Halt ein!", unterbrach ihn der Weise. „Hast du das, was du mir erzählen willst, durch die drei Siebe gesiebt?" – „Drei Siebe?", fragte der andere. „Ja, das erste Sieb ist die Wahrheit. Hast du alles, was du mir erzählen willst, geprüft, ob es wahr ist?" - „Nein, ich hörte es erzählen." – „So, so. Aber sicher hast du es mit dem zweiten Sieb geprüft, es ist die Güte. Ist, was du mir erzählen willst, wenn schon nicht als wahr erwiesen, so doch wenigstens gut?" – „Nein, im Gegenteil.." – „Lass uns doch das dritte Sieb anwenden und fragen, ob es notwendig ist, mir das zu erzählen, was dich so erregt." – „Notwendig gerade nicht." – „Also, wenn das, was du mir erzählen willst, weder wahr, noch gut, noch notwendig ist – so lass es begraben sein und belaste mich und dich nicht damit!"

Vom Tode

Meine Lebenszeit verstreicht,
stündlich eil ich zu dem Grabe;
und was ist`s, das ich vielleicht,
das ich noch zu leben habe?
Denk, o Mensch! An deinen Tod,
säume nicht; denn eins ist not.

Lebe, wie du, wenn du stirbst,
wünschen wirst, gelebt zu haben.
Güter, die du hier erwirbst,
Würde, die dir Menschen gaben;
Nichts wird dich im Tod erfreu`n;
diese Güter sind nicht dein.

Nur ein Herz, das Gutes liebt,
nur ein ruhiges Gewissen,
das vor Gott dir Zeugnis gibt,
wird dir deinen Tod versüßen;
Dieses Herz, von Gott erneut,
ist des Todes Freudigkeit.

Wenn in deiner letzten Not
Freunde hilflos um dich beben;
Dann wird über Welt und Tod

Dich dies reine Herz erheben;
Dann erschreckt dich kein Gericht;
Gott ist deine Zuversicht.

Dass du dieses Herz erwirbst,
Fürchte Gott, und bet` und wache.
Sorge nicht, wie früh du stirbst;
Deine Zeit ist Gottes Sache.
Lern nicht nur den Tod nicht scheuen,
lern auch seiner dich erfreu`n.

Überwind ihn durch Vertrau`n,
sprich: Ich weiß, an wen ich glaube,
und ich weiß, ich werd ihn schau`n
einst in diesen meinem Leibe.
Er, der rief: Es ist vollbracht!
Nahm dem Tode seine Macht.

Tritt im Geist zum Grab oft hin,
siehe dein Gebein versenken;
Sprich: Herr, dass ich Erde bin,
lehre du mich selbst bedenken;
lehre du mich`s jeden Tag,
dass ich weiser werden mag!

    Christian Fürchtegott Gellert

Begrabe deine Toten tief in dein Herz hinein

So werden sie im Leben lebendige Tote sein.

So werden sie im Herzen stets wieder
aufersteh`n

als gute, lichte Engel mit dir durchs Leben gehen.

Und grabe eignes Leben in andre Herzen ein,

so wirst du noch im Tode bei ihnen lebendig sein.

Gottes große Wahrheit!
18.12.1981

Ich freue mich über dein Wort wie einer, der große Beute macht. Psalm 119.162

Gottes Wort zu verstehen ist gar nicht so schwer, wie die Menschen immer meinen. Wenn wir uns aber nicht intensiv damit beschäftigen, können wir auch nicht verstehen, was uns Gott in seiner Botschaft durch einfache Menschen sagen will.
Darin liegt der Hauptgrund des Nichtverstehens von „Gottes guter Nachricht" an die Menschen. Man **muss** die Bibel gelesen haben, dann wird man begreifen, dass das, was darin steht, **die Grundlagen unseres Lebens sind.**
Die Bibel liest man nicht wie einen Roman, den man verschlingt, ohne einen wesentlichen Sinn zu erkennen oder diesen wieder aus dem Sinn zu verlieren, sondern man muss **suchend** lesen, um zu finden.
Man liest sie auch nicht wie ein Notar bei der Testamentseröffnung, sondern wie ein Erbe, voller Spannung und Erwartung.

„Die Bibel ist ein Liebesbrief des Königs des Himmels!"

Kein Buch beansprucht so viel für sich, wie die Bibel.
Kein Buch hat so erbarmungslos alle Übel angegriffen, wie die Bibel.
Kein Buch wurde so bitter gehasst und so innig geliebt, wie die Bibel.
Kein Buch ist auf so heftigen Widerstand gestoßen, wie die Bibel.
Kein Buch ist heute so viel übersetzt und wird in so vielen Sprachen von so vielen Menschen auf **allen** Bildungsstufen studiert, wie die Bibel.
Sie macht den Anspruch, dass sie **göttlichen** Ursprungs ist (2. Im.3.16).
Sie macht den Anspruch, dass sie von **Ewigkeit** her bestanden hat (Psalm 119.89, Matth. 24.35)
Sie macht den Anspruch, dass sie die **absolute** Wahrheit ist (Psalm 119.151, Joh. 17.17).

Jesus sagte: **„So ihr bleiben werdet an meiner Rede, so seid ihr meine rechten Jünger und werdet die Wahrheit erkennen und die Wahrheit wird euch frei machen."**

Wenn wir nun dennoch die Frage stellen würden: **„Was ist Wahrheit?"**, so gibt es darauf eine sehr einfache und saubere Antwort.
Es hat mal einer gesagt: **„Ich bin die Wahrheit!"**

Nun, schauen wir uns diesen doch einmal an. Seine Worte kein anderer widerlegen kann, denn er brachte das Gebot von der Nächstenliebe, er lehrte die Demut.

„Der höchste geistige Zustand ist immer mit vollkommener Demut verbunden!"
Es gab und gibt viele Menschen, die sagen: „Ich weiß die Wahrheit", aber nur Jesus sagte:
„Ich bin die Wahrheit!"

Die Wahrheit wird erworben, wie das Gold, nicht dadurch, dass man es wachsen lässt, sondern dadurch, dass man alles abwäscht, was nicht Gold ist.

„Der Anfang alles wertvollen geistigen Lebens ist der unerschütterliche Glaube an die Wahrheit und das offene Bekenntnis zu ihr!"

Wir wissen, dass wir ohne physische Anstrengung nichts erreichen können. Warum glauben die Menschen dann, im geistigen Bereich ließe sich etwas ohne Anstrengung erreichen?
Wie man lernen kann, sein Leben dem Erwerb von Rang und Würden zu weihen, dem Reichtum, dem Ruhm, selbst der Sammelleidenschaft, so kann man auch lernen sein Leben der Vervollkommnung, der allmählichen Annäherung an die uns gesetzte Grenze zu weihen.

Dem Menschen ist das Streben nach „mehr" eigen. Es kann dies ein Streben nach mehr Mark oder Bildern sein, nach mehr Titeln und Kenntnissen, notwendig aber ist nur eines:

Der letzte Sinn unseres Lebens ist nicht in Gott zu handeln, sondern in Gott zu versinken. Die Selbstaufopferung ist der Eintritt in das höhere Leben. Die Himmelswelt erreichen wir nicht, indem wir Gott opfern, sondern wir müssen uns selbst opfern!

Die Wirklichkeit der Religion liegt nicht in alten Büchern, ebenso wenig als in Wissenschaften und Theorien. Die Wirklichkeit der Religion ist ein Leben realer Gefühle und innerer Bewegungen, **jedem zugänglich**, von keinem ernsthaft zu leugnen. Gott offenbart sich im Menschen.

Verstand, Talente sind nicht jedem in gleichem Maße gegeben, aber die Gefühle von Menschen zu verstehen, ihr Lächeln, ihr Stirnrunzeln, das ist **allen** gegeben – den weniger Klugen und den Kindern mehr als allen anderen. Keine Schule, keine Universität ist imstande uns beizubringen, zu erkennen, ob es jemand gut mit uns meint. Das ist auch gar nicht notwendig.
Weil es uns in die Wiege gelegt ist.

Was ist nun Leben?

„Der Fortschritt der Wissenschaft besteht darin, dass sie die Erscheinungen, in denen das vielgestaltige Leben abläuft, immer genauer beschreibt, uns Leben entdecken lässt, wo wir früher keines annahmen, und uns in Stand setzt, uns den erkannten Ablauf des Willens zum Leben in der Natur auf diese oder jene Art nutzbar zu machen.

Was aber Leben ist, vermag uns **keine** Wissenschaft zu sagen. Darum ist der Unterschied zwischen gelehrt und ungelehrt ein ganz relativer. Der Ungelehrte, der angesichts eines blühenden Baumes von dem Geheimnis des um ihn herum sich regenden Willens zum Lebens ergriffen ist, ist wissender als der Gelehrte, der tausend Gestaltungen des Willens zum Leben unter dem Mikroskop oder im physikalischen und chemischen Geschehen studiert, aber bei aller Kenntnis von dem Ablauf der Erscheinungen des Willens zum Leben dennoch nicht von dem Geheimnis bewegt ist, das alles, was ist, Wille zum Leben ist, sondern in der Eitelkeit aufgeht, ein Stückchen Ablauf von Leben genau beschreiben zu können.

Albert Schweitzer

Das Wichtigste in der Welt ist nur der Geist, nicht die Materie!

An dem ewig wirkenden Geist teilhabend, ist der Mensch überweltlich und ewig. Die Leiden, die ihm begegnen, treffen nur die Natur, mit der er auf eine wunderbare Weise zusammenhängt, aber nicht ihn selbst, als das über alle Natur er-

habene Wesen. Den Tod fürchtet er nicht. Er stirbt ja nicht für sich, sondern nur für die, die zurückbleiben. Aller Tod in der Natur ist Geburt. Die Natur ist durchaus lauter Leben.
Nicht der Tod tötet, sondern das lebendige Leben, welches, hinter dem alten verborgen, beginnt und sich entwickelt.
Tod und Geburt ist bloß das Ringen des Lebens mit sich selbst, um sich verklärter und ihm selbst ähnlicher darzustellen.

Das Leben an sich ist ewig und das Sterben der Menschen bedeutet nur, dass eine Existenz in eine andere umgegossen wird.

Darum ist es unser Pflicht unsere Augen aufzutun und zu suchen, wo ein Mensch oder ein Menschen gewidmetes Werk ein bisschen Zeit, ein bisschen Freundlichkeit, ein bisschen Teilnahme, ein bisschen Gesellschaft, ein bisschen Arbeit eines Menschen braucht. Vielleicht ist es ein Einsamer oder ein Verbitterter oder ein Kranker oder ein Ungeschickter, dem wir etwas sein können. Vielleicht ist es ein Greis oder ein Kind. Oder ein gutes Werk braucht Freiwillige, die einen freien Abend opfern und Gänge tun

können. Wer kann die Verwendungen alle aufzählen, die das kostbare Betriebskapital, Mensch genannt, haben kann! An ihm fehlt es an allen Ecken und Enden. Darum suchen wir, ob sich nicht eine Anlage für unser Menschentum findet. Wir lassen uns ein Nebenamt, indem wir uns als Mensch an Menschen verausgaben, nicht entgehen.
Jeden ist ein Nebenamt bestimmt, wenn er es nur richtig will!

Gutes und Wahres geschieht nicht, wenn wir darauf warten, dass es geschieht. Wir müssen etwas tun, damit es geschieht.

Wir müssen beten und arbeiten!

Darum:

„Lass die Liebe besteh`n, denn sie kann nie vergeh`n, sie ist alles was zählt auf der Welt. Sie ist Wahrheit und Licht, wie ein schönes Gedicht, das man liest und den Sinn dann nie wieder vergisst."

Mit dieser unserer Lebensauffassung stehen wir Christen in dieser Welt nicht allein und der, der uns hat werden lassen, ist uns ganz nah, **wenn wir es nur ehrlich meinen.**
Darum folgen wir dem Rat unserer Eltern, unserer Lehrer, die uns den Weg zur Wahrheit gewiesen haben.

An deinen Taten wird man deine Gedanken erkennen!

Die Kraft des Gedankens ist unsichtbar wie der Same, aus dem ein riesiger Baum erwächst, sie ist aber der Ursprung für die sichtbaren Veränderungen im Leben der Menschen.

Meide alles, was die Menschen trennt, und tu` alles, was sie eint!

Man muss jeden Menschen lieben. Um dies aber richtig zu tun, soll man ihn nicht für irgendetwas lieben, sondern für nichts. Hat man erst einmal so zu lieben begonnen, findet man auch einen Grund.

Die Aufgabe des Lebens besteht durch Taten und Worte, durch Überzeugung in den Menschen die Liebe zu mehren. Dabei ist nicht das große Wort, **sondern die kleine gute Tat** entscheidend.
Die Frage muss lauten: „ – nicht – wozu lebe ich, sondern was habe ich zu tun? Was nehme ich, was gebe ich?" Und nicht erst später, irgendwann einmal, sondern jetzt und sofort.

Bewahre dir das kindliche Denken! Kindliches Denken ist freies Denken, frei von allen Vorurteilen, Meinungen! Es sucht das Gute!

Nun kann es auch vorkommen, dass wir wegen unserer Lebensauffassung angefochten werden. Bemerkst du, dass einer nur seine äußere Stellung verteidigt, beende schleunigst das Gespräch.
Spott, insbesondere gescheiter, erweckt den Eindruck, der Spottende stünde über dem, was er verspottet. Meist aber, ja immer, ist Spott ein untrügliches Anzeichen dafür, dass der Betreffende den Gegenstand, über den er sich lustig macht, **nicht begriffen hat.**

Auf Gottes Urteil aber muss man Wert legen, nicht auf das der Menschen!

So, wie wir also diesen Gott, der Himmel und Erde geschaffen hat, loben und preisen und ehren und achten und lieben, so begegnen wir auch, wie Goethe es sagte, unserem Nächsten **hilfreich und gut.**

Bei all unseren Überlegungen lassen wir uns von folgender Einstellung leiten:

„Dein Bruder ist so gut wie du –
  Auch er sucht seiner Seele Ruh`,
  auch er hat seine Sorgenlast
  so gut wie du die deine hast.

  Und stellst du fest,
  dass er wohl etwas anders ist
  in seiner Art als du es bist,
  das lässt auch nicht das Urteil zu,
  dass er nicht ist so gut wie du!

  **Drum liebe ihn und lass es zu,
  dein Bruder ist so gut wie du!"**

So streu`n wir die Saat des Wort`s, der Gedanken, des Willens, der Tat ins eigene Herz, in die Seelen der andern, mit denen wir wirken, schaffen und wandern. Doch was wir in Tat und Wort **Gutes** säten da und dort, das besteht und wirket fort, während Tag um Tag vergeht.
Kleine gute Taten, jedes Liebeswort machen diese Erde uns zur Himmelspfort`.

So geht auf Königswegen, wer hilft und dient und liebt.
O, Leben voller Segen, das ganz sich andern gibt.

Zusammenfassend bekenne ich:
„Ich hab` von ferne, Herr, deinen Thron erblickt
 Und hätte gerne mein Herz vorausgeschickt
 Und hätte gerne mein Leben, mein Gott, dir hingegeben.

 **Das war so prächtig, was ich im Geist geseh` n.
 Du bist allmächtig, drum ist dein Licht so schön.
 Könnt ich an diesen hellen Thronen doch schon
 von heut an auf ewig wohnen!**

**Ich bin zufrieden, dass ich die Stadt geseh`n
Und ohn` Ermüden will ich ihr nähergehen.
Ihre hellen gold`nen Gassen will, ich
lebenslang nicht aus den Augen lassen."**

Helmut Dröws

> Nehmt einander an,
> wie Christus euch
> angenommen hat
> zu Gottes Lob.
>
> Römer 15,7

Jesus Christus nimmt uns so an, wie wir sind – mit all unseren Stärken und Schwächen. Uns fällt es hingegen oft schwer, unsere Mitmenschen so anzunehmen, wie sie sind. Aber Gott kann uns die Augen und das Herz für sie öffnen, sodass wir hinter ihre äußere Fassade zu sehen vermögen. Es fällt uns dann leichter, den anderen so anzunehmen, wie er ist. Indem wir liebevoller miteinander umgehen, zeigen wir, dass wir zu Gott gehören und zollen ihm unser Lob.   Helen Herbertz

Ein jeglicher sei gesinnt, wie Jesus Christus auch war. 2.
Philipper 5

Er war wie Gott.

Aber er betrachtete diesen Vorzug nicht als unaufgebbaren Besitz. Aus freiem Entschluss gab er alles auf und wurde wie ein Sklave. Er kam als Mensch in diese Welt und lebte wie ein Mensch. Im Gehorsam gegen Gott ging er den Weg der Erniedrigung bis zum Tod.

Er starb den Verbrechertod am Kreuz.

Dafür hat Gott ihn über alles erhöht und hat ihm den **höchsten Ehrennamen** verliehen, den es gibt.

Alle Wesen, die Gott geschaffen hat, müssen vor Jesus niederknien und ihn ehren, ob sie nun im Himmel, auf der Erde oder im Totenreich sind.

Alle müssen feierlich zum Ruhme Gottes, des Vaters, bekennen: **"Jesus Christus ist der Herr!"**
2. Philipper 6-11

Freuen dürfen sich alle, die mit leeren Händen vor Gott stehen, denn sie werden sein Volk sein, wenn er sein Werk vollendet.

Freuen dürfen sich alle, die unter der Not leiden, denn Gott wird ihnen ihre Last abnehmen.

Freuen dürfen sich alle, die geduldig sind, denn Gott wird ihnen die ganze Erde zum Besitz geben.

Freuen dürfen sich alle, die brennend darauf warten, dass Gottes Wille geschieht, denn Gott wird ihre Sehnsucht stillen.

Freuen dürfen sich alle, die barmherzig sind, denn Gott wird auch mit ihnen barmherzig sein.

Freuen dürfen sich alle, die ein reines Herz haben, denn sie werden Gott sehen.

Freuen dürfen sich alle, die Frieden schaffen, denn sie werden Gottes Kinder sein.

Freuen dürfen sich alle, die verfolgt werden, weil sie tun, was Gott verlangt, denn sie werden mit Gott in der neuen Welt leben.

Was das Salz für die Nahrung ist, das seid ihr für die Welt. **Ihr seid das Licht** für die Welt. Eine Stadt, die auf einem Berg liegt, kann nicht verborgen bleiben. Genauso muss auch euer Licht **vor den Menschen leuchten,** damit sie eure guten Taten sehen und euren Vater im Himmel preisen.

Ich aber sage euch: „**Schon wer auf seinen Bruder zornig ist, gehört vor Gericht. Wer aber zu seinem Bruder sagt: „Du Idiot!", der gehört vor das oberste Gericht. Wer aber zu seinem Bruder sagt: „Geh zum Teufel!", der verdient, ins Feuer der Hölle geworfen zu werden."**

Ihr sollt euch überhaupt nicht gegen das Böse wehren. Wenn dich einer auf die rechte Backe schlägt, dann halte ihm auch die linke hin. Wenn jemand mit dir um dein Hemd prozessieren will, dann gib ihm noch die Jacke dazu. Wenn einer dich zwingt, ein Stück weit mit ihm zu gehen, dann geh mit ihm doppelt so weit. Wenn einer dich um etwas bittet, dann gib es ihm; wenn einer etwas von dir borgen möchte, dann leih es ihm.

Ich aber sage euch: „**Liebet eure Feinde und betet für die, die euch verfolgen. So erweist ihr euch als Kinder eures Vaters im Himmel.**"

Denn er lässt die Sonne scheinen auf böse wie auf gute Menschen, und er lässt es regnen auf alle, ob sie ihn ehren oder verachten. Wie könnt ihr von Gott eine Belohnung erwarten, wenn ihr nur die liebt, die euch auch lieben? Das bringen sogar die gewissenlosesten Menschen fertig. Was ist denn schon Besonderes daran, wenn ihr nur zu euren Brüdern freundlich seid? **Das tun auch die, die Gott nicht kennen.**

Hütet euch davor, Gutes nur deshalb zu tun, um von den Menschen bewundert zu werden. Denn dann habt ihr keinen Lohn mehr von eurem Vater im Himmel zu erwarten. Wenn du also jemand hilfst, dann hänge es nicht an die große Glocke! Wenn du also jemand hilfst, dann tu es so unauffällig, dass nicht einmal dein bester Freund etwas davon erfährt. Dein Vater, der auch das Verborgenste sieht, wird dich dafür belohnen.

Wenn ihr betet, dann tut es nicht wie die Scheinheiligen. Wenn du beten willst, dann geh in dein Zimmer, schließ die Tür zu und bete zu deinem Vater, der im Verborgenen ist. Wenn ihr betet, sollt ihr nicht viele Worte machen wie die Heiden. Euer Vater weiß, was ihr braucht, bevor ihr ihn bittet.

Niemand kann zwei Herren gleichzeitig dienen. Er wird den einen vernachlässigen und den anderen bevorzugen. Er wird dem einen treu sein und den anderen hintergehen. Ihr könnt nicht beiden dienen: **„Gott und dem Geld!"**

Darum sage ich euch: „Macht euch keine Sorgen um Essen und Trinken und um eure Kleidung. Das Leben ist mehr als Essen und Trinken, und der Körper ist mehr als die Kleidung. Seht euch die Vögel an! Sie säen nicht, sie ernten nicht, sie sammeln keine Vorräte, aber euer Vater im Himmel sorgt für sie. Und ihr seid doch mehr wert als alle Vögel! Wer von euch kann durch Sorgen sein Leben auch nur um einen Tag verlängern? Und warum macht ihr euch Sorgen um das, was ihr anziehen sollt? Seht, wie die Blumen auf den Feldern wachsen! Sie arbeiten nicht und machen sich keine Kleider, doch ich sage euch: „Nicht einmal Salomo war bei all seinem Reichtum so prächtig gekleidet wie irgendeine von ihnen.

Wenn Gott sogar die Feldblumen so ausstattet, die heute blühen und morgen verbrannt werden, wird er sich dann nicht erst recht um euch kümmern? Habt doch mehr Vertrauen! Trachtet am ersten nach dem Reich Gottes, alles andere wird euch dann zufallen!

Verurteilt nicht andere, damit Gott euch nicht verurteilt. Ihr werdet mit demselben Maß gemessen werden, das ihr bei anderen anlegt."

Wie kannst du zu deinem Bruder sagen: **„Komm her, ich will dir den Splitter aus deinem Auge ziehen, wenn du selbst einen ganzen Balken im Auge hast?**

Werft heilige Dinge nicht den Hunden vor. Werft keine Perlen vor die Schweine – **sie trampeln doch nur darauf herum!**

Bittet, und ihr werdet bekommen! Sucht, und ihr werdet finden! Klopft an, und man wird euch öffnen!

Wer von euch würde seinem Kind einen Stein geben, wenn es um Brot bittet? So schlecht, wie ihr seid, wisst ihr doch, was euren Kindern gut tut, und gebt es ihnen. Wie viel mehr wird euer Vater im Himmel denen Gutes geben, **die ihn darum bitten!**

Behandelt die Menschen so, wie ihr selbst von ihnen behandelt werden wollt.

Hütet euch vor falschen Propheten! Ihr erkennt sie an dem, was sie tun. Ein gesunder Baum kann keine schlechten Früchte tragen und ein kranker Baum keine guten. Jeder Baum, der keine guten Früchte trägt, wird umgehauen und verbrannt.

Nicht jeder, der ständig meinen Namen im Mund führt, wird in Gottes neue Welt kommen, sondern nur die, **die auch tun,** was mein Vater im Himmel will.

Wer meine Worte hört und sich nach ihnen richtet, ist wie ein Mann, der überlegt, was er tut.

Wer mich bekennt vor den Menschen, den will ich bekennen vor meinem Vater im Himmel. Wer mich aber vor den Menschen nicht kennen will, für den kann ich auch vor meinem Vater im Himmel nicht einstehen.

Wer nicht sein Kreuz auf sich nimmt, weil er Gottes Bote ist, den kann ich nicht brauchen. Wer sein Leben festhalten will, der wird es verlieren. Wer es aber um meinetwillen verliert, der wird es neu geschenkt bekommen.

Wer einen Boten Gottes bei sich aufnimmt, weil er Gottes Bote ist, der wird auch belohnt werden wie ein Bote Gottes. Und wer einen frommen Menschen aufnimmt, eben weil er fromm ist, der wird entsprechend belohnt werden. Ja ich sage euch: „wenn jemand dem Geringsten von meinen Anhängern auch nur einen Schluck kaltes Wasser gibt, weil er zu mir gehört, dann wird ihm das nicht vergessen werden."

Freuen darf sich jeder, der nicht an mir irre wird.

Wer nicht für mich ist, der ist gegen mich, und wer mir nicht sammeln hilft, der zerstreut.

Denn der Mund spricht nicht nur aus, was das Herz erfüllt. Ein guter Mensch bringt Gutes hervor und ein schlechter Mensch Böses.

Und das sage ich euch: am Tag des Gerichts werden sich die Menschen für **jedes** unnütze Wort, das sie gesprochen haben, verantworten müssen. Aufgrund deiner **eigenen** Worte wirst du dann freigesprochen oder verurteilt werden.

Wer sind meine Brüder? Denn wer tut, was mein Vater im Himmel will, der ist mein Bruder, meine Schwester und meine Mutter.

Jeder Kenner der Heiligen Schrift, kann mit einem Hausherrn verglichen werden, der aus seiner Vorratskammer neue und alte Sachen herausholt.

Nicht das macht den Menschen unrein, was er durch den Mund in sich aufnimmt, sondern das, was aus seinem Mund herauskommt!

Wenn ihr Vertrauen hättet und einen Glauben, so groß wie ein Senfkorn, könntet ihr Berge versetzen! Dann ist euch **nichts** mehr unmöglich.

Ich versichere euch, wenn ihr nicht werdet wie die Kinder, **so wie ihr seid,** könnt ihr nicht in Gottes neue Welt hineinkommen. Lasst die Kinder doch zu mir kommen und hindert sie nicht, denn gerade für sie steht Gottes neue Welt offen.

Wer von euch etwas Besonderes sein will, der soll dem anderen **dienen.** Auch der Menschensohn ist nicht gekommen, um sich bedienen zu lassen, sondern um zu Dienen und sein Leben als Lösegeld für **alle** Menschen hinzugeben.

Wenn ihr nur Vertrauen habt, werdet ihr alles bekommen, worum ihr Gott bittet.

Gebt dem Kaiser, was dem Kaiser gehört, aber gebt Gott, was Gott gehört.

Du sollst den Herrn, deinen Gott, lieben, von **ganzem** Herzen, von ganzer Seele und mit deinem ganzen Verstand. Liebe deinen Mitmenschen wie dich selbst.

Wer sich erhöht, den wird Gott demütigen. Aber wer sich gering achtet, den wird er erhöhen.

Himmel und Erde werden vergehen, **aber meine Wort nicht!**

Gott hat mir die Macht über Himmel und Erde gegeben. Geht nun zu allen Völkern der Welt und lehrt sie. Tauft sie im Namen des Vaters, des Sohnes und des Heiligen Geistes. Lehrt sie, alles zu befolgen, was ich euch aufgetragen habe. Und denkt daran:

„Ich bin immer bei euch, jeden Tag, bis zum

  Ende der Welt!"

Alles, was wir von Gott erwarten, erbitten dürfen, ist in Jesus Christus zu finden.

Dietrich Bonhoeffer

Ein Lächeln ist so schön wie funkelnde Sterne in der Nacht.

Katja Heimberg

Ein Glaubensbekenntnis
17. Januar 1982

Denn wir sind nicht klugen Fabeln gefolgt, da wir euch kundgetan haben die Kraft und die Zukunft unseres Herrn Jesu Christi, sondern wir haben seine Herrlichkeit selber geseh`n. 2. Petrus 16

Am Ender der 70-iger Jahre bin ich zu folgendem Bekenntnis gelangt:

„Ich hab von ferne, Herr, deinen Thron erblickt
und hätte gerne mein Herz vorausgeschickt
und hätte gerne mein Leben, mein Gott, dir
hingegeben.

Das war so prächtig, was ich im Geist geseh`n.
du bist allmächtig, drum ist dein Licht so schön.
könnt ich an diesen hellen Thronen doch schon
von heut an auf ewig wohnen!

Ich bin zufrieden, dass ich die Stadt geseh`n und ohn` Ermüden will ich ihr näher gehen, und ihre hellen gold` nen Gassen lebenslang nicht aus den Augen lassen."

Dieses Bekenntnis habe ich nicht für mich behalten, sondern öffentlich kundgetan, sonst wäre es ja kein Bekenntnis, und darauf die Antwort erhalten, dass man diesen Gedanken nicht folgen kann. Deshalb muss ich dazu etwas mehr sagen, um mich verständlich zu machen.

Meinen Glauben habe ich oft bekannt und kann sagen, dass ich kein Phantast bin, aber es phantastisch finde, was man im Geistigen erleben kann. Nun habe ich auch keine Vision gehabt, wenn ich so behaupte: **„Ich hab von ferne, Herr, deinen Thron erblickt…"**
Wieso sage ich dennoch, wie Petrus: **„…wir haben seine Herrlichkeit selber geseh`n!"**

Was meine ich? Was habe ich geseh`n?

Ich sehe in jedem Jahr die Bäume wachsen, grünen und blüh`n. Aber die Kräfte, die dies

bewirken, verstehe ich nicht. Ihre formende Fähigkeit bleibt mir rätselhaft.
Die letzten Fragen des Daseins gehen über das Erkennen hinaus. Um uns ist Rätsel über Rätsel. Die höchste Erkenntnis ist, dass alles, was uns umgibt, Geheimnis ist.

Der Verstand allein reicht nicht aus, Jesu Worten zu folgen!
Doch die Nachfolge ist möglich, **wenn das Herze dabei ist!**

Das Einzige, worauf es ankommt, ist, das wir darum ringen, dass Licht in uns sei. **Wo Licht in Menschen ist, scheint es aus ihnen heraus!**

Keiner von uns weiß, was er wirkt und was er Menschen gibt. Manchmal dürfen wir ein klein wenig davon sehen, um nicht mutlos zu werden. Man könnte aus meinem Bekenntnis schlussfolgern, dass ich nicht mehr auf dieser Erde leben möchte, wenn es heißt: **„…und hätte gerne mein Leben, mein Gott, dir hingegeben."**
So will ich aber keineswegs verstanden werden. Solange wir auf Erden sind, ist es der Wille unseres Gottes und wenn er ruft: „Nun ist es

Zeit!", dann gehen wir dorthin, was ich meine, was ich im Geist geseh`n.

Zu Jesu Füßen ist Fried und Leben, der Schuld Erkenntnis und ihr Vergeben; zu Jesu Füßen, der beste Platz, zu Jesu Füßen, o seliger Ort, still sitzend und lauschend auf sein Wort, da fließt der Seele unendliches Heil, dort bringt es dem Sünder ein königliches Teil.

Zu Jesu Füßen die liebste Stelle, da trinkt, wer dürstet, aus ew`ger Quelle. Zu Jesu Füßen die Freude naht; dort weicht die Sorge, dort wird uns Rat.

Zu Jesu Füßen die Klagen schwinden, der Seele Ruhe ist hier zu finden. Zu Jesu Füßen der Feierort, in heil`ger Stille lernt man sein Wort.

Liebe, die du mich zum Bilde deiner GOTTHEIT HAST GEMACHT;
Liebe; die du mich erkoren, eh` denn ich erschaffen war,
Liebe, die du mich geboren aus dem Geist so wunderbar,

Liebe, die mich einst wird führen aus der Trübsal dieser Zeit,
Liebe, die mich bald wird zieren mit der Kron` der Herrlichkeit,
Liebe, dir ergeb ich mich, dein zu bleiben ewiglich.

Gottes Erwählte, vom Geiste geboren, geh`n wir ein fremdes Geschlecht, durch die Welt.
Bürger des Himmels, zum Leben erkoren, bauen wir hier nur ein flüchtig Gezelt. Golden erstrahlt uns Jerusalem droben, herzinnig sucht unsere Seele die Stadt, die, von dem Glanze des Himmels umwoben, Mauern und Grund für die Ewigkeit hat,

Krone des Lebens, wie glänzest du helle, Erbteil im Licht, o wie bist du so schön! Machtvoll erklingt schon auf irdischer Schwelle, Loblied des Himmels.
Seliges Glück, wenn wir jauchzend dort steh`n, Palmen in Händen und herrlich geschmückt, wenn uns die Lüfte des Himmels umwehen, und uns kein Leid dieses Lebens mehr drückt.

Seliger Trost unter drückenden Leiden, lieblicher Ausblick zur himmlischen Stadt, ahnender Vorschmack der ewigen Freuden, die Gottes Liebe bereitet uns hat!

Wenn vorbei die Prüfungszeiten, dann ruft uns der Gottessohn: „ – **Kommt, ererbt die Herrlichkeiten, die verheiß`ne Lebenskron! –** „ Alle, die voraufgegangen, voll Erwartung drüben steh`n, Überwinder zu empfangen,
Wiedersehn, ach wie schön!

Leiden finden dann ihr Ende in der Himmelsherrlichkeit, es bricht an die große Wende: - unbegrenzte Seligkeit –
Lauter Jubel wird erschallen, wenn wir seh`n den Gottessohn, ehrfurchtsvoll dann niederfallen vor des Höchsten Gnadenthron.
Wiedersehn, ach wie schön!

Das bisher Gesagte war nun mein Bekenntnis. Ich möchte zum Schluss die Frage stellen**: „Kennst Du den Freund?"**

Kennst Du den Freund, dessen Liebe so groß, dass für die Sünder sein Blut er vergoss, mit

seinem Opfer uns huldreich versöhnt und ewig beim Vater mit Gnade uns krönt?
Kennst Du den Freund?
O sag, kennst Du den Freund, der über die Sünde einst bitter geweint? Den Freund, der so treu ist in Freude und Schmerz; sag kennst Du den Freund?
O dann schenk ihm Dein Herz!
Kennst Du den Freund, der am Kreuz sündlos stirbt, der um die Sünder auch heute noch wirbt?
Dir gilt sein Hoffen, sein Sorgen und Müh`n, Dich fort aus der Welt in den Himmel zu zieh`n. Sag kennst Du den Freund?
O dann schenk Ihm Dein Herz!

Das hab` ich getan. Ich will es auch sagen, wie man es machen muss, denn auch das muss man wissen:

Gib mir Dein Herz!
Aber wie müssen wir es machen, dass wir aus jenen finsteren Gedanken von Gott in das Licht der Wahrheit hineinkommen?
Das können wir selber nicht machen, das muss uns gegeben, geschenkt werden. Es sind Gaben,

die nicht aus uns kommen und wenn wir unseren Herzensgrund zermalmen und zerschlagen wollten, so hilft das Alles nicht.
Er muss uns die neue Kreatur schenken, sonst Keiner, denn Gott will lauter Leute haben, die **alles geschenkt** von ihm annehmen. Oder kann auch ein Kind etwas dazu beitragen, dass es gezeugt und geboren werde? Ebenso ist es ein reines Werk Gottes, wenn ein Mensch aus dem Tode zum Leben, aus der Feindschaft gegen Gott zur Freundschaft und Liebe seines Schöpfers kommt.
Man kann`s nicht erkaufen, nicht erhandeln, nicht erkämpfen, **es ist seine Gabe.**
Gut, sagst Du, aber damit ist mir noch nicht gedient, ich fühle es sollten ganz neue Gedanken und Gefühle von meinem Gott in mich gepflanzt werden, aber da möchte ich wissen, was ich dabei zu tun habe. Wenn Du das wissen willst, so kann Dir`s gesagt werden.
Gott sagt es Dir:
„Gib mir mein Kind, Dein Herz!"
Gib ihm Dein steinernes Herz, so wird er Dir ein weiches, ein erneuertes Herz geben; gib ihm Deinen Unverstand, so wird er Dir Verstand geben; gib ihm Deinen Hochmut, er gibt Dir

dann Gehorsam, gib ihm Dein Misstrauen, er gibt Dir Vertrauen, gib ihm Deine Feindschaft, er gibt Dir Liebe, gib ihm alles, was Du hast, er gibt Dir alles, was er hat.

Sag z.B. zu Deinem Heiland: **„Herr, erbarme dich, vergib mir meine Schuld, mache mich zu einem neuen Menschen, der dir wohlgefällig lebt."**

Aber ich habe ihn schon so oft um ein neues Herz gebeten, sagt vielleicht jemand, ich habe ihn ernstlich darum gebeten, es ist noch nicht anders mit mir geworden. Vielleicht hast Du nur um das neue Herz gebeten, und ihm das alte nicht gegeben, oder Du hast das alte, während er es nehmen wollte, wieder zurückgezogen und behalten.

Nicht wahr, das ist der Grund? Man betet: „Nimm mir meinen Hochmut!" Nun kommen Demütigungen, die will man sich nicht gefallen lassen. Man betet: „Nimm mir meine Ungeduld!" Nun kommen Geduldsübungen, da heißt es: „ja, so hab ich es nicht gemeint, ich habe gemeint, es sollte ohne Schmerzen abgehen;"also lässt man seine Ungeduld wieder aus und denkt: das ist nur diesmal so, ein andermal will ich gewiss geduldig sein.

Einstens las ich von einer Stadt Salem, die der Höchste hält droben bereit, wo auf ewig die Kinder des Friedens, ruh`n in himmlischer, seliger Freud`.
Dort kann Sünde und Tod nicht eindringen, dort wird nicht mehr geweint und geklagt, doch soviel ich darüber mocht` hören, nicht die Hälfte hat man mir gesagt!
Einstens las ich von weißen Gewändern, von der Sel`gen Geschmeide und Kron`, von dem Ruf: „Ihr Geliebten des Lammes , kommt ererbet das Reich in dem Sohn!"
Hab` gehört von dem ewigen Leben, wie die Seele das Kleinod erjagt; doch soviel ich auch lauschte der Kunde, nicht die Hälfte hat man mir gesagt!
Nicht die Hälfte der Herrlichkeit droben hat man mir gesagt!

Darum kann auch ich nur einen Bruchteil von dem wiedergeben, was ich im Geist geseh`n. Ich möchte nochmals feststellen, dass ich gern auf dieser Erde lebe, weil es mir gut geht, weil ich den Vorschmack himmlischer Freuden sehen durfte. Doch meine Heimat ist dort in der Höh, wo man nichts weiß von Trübsal und Weh`, wo die heil` ge unzählbare Schar jubelnd preisend das Lamm immerdar.

Viel Geliebte sind dort in der Höh`, wo ich sie einst verklärt wiederseh`, und dann bleiben wir immer vereint, dort wo ewig die Sonne dann scheint.

Seh` n wir uns dann einmal wieder dort im hellen, ew` gen Licht, wo kein Schmerz uns mehr drückt nieder, dort vor Jesu Angesicht!

Treffen wir uns bei der Quelle in dem Land der Herrlichkeit!

Dürstet nicht auch Deine Seele nach dem Born der Seligkeit? Lauter Jubel wird erschallen bei der Quelle licht` und schön. Darf ich, wo die Sel` gen wallen, nicht auch Dich, ja Dich dort sehen? – Ja, ich komm zur Lebensquelle, zu der Quelle licht` und schön. O wie freut sich meine Seele auf solch sel` ges Wiedersehn!

Treff ich Dich wohl bei der Quelle? – Viel der Lieben sind schon dort, die im höher` n Licht erst helle ich erkenn` an jenem Ort. Himmlisch süß wird dann erklingen unsres Sanges Lob` getön. Willst auch Du nicht danach ringen, **dass wir dort uns wiedersehn?**

Treffen wir uns bei der Quelle, bei dem Herrn im Vaterhaus?
Beim Betreten seiner Schwelle, blick ich sehnend nach Dir aus! Bei der Quelle strömt den Armen Fülle höher`n Lebens zu.
Sel`ges Los in Jesu Armen! Komm auch Du zu dieser Ruh`!

Gotteskinder haben Heimweh, sofern wir dieses erkannt und geseh`n.
Dennoch tun wir hier unsere Pflicht freudig und fleißig.
Wenn wir jedoch von dieser Erde gehen, dann muss ich folgendes bekennen:

„Daheim! O welch ein schönes Wort!
  Daheim! O welch sein selger Ort!
  Leb wohl denn, o Erde, ich war nur dein Gast,
  behalt` deine Freuden, behalt deine Last!
  Es sind deine Berge und Täler gar schön,
  doch nicht zu vergleichen den himmlischen Höh`n!

  Daheim! O welch ein schönes Wort""

Wende Dich zum Herrn Jesus und sage: **hilf mir, Herr Jesu!**
Du bist mein und ich bin dein, offenbare mir doch deinen großen Jesusnamen und deine ewige Erlösung. Wenn Du den Heiland so bittest, dann werden wir Kinder des Lichtes werden und sagen können, wie Jakobus sagt: „Er hat uns gezeuget nach seinem Willen durch das Wort der Wahrheit, auf das wir wären Erstlinge seiner Kreaturen."

O, wer fasst dieses Wort: „Erstlinge seiner Kreaturen zu werden!"

Über den Glauben wird immer so nebenbei ein Gespräch geführt und man meint dann alles tiefgründig erfasst zu haben.
Aber das, was man so nebenbei erledigt, ist meistens unwichtig und zeigt unseren wahren Charakter zur Sache. Deshalb habe ich mich in einer Zeit, die man das aufgeklärte Zeitalter nennt, tiefgründig mit dem Glauben beschäftigt, um eben Rede und Antwort zu stehen, wenn man meint, was weißt du denn schon. Deshalb habe ich an einer modernen Schule studiert,

nicht Religion, aber in Religion nachgelesen, und festgestellt:

Wer erkannt hat, dass die Idee der Liebe der geistige Lichtstrahl ist, der aus der Unendlichkeit zu uns gelangt, der hört auf von der Religion zu verlangen, dass sie ihm ein vollständiges Wissen von dem Übersinnlichen bietet.

Die verstehen sehr wenig, die nur das verstehen, was sich erklären lässt!

Für die, die durch den Geist das adäquate Wissen erlangt haben, liegt das ganze Panorama bis zu den fernsten Ketten in Klarheit da; für die Unmündigen in Christo sind nur die nächsten Höhen sichtbar; für die, die im Sinne der Welt Weise sind, ist alles mit Wolken verhangen.

Großer Gott, ich danke dir, dass ich im Geiste deinen Thron erblickt und davon reden darf. Gib auch denen, die das lesen, diese Sehensweise.

Helmut Dröws

Spuren im Sand

Eines Nachts hatte ich einen Traum:
Ich ging am Meer entlang mit meinem Herrn.
Vor dem dunklen Nachthimmel
Erstrahlten, Streiflichtern gleich,
Bilder aus meinem Leben.
Und jedes Mal sah ich zwei Fußspuren im Sand,
meine eigene und die meines Herrn.

Als das letzte Bild an meinen Augen
vorübergezogen war, blickte ich zurück.
Ich erschrak, als ich entdeckte,
dass an vielen Stellen meines Lebensweges
nur e i n e Spur zu sehen war.
Und das waren gerade die schwersten
Zeiten meines Lebens.

Besorgt fragte ich den Herrn:
Herr, als ich anfing, dir nachzufolgen,
da hast du mir versprochen,
auf allen Wegen bei mir zu sein.
Aber jetzt entdecke ich,
dass in den schwersten Zeiten meines Lebens
nur eine Spur im Sand zu sehen ist.
Warum hast du mich allein gelassen,
als ich dich am meisten brauchte?

Da antwortete er: „**Mein liebes Kind,
ich liebe dich und werde dich nie allein lassen,
erst recht nicht in Nöten und Schwierigkeiten.
Dort, wo du nur eine Spur gesehen hast,
da habe ich dich getragen.**"

Ein Weihnachtsbrief

> Bewahre den Frieden zuerst in dir selbst,
> dann kannst du auch anderen Frieden bringen.
> Thomas von Kempen

nun will ich versuchen ein paar Gedanken zum bevorstehenden Weihnachtsfest aufzuschreiben.

Bei viel Kerzenlicht, zwischen grünen Zweigen, selbst gebackenen Plätzchen, trauten, jahrhundertealten Melodien feiern wir Weihnachten – **den Höhepunkt des Jahres.**

Wenn wir in Ruhe uns zurückgezogen haben, vielleicht noch mit einem Blick in die verschneite Abendlandschaft, davon dürfen wir wenigsten träumen, da kommt eine bestimmte warmwonnige Stimmung auf. Für einen Moment vergessen wir die Sorgen des Alltags, aber es ist nur ein Augenblick, eine kurze Freude, ein Tropfen auf den heißen Stein der Sehnsucht nach Frieden!

Mit wie viel Hektik, Vorbereitungen, erheblichen Aufwand erkämpfen wir uns doch alljährlich dieses kurze Gefühl der Hochstimmung. Manchmal gelangen wir auch nicht hinein in diesen stimmungsvollen Frieden, dann nämlich, wenn Streit da ist und kein Frieden in Sicht!

Allzu oft müssen wir erkennen, dass der Weihnachtsfriede nur wie ein dünner Zuckerguss die ungelösten Probleme und Nöte unseres Lebens umhüllt.

Nein, Weihnachten ist mehr als ein Zuckerguss! Vor nun nahezu 2000 Jahren hat sich der ewige Gott um uns intensiv gekümmert. **Wir waren und sind ihm nicht egal! Er hat uns lieb!**

„Also hat Gott die Welt geliebt, dass er seinen eingeborenen Sohn gab, damit alle, die an ihn glauben, nicht verloren werden, sondern das ewige Leben haben."

Hier kommen wir zum Kern des Weihnachtsfestes: Gott wurde Mensch und ist als Kind in der Krippe im Stall zur Welt gekommen, mit dem Ziel, für uns zu sterben, sich an unserer Stelle strafen zu lassen.

Gott ist ein gerechter, heiliger Gott, der über Sünde nicht einfach hinweggeht, wie wir manchmal, sondern der in Gerechtigkeit jede einzelne Sünde richten wird.

Nun sandte er seinen Sohn an Weihnachten auf die Erde. Dieser nahm die Strafe für unsere Sünden auf sich, am Kreuz ließ er sich hinrichten.

Im ersten Teil der Bibel, dem Alten Testament, lesen wir schon von ihm in Jesaja, Kapitel 53, Verse 5-6: „Die Strafe liegt auf ihm, **damit wir Frieden hätten und durch seine Wunden sind wir geheilt.**"

Suchen wir also Frieden, den Frieden, der uns nicht nur in Weihnachtsstimmung bringt, sondern bleibenden inneren Frieden, den uns die Welt nicht nehmen, aber auch nicht geben kann, auch wenn sie noch so große Anstrengungen unternimmt. Diesen Frieden gönnt sie uns auch nicht! **Aber lassen wir uns nicht durch die Bosheit der Menschen, auch wenn sie uns noch so nahe sind, den Frieden rauben!**

Diesen Frieden finden wir immer wieder neu, wenn wir uns zu Gott und Jesus halten, wenn wir beten! Wir müssen es aber ernst meinen, wenn wir beten.

Weihnachtsfreude zieht in unser Herz ein, wenn wir Jesus Christus persönlich im Glauben ergriffen haben als den, der unsere Sünde vergibt. Das ist nicht Zuckerguss, sondern die Kraft Gottes, die unser Leben gründlich und bleibend erneuert.

Darum können wir uns trotz aller Sorgen und Kümmernisse am Frieden über das ganze Jahr hinweg erfreu`n, wenn wir uns nur Gott zuwenden, denn er will, dass wir friedlich sind zu jedermann. Wenn dies aber nicht möglich ist, Frieden zu haben mit jedermann, dann suchen wir **diesen Frieden in unserem eigenen Herzen,** dort hat ihn uns Gott hineingelegt. **Der Himmel fängt im Herzen an,** weil Gott darin wohnt, wohnen will! Wenn wir damit ernst machen, werden wir erleben, **dass nichts auf der Welt uns diesen Frieden rauben kann.**

Nun wünsche ich mir, dass ich mit meinen Weihnachtsgedanken ein wenig Frieden in Dein Herz bringen konnte und hoffe, dass es Dir noch gut geht.

Für die kommende bevorstehende Weihnachtszeit wünsche ich Dir und Deinen Kindern alles Gute und viel Frieden in den Herzen.

Seid Ihr zu Hause? Egal wo Ihr seid, lasst Euch das schönste Fest des Jahres so feiern, wie Ihr es noch nie gefeiert habt!

Herzlich, liebe Grüße aus Gera sendet Dir

Helmut

Weihnachten 2010

zum diesjährigen Weihnachtsfest wünsche ich Ihnen viel Freude, Besinnlichkeit, viel Gesundheit und viele liebe Wünsche von vielen lieben Freunden.

Gedanken zum Fest der Liebe:

Liebe kann man nicht vorschreiben. Man kann sie nicht einklagen. Aber: Eine Beziehung lebt und atmet nur dann, wenn sie auf Gegenseitigkeit beruht. Wenn Liebe nicht nur hin-, sondern auch zurückfließt. Das merkt man nicht immer an den großen Gesten. Daran auch. Aber meistens sind es ganz kleine Liebeshinweise, ein Wort, eine Berührung, ein Gedanke, die die Liebe leben lassen.

So wie die Liebesbeziehungen unter uns Menschen etwas ganz Wunderbares sind, ist die Liebesbotschaft vom Himmel etwas ganz Besonderes. Alle Jahre wieder fühlen und empfinden wir zur Weihnachtszeit etwas **Himmlisches** auf Erden. Es ist eine himmlische Nachricht an uns.

Es ist mit dieser Nachricht von der Geburt des Kindes zu Bethlehem auch anders, als wenn uns in einem Lehrbuch etwas mitgeteilt wird. Der Engel des Herrn war nicht ein Professor. Ein Professor würde vielleicht gesagt haben: Den Menschen ist der Heiland geboren. Ach ja, den

Menschen so im Allgemeinen, und dann denkt man: Ich werde nicht dazugehören, es werden andere Menschen sein. So wie man im Fernsehen oder anderswo andere Menschen zu sehen bekommt, die nicht wir sind! Der Engel des Herrn aber zeigt auf die Hirten, und er zeigt auf uns. Seine Nachricht ist eine Anrede: Euch ist der Heiland geboren! Euch: ungefragt, wer wir sind, ob wir die Nachricht verstehen oder nicht, ob wir gute oder fromme Menschen sind oder nicht, **Wir sind gemeint! Wir sind die, für die das geschehen ist!**

Die Weihnachtsgeschichte geschieht also nicht ohne uns, wir sind in dieser Geschichte drin.

In diesem Sinne noch schöne Stunden und liebe Grüße von

    Helmut Dröws

Weihnachtsgrüße

nach dem gestrigen Telefongespräch kam mir der Gedanke, Euch ein paar Zeilen, ein paar gute Worte, zum Jahreswechsel zu senden. Mal sehen, ob es mir gelingt?

Das Jahr geht nun still zu Ende und da kommen Gedanken über vergangene Tage. Gern denken wir an das Gute zurück, aber leider gab und gibt es immer wieder auch unschöne Dinge in unserem Leben mit denen wir fertig werden müssen. Doch nicht immer können wir Böses und Schlechtes vertreiben, so viel Mühe wir uns auch geben oder guten Willen auch haben. Es kann auch niemand einem anderen etwas geben, wenn dieser es nicht nehmen will. Aber die Wunden sind geschlagen und verursachen umso größere Schmerzen, weil sie uns von den am meisten Geliebten, den Kindern, herrühren.

Es bleibt uns also nichts anderes übrig als den Frieden in uns selbst wieder zu finden. Frieden ernährt und Unfrieden zerstört. Ja, der Unfriede nagt an unserer Seele und wir müssen dafür sorgen, dass wir daran nicht zerbrechen. Was bleibt uns also zu tun?

Ich fühle immer mehr, wie die Welt sich verändert und sage mir, sei stark, bleib wie du bist, denn das was tief in meiner Seele wohnt und der, der in mir lebt, soll auch weiter in mir stark sein, Jesus Christus. Ich denke, dass ich da auf dem richtigen Weg bin, wenn ich sage: „ich ändere mich nicht, denn Gott ändert sich auch nicht!"

Wenn wir denken wie Gott, dann sind wir auf dem richtigen Weg, dann sind wir in der Wahrheit. So habe ich immer meine Sorgen dem lieben Gott gesagt und er hat mir geholfen. Auch wenn es nicht immer leicht ist alles hinzunehmen, aber selig sind die Traurigen, denn sie sollen getröstet werden! Selig sind, die da hungert und dürstet nach der Gerechtigkeit, denn sie sollen satt werden. Selig sind, die reines Herzens sind, denn sie werden Gott schauen. Selig sind die Friedfertigen, denn sie werden Gottes Kinder heißen. Diese Verheißungen sind mir ein Trost in allen Leiden.

Mit den Veränderungen dieser Zeit, mit den erkalteten und zu Stein gewordenen Herzen müssen wir leben, auch wenn es uns sehr schwer fällt. Wir müssen deshalb stark sein, damit wir daran nicht zerbrechen. Darum bleibt es mein Grundsatz, den Jesus uns sagt: "Nehmt auf euch mein Joch und lernet von mir, denn ich bin sanftmütig und von Herzen demütig, **so werdet ihr Ruhe finden für eure Seelen.** Matthäus 11.29

Darum musste Jesus so viel Leiden, nun auch wir. Von ihm hole ich mir immer die Kraft, die ich brauche um alles durchzustehen. **Darum bin ich stark!**

Das Leben mit Jesus war unwahrscheinlich interessant. Es passierte immer etwas Aufregendes, aber alles, was geschah, kam von Gott oder wies auf Gott. Wenn Jesus redete, machte er uns das Wesen Gottes deutlich, wenn Jesus heilte, begriffen wir Gottes Liebe zu den Menschen. Jesus wurde ernst, ja geradezu heftig, wenn Gott verachtet, geschmäht, belächelt wurde. Jesus hat manche Enttäuschung mit uns erlebt, aber nie hat er uns aufgegeben.

Darum wollen auch wir nicht im Zorn zurückblicken! Erinnerungen sind nicht wehmütige Rückblicke, sie sind Impulse für die Zukunft, d.h. wir wollen unseren geraden Weg weitergehen, auch wenn man uns Steine in den Weg räumt.

Die zurückliegenden Tage hatten uns viel zu sagen. Wir müssen nur aufmerksame Zuhörer sein, dann nehmen wir viel Kraft aus ihnen.

Advent kennt auch Befehle: „Steh auf!" Starrt nicht verzweifelt in die Gegend, senkt nicht resigniert den Blick. „Seht auf!" Ihr sollt die Zeichen der Zukunft erkennen. "Erhebt eure Häupter!" Ihr Christen müsst nicht niedergeschlagen sein, ihr könnt gestärkt und erwartungsvoll euer Haupt erheben. „Kopf hoch!" sagt schon die alte Volksweisheit, im Glauben gilt es erst recht. Ihr habt auch allen Grund, nach oben auf Gott zu blicken: „Es naht sich eure Erlösung!"

Und dann war es soweit: Der Heilige Abend ist da, von vielen sehnsüchtig erwartet, von manchen aber auch gefürchtet. Nie ist die Einsamkeit so schwer zu tragen wie am Heiligen Abend. Jetzt muss es sich erweisen, ob die gute Nachricht für alle gilt: für die Glücklichen und die Unglücklichen, für die Erwartungsvollen und die Skeptiker, für die fröhliche Familie und die Einsamen. Ihnen allen gilt die Anrede: „Euch ist heute der Heiland geboren!" Jedes Jahr wird diese Botschaft erneuert, das Heute wird Wirklichkeit. Weihnacht ist keine Erinnerung an eine tröstliche Kindheit, Weihnacht ist lebendige Gegenwart. Niemand darf meinen, in diesem Jahr werde es nicht hell in seinem Herzen. Deshalb muss dieser Zuruf erneuert werden, denn er gilt auch denen, die es schwer haben sich zu freuen, auch denen, die sich mit Gedanken und Gefühlen gegen den Sinn dieser Feier wehren: „Euch ist heute der Heiland geboren!"

„Wir sahen seine Herrlichkeit!" Das ist nun die Frage an uns heute. Haben wir auch etwas gesehen und erlebt am Christfest dieses Jahres? Ist uns irgendwie seine Liebe begegnet, haben wir Freude gespürt, ahnen wir etwas von einem Frieden, der von ihm ausgeht?

Ich hoffe, dass auch Ihr, Weihnachten erleben konntet in dem Sinne, wie ich hier beschrieben habe. Trotz Dunkelheit, Schmerz und Traurigkeit, Weihnachtsfreude erleben konntet. Lasst den Mut nicht sinken und beginnt das neue Jahr mit dem, der unser Heil ist, nämlich Gott.

Nach der Freude aus der Frohbotschaft: Der Retter ist geboren! Hören wir auch weiterhin die menschliche Wirklichkeit: **Man will ihn nicht!**

Ein neues Jahr darf nicht ohne Dank beginnen. Dank ist nicht nur bei einer Endabrechnung fällig. Dank begleitet uns. Die Erinnerung an die „guten Taten Gottes" verbreitert unsere Lebensbasis. Wir schleppen nicht eine lästige, sondern eine gesegnete Vergangenheit mit. Im Glauben verwandelt sich die Situation. Die Schwierigkeiten werden nicht weggezaubert, aber sie werden in größere Zusammenhänge gerückt. Die Entscheidungen werden nicht abgenommen, aber sie werden uns zugemutet.

Herr Gott, wir danken dir, dass du uns führst und leitest mit deiner Liebe. Gib uns Kraft, dass wir uns am Anfang des Jahres neu deinen Aufgaben stellen und auf deinen Ruf hören.

Wenn wir das tun, kann uns nichts, aber auch gar nichts klein kriegen, denn Gott ist groß und er lässt uns nicht im Stich, das glaube ich ganz fest. Liebe Grüße

Helmut

> Der Himmel auf Erden ist kein Ort, den du findest, sondern eine Wahl, die du treffen musst.

Gedanken zum neuen Jahr

Liebe dich selbst, dann können die andern dich gern haben! (Dr. Eckhard von Hirschhausen)

Ein guter Grundsatz für ein neues Jahr!

Ohne darüber nachzudenken klingt er zeitgemäß, aber so hat ihn Hirschhausen nicht gemeint.

Erst müssen wir uns selber lieben, bevor uns andere dann gern haben. Wenn wir mit uns selber im Reinen sind, dann strahlen wir diese Reinheit aus und dafür hat man uns gern. Wir müssen also etwas bieten damit man uns gern haben kann. Das ist z.B. **unser reines Herz, unsere Milde und Güte, unsere Lebenserfahrung, unsere Altersweisheit, unsere Liebe zum Nächsten.**

Wenn man uns dann trotzdem ablehnt, nicht annimmt, nicht gern hat, dann können wir weiter nichts als traurig darüber sein. Wenn wir sagen können: "Wir haben alles getan, was wir konnten, aber ohne Erfolg, dann bleibt die Trauer!"

Nach großem Schmerz trauern wir. Und **die Trauer ist unsere Heilung.** Zu wenig Trauer wäre zu wenig Heilung.

Jesus aber sagte: „Selig sind, die Leid tragen, denn sie sollen getröstet werden."

Damit ist nicht nur die Trauer über einen Verstorbenen gemeint, sondern wir sollen auch getröstet werden, **wenn wir die Zerrissenheit der Lebensumstände erfahren müssen.** Wichtig dabei ist jedoch, **dass wir alles getan haben,** was notwendig ist.

Aus dem Ertragen des Leides ergibt sich die Traurigkeit in unserem Herzen. Wir könnten auch wütend sein, wenn wir keine Arbeit haben oder krank sind oder der Frieden, das Vertrauen und die Liebe erloschen sind. Das hilft uns aber nicht weiter, sondern die Erkenntnis, dass wir das Leben annehmen müssen, ob es uns gefällt oder nicht. Das gibt uns Trost und damit erfüllt sich Jesu Wort: „Die Traurigen sollen getröstet werden."

Wir erleben zwar die Zerrissenheit, die uns umgibt**, aber wir sind es selber nicht.** Das macht uns stark das Schicksal, das Leben zu ertragen. Tun wir alles, damit man uns gern haben kann!

Helmut

Wirf dein Anliegen auf den Herrn; der wird dich versorgen und wird den Gerechten in Ewigkeit nicht wanken lassen.
Psalm 55,23

DEZEMBER

Ostergedanken

Gerade zur Osterzeit ist es wichtig zu wissen, da gibt es Hoffnung, es gibt Menschen, die denken an Dich und beten für Dich. Aber einer ist sogar für uns gestorben, damit wir bei Gott geborgen sein können und es uns gut gehen wird.

Wo Jesus handelt, handelt er **aus Liebe.** Wo Jesus ist, ist Liebe. Und wo wir uns von der Liebe geborgen wissen, da haben wir auch Frieden, so haben es alle schon erlebt. Wer wollte es leugnen?

Und er wartet darauf, dass wir unser Kreuz auf uns nehmen, wie er das seine getragen hat. Dann will er bei uns stehen und mit uns gehen. Er will uns helfen, mit der Angst und den Zweifeln zu kämpfen, die in uns wohnen. Er will uns helfen, ein siegreiches Zeugnis unseres Glaubens abzulegen – gerade wenn wir ganz unten sind, unter dem Kreuz.

Die Hoffnung auf ihn, den Lebendigen von Ewigkeit zu Ewigkeit, wird uns stark machen – auch dann, wenn die eigenen Kräfte nicht zureichen oder geringer werden.

Nicht alle unsere Wünsche, aber alle seine Verheißungen, erfüllt Gott! Dadurch werden auch wir daran erinnert, dass letzten Endes alles in Gottes Hand liegt.

Wir hören, fühlen und empfinden: Du bist geborgen in meiner Liebe, Du stehst unter meinem Schutz, Du kannst hoffen und vertrauen, ich gehe mit Dir, heute, morgen, immer. In unser unruhiges und mit Sorgen und Mühe erfülltes Leben kommt etwas von dem Frieden, von der Freude, die man weder machen noch erklären kann. Das ist nicht die natürliche Freude ungebrochener Lebenskraft, sondern das ist verwandelte Traurigkeit, überwundene Angst und der Glanz in den Augen, in denen Tränen getrocknet sind.

Ganz liebe Grüße aus Gera und viel Kraft wünschend bin ich mit Euch verbunden

Helmut

Frühlingsbotschaft

Leise zieht durch mein Gemüt
Liebliches Geläute.
Klinge, kleines Frühlingslied,
Kling hinaus ins Weite.

Heinrich Heine

Gedanken zum Geburtstag

nach unserem langen Telefonat von gestern Abend will ich nun meine Geburtstagsgrüße aufschreiben.

Wünsche Dir von Herzen alles Liebe und Gute, im Besonderen aber viel Gesundheit. Ja, was braucht man in diesem hohen Alter mehr als Gesundheit. Wenn man es soweit mit dem Alter gebracht hat, dann darf man schon dankbar zum Himmel aufschauen, **denn von dort kommt auch unsere Gesundheit her und alles Gute,** was wir sonst noch haben. Ich freue mich sehr, dass es Dir noch so gut geht. Von den alltäglichen Wehwehchen mal ganz abgesehen, die hat wohl auch jeder! Aber ein zufriedener und dankbarer Mensch kann nicht jeder sein. Darin liegt aber unser Reichtum, **wenn wir gläubig zum Himmel aufschauen und alles aus Gottes Hand nehmen können.**

Ich habe dies in meinem Leben erlebt. Mein ganzes Lebensziel war es nach der Wahrheit zu suchen. Dabei habe ich gelernt, wenn jemand die Wahrheit sucht wird er nicht nur diese finden, **sondern Gott und alles Gute dazu.** Gott ist die Wahrheit und deshalb können wir nicht die Wahrheit ohne Gott finden. Das wäre ein Widerspruch.

Es war mir immer eine große Freude in meiner Freizeit nach der Wahrheit zu suchen und damit Gottes Wort zu finden. Ich habe sozusagen ganz freiwillig das Wort Gottes studiert und nenne mich deshalb scherzhafter Weise gern einen Bibelforscher. Dies konnte ich, weil ich sehr viel Zeit hatte in meinem Leben. Meine ganze Freizeit habe ich diesem Ziel gewidmet.

Das Fazit meines Studiums ist nun folgendes:

Es kommt nicht darauf an, ob man die Bibel zigmal gelesen hat oder über das Wort Gottes viel gelesen oder studiert hat, sondern zu begreifen, was Jesus uns gesagt hat: „Ein Beispiel habe ich Euch gegeben, dass Ihr Euch untereinander so lieb habt, wie ich Euch geliebt habe. Denn ich bin sanftmütig und von Herzen demütig, so werdet Ihr Ruhe finden für Eure Seelen."

Wir sollen also sanftmütig und von Herzen demütig werden!

Das begreift ein Kind, ein alter und auch kranker Mensch! Darum habe ich auch zu Kindern und alten Leuten einen sehr guten Kontakt. Die dazwischen liegen, wissen sowieso alles besser. Ich meine also, man braucht nicht das Wort Gottes zu studieren, sondern nur zu befolgen was Gott uns gesagt hat: „Der liebe Gott hat uns nicht aufgefordert, Kenntnisse zu erwerben in den Universitäten und Seminaren, er hat uns nur ermahnt, **auf seine Gebote zu achten!**"

So, nun will ich aber aufhören, denn es ist heute genug philosophiert!

Bleibe gesund und genieße mit Deiner Familie, den Tag. Liebe Grüße aus Gera sendet Dir

Helmut

Sommergedicht

Geh aus mein Herz und suche Freud in dieser lieben Sommerzeit an deines Gottes Gaben.

Schau an der schönen Gärten Zier und siehe, wie sie mir und dir sich ausgeschmücket haben.

Die Bäume stehen voller Laub, das Erdreich decket seinen Staub mit einem grünen Kleide.

Narzissen und die Tulpen, die ziehen sich viel schöner an als Salomonis Seide.

Die Lerche schwingt sich in die Luft, das Täubchen fleucht aus seiner Kluft und macht sich in die Wälder.

Die hochbegabte Nachtigall ergötzt und füllt mit ihrem Schall Berg, Hügel, Tal und Felder.

Die Glucke führt ihr Völklein aus, der Storch baut und bewohnt sein Haus, das Schwälblein speist die Jungen. Der schnelle Hirsch, das leichte Reh ist froh und kommt aus seiner Höh ins tiefe Gras gesprungen.

Der Weizen wächset mit Gewalt darüber jauchzet jung und alt und rühmt die große Güte des, der so unermüdlich labt und mit so manchem Gut begabt das menschliche Gemüte.

Sooft die Sonne aufersteht,
erneuet sich mein Hoffen
und bleibet, bis sie untergeht
wie eine Blüte offen.

Gottfried Keller

Gottes Hände halten die weite Welt,

Gottes Hände tragen das Sternenzelt,

Gottes Hände führen das kleinste Kind,

Gottes Hände über dem Schicksal sind.

Gottes Hände sind meine Zuversicht,

durch alles Dunkel führen sie doch zum Licht.

Vom Kampf umwittert, vom Sturm umtost,

in Deinen Händen, Herr, bin ich getrost!

Hugo Specht
Alter Kirchenspruch aus Leipzig

Göttliche Vollkommenheit

Weisheit meines Gottes, lenke mich!

Macht meines Gottes, stärke mich!

Güte meines Gottes, begnadige mich!

Geist meines Gottes, belebe mich!

Liebe meines Gottes, umfange mich!

Wille meines Gottes, verfüge über mich!

Heiligkeit meines Gottes, heilige mich!

Milde meines Gottes, tröste mich!

Erhabenheit meines Gottes, regiere mich!

Unendlichkeit meines Gottes, erfülle mich!

Licht meines Gottes, durchleuchte mich!

Barmherzigkeit meines Gottes, errette mich!

Schönheit meines Gottes, befreie mich!

Süßigkeit meines Gottes, durchdringe mich!

Friede meines Gottes, befriede mich!

Ruhe meines Gottes, bewohne mich!

Heiligste Dreifaltigkeit, segne mich im Leben,

im Tode, in der Zeit und in der Ewigkeit.

Das Leben
ist ein großes Abenteuer zum Licht.
Paul Claudel

Mitten in der Arbeit, im Gedräng der Zeit,

in dem Rausch der Freude, in der Müdigkeit,

halt ein wenig stille, einen Augenblick;

denn Du brauchst Besinnung für Dein inn`res Glück!

Wenn mitunter Menschen auch vergessen Dein,

lass Du helle leuchten Deiner Treue Schein!

Ist doch immer einer, der Dich nie vergisst,

Dir an jedem Tage stündlich nahe ist.

Gemeinde wird nicht dadurch gebaut, dass man gemeinsame Ausflüge macht, zusammen Sport treibt, spielt und Kaffee trinkt, **sondern immer noch dadurch, dass Menschen sich zu Wort und Sakrament halten!**

Meinungen über Pfarrer

Wenn er bei der Predigt laut spricht, dann schreit er. Wenn er normal spricht, versteht man nichts. Wenn er ein eigenes Auto besitzt, ist er weltlich gesinnt. Wenn er keines hat, geht er nicht mit der Zeit. Wenn er die Gemeindeglieder besucht, dann schnüffelt er überall herum und ist nie zu Hause. Wenn er zu Hause ist, macht er nie Hausbesuche. Wenn er sich beim Gespräch Zeit lässt, dann macht er es zu lange. Wenn er es nicht tut, dann hört er die Menschen nicht an. Wenn er die Kirche renovieren lässt, dann wirft er unnötig Geld hinaus. Wenn er es nicht tut, dann lässt er alles zugrunde gehen. Wenn er jung ist, hat er keine Erfahrung. Wenn er alt ist, sollte er sich pensionieren lassen. Wenn er stirbt, ist niemand da, der ihn ersetzt.

Wenn wir aber jeden anderen Glauben als gleichberechtigte Heilsbotschaft akzeptieren, verliert Jesu Missionsanspruch seine Gültigkeit.

Wenn einer des Anderen Last trägt und man sich gegenseitig Mut macht, **fördert das die Gemeinschaft.**

Loslassen, was uns nicht weiterbringt, aber am Bewährten festhalten und es fortentwickeln.

Von einer Kirche, die strahlt, sollten wir träumen. Für eine Kirche, die etwas ausstrahlt, sollten wir beten. Eine Kirche, die weithin leuchtet, sollten wir bauen.

Eine lebendige Kirche ist durch Gott aktiv, **nicht durch uns!**

Wer alles Alte wegwirft, **wird das Neue nicht lange behalten!**

Es gilt nicht mehr der Satz: Denn sie wissen nicht, was sie tun. **Heute muss es heißen: Sie tun nicht, was sie wissen!**

Die gefährlichste List des Teufels besteht darin, uns zu überzeugen, dass es ihn nicht gibt.

Seid aber Täter des Wortes und nicht Hörer allein, musste einer Gemeinde gesagt werden, die die Früchte des Hörens nicht reifen ließ. Sie vergaß Witwen und Waisen. Sie redete, ohne auf den anderen genau gehört zu haben. Sie ereiferte sich im Zorn und setzte sich so auf den Richterstuhl Gottes. Sie unterschied sich auch in ihrer Lebensweise **nicht vom Zeitgeist.** Dabei hätte das alles anders sein können. **Sie hörte doch das Wort Gottes!**

So kann es sein, dass das Tun des Guten in dieser friedlosen Zeit darin besteht, **dass ich in die Kirche gehe und höre und so zeige, wo Frieden zu finden ist und was die Mitte des Lebens bildet.**

Enttäuschungen über Mitarbeiter in der Gemeinde haben zur Folge, dass sich die Enttäuschten von der Kirche abwenden. Eigentlich muss das nicht so sein. Wenn ich mich über meinen Bäcker geärgert habe, verzichte ich doch auch nicht künftig auf alle Backwaren. **Außerdem ist es verkehrt, von den Fehlern der Menschen auf Gott zu schließen.**

Wer überall Fehler findet, **wird sie auch im Paradiese finden!**

Alle Wenn und Aber **blockieren den Weg zum wahren Leben.**

Ablehnend kann deprimierend sein, **doch wer den Boten ablehnt, verweigert sich damit auch dessen Herrn.** Heute soll niemand erschrecken, wenn etwa Bekannte unseren Glauben ablehnen. Das gilt nicht uns, **sondern dem Herrn.**

Christsein ist nicht die Sache eines Augenblicks, sondern es will Zeit.

Worauf es ankommt

Es kommt nicht darauf an, glücklich zu sein, sondern andere glücklich zu machen.

Es kommt nicht darauf an, geliebt zu werden, sondern zu lieben und andern zum Segen zu sein.

Es kommt nicht darauf an, zu genießen, sondern mitzuteilen.

Es kommt nicht darauf an, was wir sind, sondern wie wir sind.

Es kommt nicht darauf an, was wir tun, sondern wie und warum wir es tun.

Es kommt nicht darauf an, dass wir lange leben, sondern dass unser Leben den rechten Inhalt hat.

Es kommt nicht darauf an, wann wir sterben, **sondern ob wir bereit sind, Gott zu begegnen.**

Darum die Warnung: **„Öffnet eure Türen für die Irrlehren nicht einen Spalt breit!"**

Rede, Herr, dein Knecht hört. 1.Samuel 3.9

Unsere Zeit verläuft dagegen oft nach dem Motto: **„Höre, Herr, dein Knecht redet!"**

So rät zum Beispiel Sirach, man solle sich mit dem Verständigen besprechen, alles nach Gottes Wort ausrichten und mit rechtschaffenen Leuten Umgang pflegen. Sirach 9, 22-23

Unser Tun kann nur gerecht sein, wenn es Gottes Recht vertritt!

Herr, lass mich trachten, nicht, dass ich getröstet werde, sondern, dass ich tröste, nicht, dass ich verstanden werde, sondern, dass ich andere verstehe, nicht, dass ich geliebt werde, sondern, dass ich andere liebe.

Jesus heute: „Mein Haus soll ein Bethaus sein und ihr habt ein Beathaus daraus gemacht."

Der Vater ist der Vater, wenn er befiehlt, dann muss der Sohn gehorchen. Die Herde, die den Hirten führen will, läuft früher oder später Wölfen in den Rachen.

Mancher zündelt mit der Stalllaterne, und er denkt, er sei das Licht der Welt. Droben leuchten Sonne, Mond und Sterne, die er für entbehrlich hält.

Wenn Hirten streiten, leiden die Schafe. Wenn Schafe zanken, haben die Hirten viel unnötige Arbeit.

Wer Gott zu sich reden lässt, **wird frei von Fragen.**

Wer stehen bleibt fällt zurück. Neue Phantasien, neue Wege bringen Erfolg. Dieser Mann scheint **nicht** festzustehen! Leistung, Vertrauen und Erfolg sind uns nicht fremd. Neue Wege, statt ausgetretenen Pfaden, wenn Erfolge ausbleiben? Es gehört auch zum Leben, dass Erfolg und Leistung ausbleiben. **Leistung und Erfolg sind nicht unser Ziel!** Sie sind wichtig, machen aber den Wert nicht aus. Ohne Glaube, Liebe, Hoffnung, zwar ganz unmodern, ist unser Ziel nicht zu erreichen! **Das ist ein Fundament,** das trägt, aber nicht Erfolg und Leistung.

Die Kirche kann ihrem Auftrag nicht gerecht werden, wenn sie ihre Botschaft an das Bedürfnis der Zeitgenossen anpasst. Der Auftrag der Kirche ist unverrückbar vorgegeben!

Gott sucht bei uns keinen Erfolg, **er sucht Frucht.**

Aus Sprüche:

Man halte Distanz! Der Weise sollte sich nicht mit dem Toren einlassen, **nicht mit ihm diskutieren.** Schlimmer als ein Tor ist einer, der sich nur einbildet, weise zu sein. Dabei machen wir uns selbst zum Maßstab – und das ist wohl die größte Torheit.

Gott, mit Liedern gelingt, was wir im Leben erhoffen: **Vielstimmigkeit in Harmonie.**

Denn nicht ein Feind beschimpfte mich, **das würde ich ertragen,** nicht ein Mann, der mich hasst, tritt frech gegen mich auf, vor ihm könnte ich mich verbergen.

Nein, du bist es, ein Mensch aus meiner Umgebung, mein Freund, mein Vertrauter, mit dem ich in Freundschaft verbunden, zum Hause Gottes gepilgert bin! Psalm 55

Bei Gott geht es nicht darum, ob ich Recht hatte, **sondern ob ich Liebe hatte!**

Nicht alles ist göttlich, was so tut. **Passen wir auf!**

Warum gibt es Naturkatastrophen? Gottes Willen zu ergründen, kann nicht menschliche Aufgabe sein.

Vor Gott gilt nicht: Der Ehrliche ist der Dumme. Bei Gott heißt es: Ehrlich währt am längsten!

Wenn wir mit Worten angegriffen werden, liegt es in der menschlichen Natur, dagegen anzugehen und zu argumentieren. **Das ist nicht immer weise. Es ist manchmal besser, stille zu sein und zu schweigen.** So zu handeln gibt Gott Raum zu wirken und das macht stark.

Wo die Mehrheit die Botschaft von der Liebe Gottes nicht mehr hören will, **kann man sie denen sagen, die sie noch hören wollen.**

Haben wir noch etwas von der Gewissheit früherer Generationen: „Er sitzt im Regimente…" Wissen wir noch etwas davon, dass Gott der Herr der Geschichte ist, wider allen Augenschein? Es wird regiert! Er, unser Gott, ist und bleibt der Herr aller Herren und Könige.

5015 ist die Rufnummer Gottes! Psalm 50.15 heißt es: Rufe mich an in der Not, so will ich dich erretten.

Es ist sicher, dass wir schneller fahren, höher fliegen und weiter sehen können als Menschen früherer Zeiten. Nicht sicher ist, wie wir bestehen werden vor seinem Blick. **Vielleicht haben wir mehr Barmherzigkeit nötig als alle, die vor uns waren.**

Wann wird sich Gott einem Gottesdienst verweigern, wird mit Abscheu auf Gebete, Worte, Andacht schauen?

Wenn Waffen gesegnet werden, wenn Thron und Altar unheilvoll Arm in Arm gehen, wenn Gebete vor dem Atomwaffenabwurf auf Hiroshima und Nagasaki gesprochen wurden, wenn **ein Kult des Wohlfühlens stattfindet,** der soziale Not ausblendet. Wenn die Unglaubwürdigkeit unerträglich wird.

Das ist es, was Feindschaft und Zorn in der Christenheit anrichtet, dass die Christen oft nicht mehr aussehen wie Christen, ja nicht mehr wie Menschen, **sondern wie Tiger und Löwen.**

Und wie viele lassen nicht nur die Sonne untergehen über ihren Zorn, wie viele tragen nicht nur Tage, nicht nur Wochen, nicht nur Monate, sondern sogar jahrelang diesen Grimm in sich herum, gehen indes zum Heiligen Abendmahl, zum Tisch des Herrn, der für ihre Sünden gestorben ist, sie beten, vergib uns unsere Schulden, wie wir unseren Schuldigern vergeben. **Doch sie vergeben nicht!**

Man gibt seinen Sünden nun gute Namen: Die Lüge nennt man **Weltklugheit,** den Zorn **gerechten Amtseifer**, das faule Geschwätz die **Kunst zu unterhalten,** den feinen oder großen Diebstahl **die Kunst zu leben.**

Die Rückzugsversuche sind vielfältig. Die Bergpredigt ist weltfremd. Man kann nicht nach ihr leben. Politik kann man schon gar nicht mit ihr machen. Die Bergpredigt fordert lediglich eine neue Gesinnung, aber keine Verwirklichung. **Unklug, töricht nennt Jesus solche Gedanken!**

Jesus sagt: „Ihr alle könnt zu Gott kommen, so wie ihr seid**, aber ihr könnt nicht so bleiben!"**

Wir können Gott mit dem Verstande suchen, aber finden können wir ihn **nur mit dem Herzen.**

O Freund, **der Mensch ist nur ein Tor,** stellt er sich Gott als seines Gleichen vor. **Goethe**

Eine Gemeinde hört auf, Gemeinde Jesu zu sein, wenn sich in ihr die Maßstäbe der Welt durchsetzen. Sie ist dann zum Scheitern verurteilt, **auch wenn sie festliche Gottesdienste feiert.**

Wie soll die Welt lernen, Frieden zu halten, wenn selbst die Gemeinde Jesu im Streit lebt?

So wenig wie ein Frau ein bisschen schwanger oder der Mensch ein bisschen tot sein kann, so wenig kann eine Situation ein bisschen klar sein. Sie ist klar oder sie ist trübe. Wir können auch nicht nur ein bisschen zu Gott gehören.

Der ist ein guter Prediger, der seine eigenen Ermahnungen befolgt.

Werde ein guter Freund! Biete den Menschen um dich herum liebevolle Gemeinschaft, guten Rat, der von Gott kommt, und selbstlose Hilfe. Dann wirst du nicht nur gute Freundschaften bekommen, sondern du wirst die Herzen und Seelen deiner Mitmenschen, die doch auch Geliebte Gottes sind, erfrischen. Und wer andere mit einem Liebestrunk aus dem Brunnen der Freundschaft erfrischt, der wird selber erfrischt.

Dein Herz kennt den Weg nach Hause!

Wie reagierst du auf Gottes Rufen und Werben? Spitzt du die Ohren, bist du bereit, Gott zu folgen? Oder hast du den Verstärker des Vergnügens so laut aufgedreht, dass du dich von ihm volldröhnen lässt und nur hoffst, dass du morgen und übermorgen auch **noch mittanzen kannst?**

Höre auf dein Herz. Folge Gottes Wegweiser. Genieße das Schöne, das Gott dir auf dieser Erde gibt, aber sei dir darüber im Klaren, dass du noch nicht zu Hause bist. Das Beste kommt noch. Höre auf die Stimme deines Gewissens. Es weiß welchen Weg Gott für dich möchte.

Du bist Gottes Hände und Füße!

Vergiss dies nie: Dein Händedruck, deine Umarmung kann die Berührung Gottes sein, die dein Mitmensch gerade so dringend braucht.

Enthalte sie ihm nicht vor. Vielleicht sollst du Gottes Antwort auf einen Hilfeschrei, die Erhörung eines Gebetes sein.

Weigere dich nicht, dem Bedürftigen Gutes zu tun, **wenn deine Hand es vermag.** Sprüche 3.27

Der Glaube, der nie erprobt wird, ist ein Glaube, der auch **nicht** wächst.

Wer Prüfungen und Anfechtungen durchlebt, legt stets das Examen für die nächste Stufe geistlicher Reife ab.

Verschiedenheit von Religionsmeinungen findet man nur bei Alltagsmenschen. **Leute von Geist haben nur eine Religion!**

Heute aber, wenn man es bei Lichte besieht, hat jeder seine **eigene** Religion.

Ein Christ ist ein solcher Mensch, der gar keinen Hass noch Feindschaft wider jemand weiß, keinen Zorn noch Rache in seinem Herzen hat**, sondern Liebe, Sanftmut und Wohltat.**

Heutzutage geht eine abweichende Lehre um, die besagt, dass Lob und Dank im Gebet Vorrang vor allen haben müssen. Das ist nicht nur unehrlich, sondern haarsträubend unbiblisch. Lob und Dank sind sicher immer angemessen. Und es stimmt, dass unsere letzten Gebete nur noch aus Lobpreis bestehen werden, der Himmel wird widerhallen von unseren Amens und Hallelujas, deshalb ist es immer eine gute Idee, sich in der Anbetung zu üben. Doch im Hier und Jetzt sind wir vor allem **Bittende.** Jesus lehrte uns, zu bitten. In dem Beispielgebet, das er uns gab, brachte Jesus uns bei, zu bitten: **Sieben Bitten finden sich im Vaterunser und kein einziges Dankeschön.**

> *Ob wir den Frieden Gottes wirklich gefunden haben, wird sich daran erproben, wie wir zu den Trübsalen, die über uns kommen, stehen.*
>
> *Dietrich Bonhoeffer*

Sieben Werke der Barmherzigkeit

1. Du gehörst dazu

2. Ich höre dir zu

3. Ich rede gut über dich

4. Ich gehe ein Stück mit dir

5. Ich teile mit dir

6. Ich besuche dich

7. Ich bete für dich

Gehen wir auf jene zu, die nicht zu uns gehören. Sie gehören Gott, das sollte uns genügen.

Heilig wird man, wenn man **gehorsam** ist.

Religion muss **Herzenssache** sein!

Die Wiederkunft Christi:

Zuvor muss der Abfall kommen. Der Mensch der Gesetzlosigkeit muss offenbar werden, er, der Sohn des Verderbens, der Widersacher, der sich über Gott und alles Heilige erhebt. Er setzt sich sogar in den Tempel Gottes **und gibt sich für Gott aus.**

Eine krasse Unterscheidung zwischen gewöhnlichen Orten und einem Heiligtum gibt es in der Herrnhuter Brüdergemeine nicht. Wir haben eine aufgeschlossene und unverkrampfte Haltung zu äußerlichen Dingen **sagen sie.** Aber halt: Als im Saal der Neuwieder Gemeinde (Rheinland) während eines Gemeindefestes **„Funkenmariechen"** auftraten und durch den Saal in Königsfeld (Schwarzwald) einmal die örtliche Narrenzunft zog, **da ging Unruhe durch die Brüdergemeine.**

Wer stellt sich heute noch die Frage: Was muss ich tun, dass ich das ewige Leben ererbe?

Heute bewegt uns: Was muss ich tun, dass mir die Gesundheit erhalten bleibt, dass ich eine gute Rente bekomme, dass ich möglichst lange fit bleibe?

Das ewige Leben haben wir **aus dem Blick** verloren.

Aber das Leben auf dieser Welt wird nicht durch Leistung wertvoll. Du, Mensch, bist nicht vor Gott, was du leistest. Vor Gott bist du der Mensch, der seine Zuwendung annimmt und erkennt, dass alles, was dir geschenkt ist, **Gnade ist, nicht Leistung.**

Mit dem Tod der Wahrheit **stirbt auch die Gerechtigkeit.**

Kein noch so tüchtiger Herzchirurg kann eine neue Gesinnung einpflanzen. Nur Gott kann das Innere, das Denken und Fühlen heilen und uns zu Menschen machen, die gern mit Gott leben.

Ein Gott ist der Mensch, wenn er träumt, ein Bettler, wenn er nachdenkt.   Hölderlin

Die Menschen kommen durch nichts den Göttern näher, als wenn sie Menschen glücklich machen.
        Cicero

Man hat nur an so viel Freude und Glück Anspruch, als man selbst gewährt.

                Feuchtersleben

Respekt ist heute eine seltene Tugend geworden. Man duzt Staatsoberhäupter, man geht mit älteren Menschen um wie mit Gleichaltrigen, man zieht sich an wie für einen Spaziergang im Wald, auch wenn man sich mit den Geschwistern zur Anbetung Gottes trifft.

Ein jeder sei in seiner Meinung gewiss. Ich darf mir meine Meinung bilden, ich darf sie auch vertreten. Aber sie darf mich nicht **von meinem Nächsten** trennen, der wie ich an Christus glaubt.

Die 10 Gebote Gottes
Gera, am 10.01.2010

Bisher hatte ich immer eine sonderbare Meinung über meine Sünden, d.h. ich dachte:

„Nun ich stehle nicht, ich töte nicht, ich lüge nicht usw. "

So groß sind ja deine Sünden nicht! Bis unlängst in einem Gottesdienst der Priester sagte: „Ich habe schon mal gestohlen!" Den Frieden bei meinem Nächsten.

Das war für mich Anlass über die Einhaltung der 10 Gebote einmal nachzudenken, um meine Sündenlast zu erkennen. Ich dachte sofort: „Ich habe nicht nur gestohlen, sondern sogar geraubt." Meinem Nächsten die Freude geraubt!

Wie werden nun die Gebote von mir eingehalten?

1. Gebot
Ich bin der Herr, Dein Gott, Du sollst keine anderen Götter neben mir haben."

Was heißt das?

Wir sollen Gott über alle Dinge fürchten, lieben und ihm vertrauen.

Das war auch immer mein Grundsatz und mein Handeln. Zuerst kommt Gott und dann immer wieder Gott.

Was haben wir aber alles für Leidenschaften, die Gott fast gleich gesetzt werden? Wie sehr lieben wir unsere Hobbys und fröhnen unserer Sammelleidenschaft. Alles gut und schön, aber hier wird klar wie sehr wir schon gegen das 1. Gebot verstoßen, ohne dass es uns überhaupt bewusst wird. Es sei denn, wir denken einmal darüber nach.

2. Gebot
Du sollst den Namen des Herrn, Deines Gottes, nicht missbrauchen, denn der Herr wird den nicht ungestraft lassen, der seinen Namen missbraucht.

Was heißt das?

Wir sollen Gott fürchten und lieben, dass wir bei seinem Namen nicht fluchen, schwören, zaubern, lügen oder trügen, sondern Gott in allen Nöten anrufen, zu ihm beten, ihn loben und ihm danken.

Wie oft sagen wir „Gott sei Dank", nur so als Redewendung und sind ganz gedankenlos dabei? Und wenn wir Gott wirklich danken sollten, tun wir es einfach nicht, wir vergessen es oft!

Auch hier ein erkennbarer Verstoß gegen das 2. Gebot.

3. Gebot
Du sollst den Feiertag heiligen.

Was heißt das?

Wir sollen Gott fürchten und lieben, dass wir sein Wort nicht verachten, sondern heilig halten, gerne hören und lernen, den Sonntag nicht mit unnützen und schädlichen Dingen erfüllen, sondern als einen von Gott geschenkten Tag der Gnade und des Segens durchleben.

Wie oft haben wir einen Gottesdienst versäumt? Sollte eigentlich gar nicht zutreffen, aber es ist bestimmt schon einmal vorgekommen. Ich kann mich jetzt zwar nicht daran erinnern, aber ich gehe einmal davon aus, dass dies doch einmal geschehen ist. In welcher Stimmung verbringen wir den Sonntag? Ist er uns immer ein heiliger Tag? Da gibt es bestimmt so manchen Verstoß! Lernen wir an diesem Tag Gottes Wort? Macht es uns froh, wenn er im Gottesdienst zu uns spricht?

Auch beim 3. Gebot gibt es Anzeichen des Nichteinhaltens.

4. Gebot
Du sollst Deinen Vater und Deine Mutter ehren, auf dass Dir`s wohlgehe und Du lange lebest auf Erden.

Was heißt das?

Wir sollen Gott fürchten und lieben, dass wir unsere Eltern nicht verachten noch erzürnen, sondern sie in Ehren halten, sie lieb und wert halten.

Hier kann jeder selbst die Frage beantworten, wie oft gegen dieses Gebot verstoßen wird.

Oft ungewollt, aber doch! Gerade in der heutigen Zeit.

5. Gebot
Du sollst nicht töten.

Was heißt das?

Wir sollen Gott fürchten und lieben, dass wir unseren Mitmenschen keinen Schaden noch Leid antun, sondern ihnen helfen und sie fördern in allen Lebensnöten.

Wie oft haben wir eine Freundschaft sterben lassen? Haben wir vielleicht mit Worten jemanden erschlagen? Wie groß ist hier meine Schuld beim 5. Gebot?

6. Gebot
Du sollst nicht ehebrechen.

Was heißt das?

Wir sollen Gott fürchten und lieben, dass wir keusch und züchtig leben in Worten und Werken und ein jeglicher sein Gemahl liebe und ehre.

Hierzu hat Jesus folgendes gesagt: „Ich aber sage Euch: „Wer eine Frau auch nur ansieht und sie haben will, hat mit ihr in Gedanken schon die Ehe gebrochen."

Dagegen hat wohl schon jeder verstoßen, denn dies einzuhalten ist so gut wie unmöglich, aber Jesus machte deutlich, dass man den Gedanken Einhalt gebieten muss, damit die Tat keine Chance hat.

7. Gebot
Du sollst nicht stehlen.

Was heißt das?

Wir sollen Gott fürchten und lieben, dass wir niemandes Geld oder Gut nehmen noch mit falscher Ware oder durch Betrug an uns bringen, sondern eines jeglichen Gut und Nahrung helfen bessern und behüten.

Dazu wiederhole ich oben Gesagtes. Ich habe gestohlen und geraubt den Frieden und die Freude bei meinem Nächsten. Gott möge mir vergeben und verzeihen.

8. Gebot
Du sollst kein falsch Zeugnis reden wider Deinen Nächsten.

Was heißt das?

Wir sollen Gott fürchten und lieben, dass wir niemand belügen, verraten, falsch reden oder bösen Leumund machen, sondern entschuldigen, von jedermann Gutes reden und alles zum Besten kehren.

Haben wir immer nur Gutes von allen geredet? Noch nie jemanden belogen oder verraten? Die Antwort ist eindeutig!

9. Gebot
Du sollst nicht begehren Deines Nächsten Haus.

Was heißt das?

Wir sollen Gott fürchten und lieben, dass wir unseren Mitmenschen nicht mit List nach ihrem Erbe oder Haus stehen und mit einem Schein des Rechts an uns bringen, sondern ihnen dasselbe zu behalten förderlich und dienstlich sind.

Meines Nächsten Gut habe ich nie begehrt. Neid kenne ich nicht! Gott hat dafür gesorgt, denn mir ging es immer gut. Allerdings gibt es Menschen, denen es besser geht als mir, aber ich habe mich immer mit ihnen gefreut, wenn es solchen noch besser ging als mir.

Das erste Gebot, welches ich vielleicht nicht übertreten habe.

10.Gebot
Du sollst nicht begehren Deines Nächsten Weib, Knecht, Magd, Vieh oder alles was sein ist.

Was heißt das?

Wir sollen Gott fürchten und lieben, dass wir unseren Mitmenschen weder Weib, Gesinde noch Vieh abspannen oder abwendig machen, sondern dieselben anhalten, dass sie bleiben und tun, was sie schuldig sind.

Auch hier gilt für mich das zum neunten Gebot Gesagte. Allerdings, wenn ich dagegen das 6. Gebot ansehe, sieht dies schon wieder anders aus. Ein Verstoß gegen das 10. Gebot ist eindeutig!

Diese 10 Gebote hat Jesus in den beiden Geboten zusammengefasst:

„Du sollst lieben Gott, Deinen Herrn, von ganzem Herzen, von ganzer Seele und von ganzem Gemüte. Du sollst Deinen Nächsten lieben wie Dich selbst.
(Matthäus 22. 37-40)"

Ab sofort sehe ich die Sündenvergebung als eine ganz große Sache, wenn ich an die 10 Gebote denke. Wir haben sie also alle bitter nötig.

Mit der Hinnahme des Abendmahles, d.h. dem Leib und das Blut Jesu, wird aber auch die Gemeinschaft mit unserem Gott gelebt, die ebenso wichtig ist, denn Jesus sagte: „Wer nicht isset mein Fleisch und trinket mein Blut, der hat kein Teil an mir!"

So sehe ich das Heilige Abendmahl künftig als eine ganz heilige Angelegenheit und danke Gott, dass ich dies erkennen darf und leben darf und er mir immer wieder vergibt.

Helmut Dröws

Fröhlicher Glaube ist eine Tür zu wunderbaren Dingen.

ODO CASEL

Gera, am 11.01.2010

Einige Tipps, welche Dir das Leben leichter machen

Gehe jeden Tag 10 Minuten spazieren und während du gehst, lächle.

Sitze in der Stille für mindestens 10 Minuten pro Tag

Wenn du morgens aufwachst, vervollständige die folgende Aussage: **Mein Ziel heute ist es…..**

Lebe mit den 3 E's: **Energie Begeisterung Mitgefühl**

…und den 3 F's: **(Faith) Vertrauen Familie Freunde**

Verwende mehr Zeit mit Personen die **über 70** sind und mit solchen, die **unter 6** sind.

Träume mehr, **während du wach bist.**

Versuche, täglich **mindestens 3** Personen zum Lachen zu bringen

Das Leben ist nicht immer fair, **aber dennoch schön!**

Du musst **nicht jedes** Argument gewinnen. Stimme Unstimmigkeiten zu.

Vergleiche dein Leben nicht mit anderen.
Du hast keine Ahnung, wohin ihre Reise geht!

Lasse Kerzen brennen, benutze das schöne Schreibpapier. Bewahre es nicht für eine besondere Gelegenheit auf.
Heute ist das Besondere!

Niemand ist zuständig für Dein Glück – **außer Du selbst!**

Vergib allen für alles.

Wie gut oder schlecht die Situation auch sein mag, **es wird sich ändern.**

Lass alles los, was dir nicht nützlich, nicht schön oder freudig ist.

Egal wie Du Dich fühlst, steh auf, kleide Dich, **und zeig Dich!**

Rufe Deine Familie und Freunde oft an.

Jede Nacht bevor Du schlafen gehst, vervollständige die folgende Aussage: **„Ich bin dankbar für…**

Erkenntnis, die zu ewigem Leben führt – Bibelforscher

Können wir der Bibel vertrauen?

Uns ist wahrscheinlich schon aufgefallen, dass viele Bücher, in denen Rat gegeben wird, bereits nach wenigen Jahren **überholt** sind. Die Bibel ist schon sehr alt! Fast 2000 Jahre! Manche meinen daher, sie sei in unserer modernen Welt nicht anwendbar. Ist die Bibel jedoch von Gott inspiriert**, sollte ihr Rat trotz ihres hohen Alters stets aktuell sein.** Die Bibel müsste immer noch nützlich zum Lehren, zum Zurechtweisen, zum Richtigstellen der Dinge, zur Erziehung in der Gerechtigkeit sein, **damit der Mensch Gottes völlig tauglich sei, vollständig ausgerüstet für jedes gute Werk.** (2. Timotheus 3;16,17) Seite 15

Sie ist ein Buch der Prophetie!

Erfüllte Prophezeiungen sind ein schlüssiger Beweis dafür, dass die Bibel von Gott inspiriert ist. Sie enthält viele Prophezeiungen, die sich in allen Einzelheiten erfüllt haben. Sie können offensichtlich nicht aus menschlicher Quelle stammen. Seite 17 Dazu auch Seite 18-19

Der Prophet Micha sagte im 8. Jahrhundert v.u.Z. voraus, dass Jesus dieser große Herrscher in der unbedeutenden Stadt Bethlehem geboren würde. Seite 34 Dazu auch Seite 36-37

Der Weg der Unabhängigkeit wird als verlockender und besser hingestellt als der Weg der Unterordnung. Wir müssen jedoch den rebellischen Geist der Welt zurückweisen. Wenn wir das tun, werden wir feststellen, dass gottgefällige Unterordnung reichen Lohn einträgt. Seite 139

Wenn jemand ein schönes Haus hat, aber feststellt, dass das Dach undicht ist, wird er sicher versuchen, es zu reparieren. Er zieht deshalb nicht in ein anderes Haus. Seite 141

Über das Gebet Seite 151

Das Gebet ist weder ein leeres Ritual, noch ist es einfach ein Mittel, um etwas zu erhalten. Ein Hauptgrund dafür, warum man sich Gott naht, ist das enge Verhältnis, das man dadurch zu ihm hat. Gott ist nahe allen, die ihn anrufen (Psalm 145,18) Gott lädt uns ein, in ein friedliches Verhältnis zu ihm zu gelangen (Jesaja 1,18) Diejenigen, die diese Einladung annehmen, stimmen dem Psalmisten zu, der schrieb: Was mich betrifft, so ist es für mich gut, mich Gott zu nahen. Warum? **Weil diejenigen, die sich Gott nahen, echtes Glück und wahren Herzensfrieden verspüren werden** (Psalm 73,28)

Weshalb müssen wir Gott um Hilfe bitten, obwohl er doch weiß, welche Dinge wir benötigen, schon ehe wir ihn bitten? (Matthäus 6,8, Psalm 139,4) Das Gebet zeigt, dass wir an Gott glauben und ihn als den Quell jeder guten Gabe und jeden vollkommenen Geschenks betrachten. (Jakobus 1.17, Hebräer 11,6)

Wer festen Herzens ist, dem bewahrst du Frieden; denn er verlässt sich auf dich.
Jesaja 26.3

Glaube ohne Werte

Die Erwachsenen haben sich schon immer über ihre Jugendlichen beklagt, aber hier haben wir es mit etwas anderem zu tun. Sie waren schon immer wilde und rebellische Halbwüchsige, die aus der Reihe tanzen, aus der Bahn geraten und irgendetwas falsch machen mussten. Aber sie wussten wenigstens, wo diese Bahn ist und was falsch war. Unsere heutigen Jugendlichen können offensichtlich vielfach gar nicht mehr Richtig und Falsch Gut und Böse voneinander unterscheiden. Kinder stehlen, schlagen sich krankenhausreif und morden nach Lust und Laune, und das ohne jede Gefühls- und Gewissensregung. (Seite 11)

In schmerzlicher Weise tritt zutage, dass viele unserer eigenen Kinder die Fähigkeit verloren haben, zwischen Recht und Unrecht zu unterscheiden. Viele eifern nicht mehr den Idealen und Werten ihrer Eltern nach, sondern eignen sich stattdessen die verdrehten Werte einer kranken Gesellschaft an. Aber was setzen wir dieser Krankheit entgegen? Seite 15

Möglicherweise sind wir eine der wenigen Gesellschaften der Welt, die selbst nicht in der Lage ist, der nachfolgenden Generation die eigene Morallehre zu vermitteln! Seite 16

Wir alle merken, dass mit den moralischen Grundlagen unserer Gesellschaft irgendetwas nicht stimmt. Ist die Zahl der Schwangerschaften bei Minderjährigen innerhalb der letzten 30 Jahre etwa deshalb um 500 % gestiegen, weil zu wenig Sexualkunde unterrichtet wurde?

Ist die Selbstmordquote bei jungen Leuten vielleicht deshalb in weniger als 30 Jahren um 300 % gestiegen, weil wir in einer komplexeren und leistungsorientierten Gesellschaft leben?

Sind Gewalt, Schüsse aus fahrenden Autos und Schusswaffen in der Schule eine Folge unzulänglicher Waffengesetze? Oder ist vielleicht etwas Grundlegenderes, etwas Fundamentaleres am Werk? Wir müssen tief graben und uns den grundlegenden Wurzeln und Ursachen widmen. Seite 18

Einer der hauptsächlichsten Gründe dafür, dass unsere Jugend neue Rekorde in Unehrlichkeit, Unhöflichkeit, Gewalt, Selbstmord, sexueller Freizügigkeit und anderen krankhaften Erscheinungen aufstellt, ist der Verlust ihres moralischen Unterbaus. Ihr grundsätzlicher Glaube an Moral und Wahrheit wurde weggeschwemmt.

Einst wurden Kinder in einer Atmosphäre aufgezogen, die absolute Verhaltensmaßstäbe vermittelte: bestimmte Dinge waren richtig und andere Dinge waren falsch. **Man glaubte an eine absolute Wahrheit und an die Möglichkeit, diese zu kennen und zu begreifen.**

Ein **klares** Verständnis von Recht und Unrecht verlieh der Gesellschaft einen Moralmaßstab, anhand dessen man Verbrechen und deren Bestrafung, Ethik in der Geschäftswelt, Werte der Gesellschaft, guter Charakter und soziales

Verhalten beurteilte. Dieser Maßstab war die Brille, durch die die Gesellschaft das Rechtswesen, die Wissenschaft, die Kunst und die Politik, die gesamte Kultur, betrachtete. Er stellte ein zusammenhängendes Modell dar, der für die gesunde Entwicklung der Familie sorgte, Gemeinschaften verband und zu verantwortlichem und moralischem Verhalten anhielt. Seite 19

Doch das hat sich auf drastische Weise geändert. Unsere Kinder wachsen in einer Gesellschaft auf, **die die Vorstellungen von Wahrheit und Moral weitgehend verworfen hat** und deren Fähigkeit zur Entscheidung, was wahr und richtig ist, irgendwo auf der Strecke geblieben ist. **Wahrheit ist eine Frage des Geschmacks geworden, individuelle Vorlieben sind an die Stelle von Moral getreten.**

Die heutige Jugend wächst in einer Kultur auf, wo es heißt: **„Wenn du dich dabei gut fühlst, dann tu es!"** Aus Hollywood und anderen Traumfabriken hören unsere Kinder nur selten

Worte wie Recht und Unrecht oder Moral und Unmoral! Stattdessen werden sie Abertausende von Stunden lang mit Klängen und Bildern bombardiert, **die Sittenlosigkeit glorifizieren und biblische Werte verhöhnen.**

Wenn ein Lehrer Kindern beibringt, **es sei völlig ihre eigene Entscheidung**, **was moralisch richtig bzw. falsch ist,** dann vermittelt dieser Lehrer eine Philosophie, die jede Existenz von letztendlichen Normen für Wahrheit und Moral leugnet. Seite 20

Es wird hingegen vermittelt, dass es absolute Wahrheit nicht gibt und die Wahrheit relativ ist.

Es wird behauptet überhaupt irgendetwas objektiv wissen zu können. Verschiedene Menschen können Wahrheit in widersprüchlicher Weise definieren und dennoch beide recht haben. Man kann nichts mit Sicherheit wissen, außer dass, was man selber erlebt hat. Alles im Leben kann man in Frage stellen. **Daraus folgt**, dass die Kinder nicht mehr einsehen können oder wollen, dass im Leben einiges eben nicht in Frage gestellt werden kann. Seite 22

Unsere Kinder wissen **weder genau noch ungefähr,** was Wahrheit ist und wer sie definiert. Sie sind unsicher, welche Wahrheiten und weshalb gerade diese Wahrheiten absolut sind. Folglich treffen sie x-beliebige Entscheidungen und wählen diejenigen Möglichkeiten, **die ihnen gerade am besten erscheinen,** ohne jeden Bezug auf eine Grundlage, Norm oder ein zugrundelegendes Prinzip, die als Leitfaden für ihr verhalten dienen könnten.

Seite 23

Absolute Wahrheit ist Wahrheit, die objektiv, allgemeingültig und unveränderlich ist!

Sollen unsere Kinder Recht von Unrecht unterscheiden lernen, **müssen sie wissen,** welche Wahrheiten und warum gerade diese Wahrheiten absolut sind. **Sie müssen wissen,** welche Verhaltensmaßstäbe für alle Menschen, immer und überall moralisch richtig sind. **Sie müssen wissen**, wer Wahrheit bestimmt – und weshalb. Seite 24

Können die Jugendlichen denn nicht sehen, wie sehr sie sich täuschen oder wie viel Leid sie verursachen? Nein, die meisten von ihnen können das nicht, weil von ihrem Standpunkt **alles in Frage gestellt werden kann.** Doch diese Denkweise **verleitet sie zu dem Glauben, falsche Entscheidungen seien richtig.** Folglich meinen sie moralisch richtig gehandelt zu haben. Seite 27.

Ohne feste Überzeugung über Wahrheit werden unsere Kinder jedoch fast immer die trügerischen Angebote annehmen. Es ist wie eine Abwärtsspirale, ihre Ansichten sind verzerrt, **sie treffen falsche Entscheidungen und müssen unter den Konsequenzen leiden.**

Wir sterben nie

Die neuesten wissenschaftlichen Erkenntnisse weisen auf, dass Bewusstsein **unzerstörbar ist und nach dem Tod weiter existiert.** Damit wird auch die Existenz der Seele belegt. Seite 22

Die noch immer herrschende wissenschaftliche Meinung, dass Bewusstsein und Erinnerung ausschließlich im Gehirn lokalisiert sind, wird angesichts der Vielzahl außerkörperlicher Erfahrung widerlegt. Die Quantentheorie besagt, dass die kleinsten Teilchen im Universum gleichzeitig Wellen und Teilchen sind. Sie tauschen untereinander Informationen aus und lernen voneinander. Sie werden von den Physikern als **denkende Einheiten betrachtet und existieren jenseits menschlicher Raum-Zeit-Vorstellungen.** Dann aber sind auch unsere Gedanken kleinste Informationseinheiten. Im menschlichen Bewusstsein geschieht nichts, ohne dass irgendetwas im Universum darauf reagiert. Bewusstsein ist ein höheres Prinzip jenseits des menschlichen Körpers und **existiert**

unabhängig von ihm. Wir leben also nach dem Tod weiter. Seite 30

Jeder von uns trägt den **göttlichen Funken** in sich und ist deswegen schon im Leben mit dem Licht, das Liebe ist, verbunden. Seite 32

Nach einer Nahtoderfahrung erleben die Betroffenen tiefgreifende Persönlichkeitsveränderungen. Sie sind nicht mehr die Menschen, die sie vorher waren, und wissen aus eigener Anschauung, dass der Tod nicht existiert. Seite 37

Auffällig ist, dass sich jegliches materielle Streben verändert und als sinnlos und leer empfunden wird, dass sie nach dem physischen Tod weiterleben und dass Gott wirklich existiert. Seite 38

Der Sterbevorgang kann verzögert werden, weil der Sterbende bewusst in der Anwesenheit eines bestimmten Angehörigen sterben will. Seite 44

In seinem tiefsten Inneren verfügt jeder Mensch über das Wissen von der jenseitigen Welt.

Besonders in schwierigen Situationen unseres Lebens werden wir durch tiefe seelische Erschütterungen daran erinnert, dass wir alle in einem **höheren** Sinnzusammenhang eingebettet sind. Der Mensch ist von seinem Wesen her geistiger Natur und **mehr als reine Biochemie.**
Seite 52

Gott ist das Licht, das alles Sein durchdringt. Die Übereinstimmung der Schilderungen in diesem Bibelzitat mit den Nahtoderfahrungen ist faszinierend: Die geistige Realität des Jenseits wird durch die Jahrtausende visuell ähnlich erfahren. Das Vertrautheits- oder Heimatgefühl, von dem die Betroffenen sprechen, hat damit zu tun, dass wir inwendig diesen Ort kennen: **Wir kommen von ihm und kehren dorthin zurück.**
Seite 61

Der Begriff des Karmas Seite 76

Wenn du Menschen trösten willst, dann höre nicht auf ihre Worte. Worte können irreführend oder falsch sein. Geh direkt zu ihren **Herzen,** direkt zu ihrer Verletzung. Mit ihren Worten können sie dich abweisen, dennoch brauchen sie Trost. **Wenn wir Herz und Geist in Einklang bringen, sind wir in Harmonie mit der Schöpfung.** Seite 93

Wer Gott in seinem Leben vertraut, ist auf der Seite des Himmels. Denn alle, deren Leben böse ist, leugnen innerlich das Göttliche, wie sehr sie auch äußerlich glauben mögen, denn die Anerkennung des Göttlichen und ein böses Leben sind einander **ausschließende** Gegensätze. Seite 128

Allein die Einsicht, dass der Mensch ein ewiges geistiges Wesen ist, nimmt dem Tod den Schrecken. Seite 130 Seite 137 – 139

In der Zeit- und Formlosigkeit des ewigen Seins werden wir als ewige Seelenidentität **ein Teil Gottes**. Diese höchste Seinsebene ist das endgültige Ziel aller Seelen. Seite 140

Der beste Weg, vorbereitet zu sein, ist, zu akzeptieren, dass es ein Leben nach dem Tod tatsächlich gibt. Seite 153

Und doch sollten wir nicht vergessen: dass **jeder** Mensch von Gott bedingungslos geliebt wird und keine Seele jemals verloren gehen kann.

- Niemand ist je wirklich verloren, denn jede Seele ist von Gottes Kraft durchdrungen. Seite 156
- Wir sind alle Teil des einen göttlichen Geistes, von dem alles Leben ausgeht. Seite 225

Die Seele wird von denjenigen in Empfang genommen, **die sie am meisten geliebt hat.** Seite 165

Bis hierher würde ich alles unterstreichen und bin auch überzeugt, dass es die Wahrheit ist. Diese Wahrheit wird aber durch folgende Sätze Lügen gestraft:

- Im Himmel gibt es Pferderennen! Seite 169
- Es gibt keine ewige Verdammnis oder Strafe Seite 173
- Tiere erzählen vom Tod Seite 212
- Viele Menschen verkennen die Macht ihrer Gedanken und unterschätzen diese: Wir erschaffen dadurch nicht nur unsere derzeitige Realität, sondern ebenso die jenseitige. Seite 216
- …verstand ich, dass ich zum Urknall kam …und ich flog durch den Urknall…Ich war Gott geworden. Deshalb sind wir Schöpfer der eigenen Wirklichkeit durch die Kraft der Gedanken. Seite 224

Helmut Dröws

Anmerkung von mir: Entweder Schöpfung oder Urknall. Beides zugleich kann es wohl nicht geben. Das ganze Buch ist somit unterhaltsam, aber leider unglaubwürdig.

Gott missbilligt alle Formen des Spiritismus, Wahrsagen, Totenbefragungen, Traumdeutung usw. (5. Mose 18; 10-12)

Jesus Christus spricht: Bittet, so wird euch gegeben; suchet, so werdet ihr finden; klopfet an, so wird euch aufgetan. Matthäus 7,7

Das Puzzle

Wie man beim Puzzle alle Puzzleteile braucht, damit das Bild komplett ist, braucht auch jede Gemeinschaft (Familie, Kirche usw.) alle ihre Glieder, um ein ganzes Bild zu sein.

Keiner darf die Gemeinschaft aufkündigen. Keiner kann sich als der einzige Wichtige darstellen und die anderen für unwichtig erklären. Jeder braucht alle anderen.

Von einem Puzzleteil kann man sich kein Gesamtbild machen von der Gemeinschaft. Die anderen fehlen eben.

Ein Mensch, der sagen würde: Ich brauche alle anderen nicht, um ein Gesamtbild zu zeigen, wäre zum Scheitern verurteilt, denn er könnte nur sich selbst darstellen und nicht die Gesamtgemeinschaft zu der er sich zugehörig fühlt.

Und das heißt zum anderen: Es können sich auch nicht alle zusammentun und einen ausschließen, weil er ihnen nicht gefällt. Denn wenn nur einer fehlt, dann ist das Ganze nicht komplett.

Bei einem Puzzle, bei dem auch nur ein Teil fehlt, ist das ganze hinüber. Eine Gemeinschaft ist auf jedes einzelne Mitglied angewiesen, sonst wäre sie nicht komplett.

> Es gibt Berge, über die man hinüber muss, sonst geht der Weg nicht weiter.
>
> LUDWIG THOMA

Keine Macht den Religionen!

19.06.2007 Fernsehdiskussion bei Maischberger
Thema: Keine Macht den Religionen!

Atheisten und Christen diskutierten, wobei die Atheisten o.g. These verteidigten.

Ihren Atheismus begründeten sie damit, dass alle Religionen es nicht geschafft haben die Menschen dazu zu bewegen, dass diese entsprechend ihrer Lehre auch leben. Die Kirche selbst hat eine regelrechte **kriminelle** Vergangenheit und hat geforderte Menschenrechte **immer bekämpft,** anstatt für sie einzutreten. Sie segnete Waffen und damit den Krieg. Aus diesen Tatsachen ableitend, kommen die Atheisten zu dem Schluss, **dass es keinen Gott gibt!** Ein Atheist war sogar ein Dr. der Theologie und ein evang. Pfarrer gewesen.

Als Vertreter der Kirche war auch ein kathol. Bischof anwesend.

Ich meine, die Diskussion ging am Thema vorbei. Die Erkenntnis der Atheisten, dass es keinen Gott gibt, weil o.g. Entwicklung stattgefunden hat, **ist so falsch, wie nur etwas falsch sein kann.**

Gott hat doch offensichtlich den Menschen seine Gedanken offenbart, indem er durch Menschen auch heute noch predigen lässt. Dem Menschen ist also **ganz klar und deutlich** gesagt, was er zu tun hat, nämlich Gottes Gebote zu halten. Wenn er dies aber nicht tut, so heißt das doch nicht, dass es keinen Gott gibt.

So wie die Schöpfung als Beweis für die Existenz Gottes für uns alle zum Anfassen da ist, liegen auch Gottes Gedanken für alle ganz offen vor uns.

Wenn Eltern ihre Kinder erziehen, tun sie dies in guter Absicht. Die Ablehnung der Erziehung durch die Kinder heißt aber nicht, dass die Eltern nicht existieren würden, sondern nur, dass das Kind **Güte mit Dummheit** beantwortet, denn wäre es gescheit, hätte es erkannt, dass die Eltern immer **nur das Beste** gewollt haben.

Für die Existenz Gottes gibt es aber so viele Beweise, die ein gescheiter Mensch nicht zu leugnen imstande ist. Allein, dass er seinen Sohn Jesus Christus hat Mensch werden lassen zeigt, wie groß seine Liebe zu den Menschen ist. Das, was Jesus den Menschen alles gesagt hat, kann sich kein gewöhnlicher Mensch ausdenken. Keinem Menschen auf Erden, mag er noch so reich sein, gehören so viele Häuser, wie Jesus Christus auf Erden.

Ferner gibt es Wunder, die wissenschaftlich **nicht zu widerlegen** sind, z.B. Menschen, die die Wundmale Jesu an Händen und Füßen tragen.

Auch haben Menschen z.B. bei Unfällen sich selbst liegen sehen, die Geschehnisse am Unfallort deutlich wahrgenommen und gesehen, obwohl sie bewusstlos und mit **geschlossenen** Augen dalagen. Ihre Seele ist praktisch aus dem Körper getreten, denn wie man mit geschlossenen Augen sehen kann, ist **nicht zu erklären.**

Die Wissenschaft:

Die Unsterblichkeit was ist das? Pfaffengewäsch? Wir dürfen zwischen unseren Tannenbrettern liegen und auf eine Auferstehung in Form von Wasserdämpfen, Kalkstoffen und anderen Düngemittel warten.

Wir werden das Leben hier auf der Erde vielleicht als blühenden Strauch, Busch, als Wolke, als fruchtbarer Regen fortsetzen. Ein erhabener Gedanke, **nicht wahr?**

Nach einem Vortrag über das Verhältnis von Raum und Zeit sagte ein Zuhörer zu Albert Einstein:

„Nach meinem gesunden Menschenverstand kann es nur das geben, was man sehen und überprüfen kann!"

Einstein lächelte und antwortete: „Dann kommen sie doch bitte mal nach vorne **und**

legen sie ihren gesunden Menschenverstand hier auf den Tisch!"

Wer erkannt hat, dass die Idee der Liebe der geistige Lichtstrahl ist, der aus der Unendlichkeit zu uns gelangt, der hört auf, von der Religion zu verlangen, dass sie ihm ein vollständiges Wissen von dem Übersinnlichen bietet.

Was ist Bekehrung?

Der Mensch wird nicht gut, weil er sich bekehrt, sondern er bekehrt sich, weil er gut ist.

Jedes Jahr heißt es: „Alle Jahre wieder kommt das Christuskind auf die Erde nieder!"

Gottes Weihnacht ist voller Boten, **das Fluidum ist nicht menschlich.** Wir erleben es immer wieder, die Menschen werden friedlich!

Als Christ muss ich mich nicht sorgen um das, was kommen wird, wir müssen nicht weinen um das, was vergeht, aber weinen müssen wir, wenn wir dahintreiben im Strom der Zeit, ohne den Himmel in uns zu tragen.

Ich weiß dass es einen Gott gibt!

Wenn man mich nun fragen würde, woher ich denn weiß, dass es einen Gott gibt, dann würde ich antworten: Ich weiß es, **weil er in meinem Herzen wohnt!"**

Darum habe ich einen guten Rat für die, welche nach Wahrheit streben:

Will man anfangen, weise zu werden, so muss man Gott fürchten. Das ist der einzige Fehler, dass viele Leute Gottes Wort hören und doch nichts daraus lernen, dass sie es wohl für ein Wort, aber nicht für Gottes Wort halten. Denn sie lassen sich dünken, sie könnens, sobald sie es hören. Hielten sie es aber für Gottes Wort, so würden sie gewiss denken: wohlan, Gott ist weiser als du und wird was Größeres reden.

Lieber, lass uns doch mit Ernst und Furcht zuhören, **wie sich's gebührt, einem Gott zuzuhören!**

Wir haben so viel, wie wir glauben und hoffen! Habt Glauben an Gott! Alles, was ihr bittet in eurem Gebet, glaubet nur, dass ihrs empfanget, so wird's euch werden. (Markus 11.24)

Auch wer auf falschem Wege ist wird erleben, wenn er bittet, dass er die Wahrheit, nämlich Gott, der ja die Wahrheit, der Weg und das Leben ist, finden wird. Umkehr, d.h. Buße ist also möglich. Buße heißt nicht allein in Bezug auf das äußere Leben frömmer werden, sondern durch Christus auf Gottes Güte trauen und an die Vergebung der Sünden zu glauben. Solche Sünder will Christus annehmen. Die anderen nähme er auch ganz gerne an, sie wollen ihn aber nicht. So muss er sie auch fahren lassen. Denn weil sie sich nicht finden lassen wollen, mögen sie in der Irre bleiben, solange sie wollen, und sehen, wie es ihnen endlich gelingen werde.

29.07.2007 Phönix Nur ein Albtraum?

Ein alter Franzose geb. 1904 erzählte aus dem ersten Weltkrieg. Er wohnte bei seiner

Großmutter. Sein Bruder war Soldat und kämpfte im Krieg. Eines Nachts wachte die Großmutter auf und weinte, sie war ganz außer sich und aufgeregt. Sie sagte, sie habe ihren als Soldat kämpfenden Enkel gesehen und dieser hat sie gerufen auf dem Schlachtfeld. Es war ganz schrecklich. Die Tochter wollte die Großmutter beruhigen und sagte zu ihr, es war doch nur ein Albtraum, sie sollte sich doch beruhigen.

Am andern Tag kam ein Brief, dass der Enkel schwer verwundet sei. Am Abend kam der Bürgermeister und brachte die traurige Nachricht, dass der Enkel gestorben sei.

Helmut Dröws

Unsere Zeit

Ängste und Tränen aus innerer Not,
Hungernde Herzen nach geistigem Brot,
Glauben, Hoffen, verlacht vom Verstand:
Das ist die Zeit, in die Gott uns gesandt!

Beten für jeden, der Beten verlernt,
Nahe sein denen, die von uns entfernt,
Freude austeilen mit dienender Hand:
Das ist die Zeit, in die Gott uns gesandt!

Wunden erkennen, die keiner sonst sieht,
Herzen versöhnen, wo Unrecht geschieht,
Frieden bringen, wo Feindschaft entstand:
Das ist die Zeit, in die Gott uns gesandt!

Treue zu halten, wo Treue nichts wert,
Glauben bewahren, wo Glauben zerstört,
Hoffen zu können, wo diese entschwand:
Das ist die Zeit, in die Gott uns gesandt!

Auszug aus der Wächterstimme Nr.33 vom _07.August 1921_!!!

Was alles <u>los</u> ist in der Welt:

Die Völker sind geldlos,

die Schulden sind zahllos,

die Regierungen sind ratlos,

die Steuern sind maßlos,

die Politik ist grundlos,

die Sitten sind zügellos,

die Vergnügungen gedankenlos,

der Schwindel grenzenlos,

die Aussichten trostlos,

und das alles – **weil gottlos.....**

Man weiß selten, was Glück ist, aber man weiß meistens, was Glück war.

Über das Älterwerden

Das große Glück noch klein zu sein,
sieht mancher Mensch als Kind nicht ein
und möchte, dass er ungefähr
so 16 oder 17 wär'.

Doch schon mit 18 denkt er "Halt!
Wer über 20 ist, ist alt"
Warum? die 20 sind vergnüglich -
auch sind die 30 noch vorzüglich.

Zwar in den 40 - welche Wende -
da gilt die 50 fast als Ende.
Doch in den 50, peu á peu,
schraubt man das Ende in die Höh'!

Die 60 scheinen noch passabel
und erst die 70 miserable.
Mit 70 aber hofft man still:
"Ich schaff' die 80, so Gott will."

Wer dann die 80 biblisch überlebt,
zielsicher auf die 90 strebt.
Dort angelangt, sucht er geschwind
nach Freunden, die noch älter sind.

doch hat die Mitte 90 man erreicht
- die Jahre, wo einen nichts mehr wundert -,
denkt man mitunter: "Na - vielleicht
schaffst du mit Gottes Hilfe auch die 100!"

Daß ich nur Dich begehre, nur Dich allein,
das laß mein Herz ohn'Ende wiederholen.
Und alle meine Wünsche, die bei Tag und Nacht
von Dir mich lenken, diese unbestimmte Süße
läßt mein Herz vor Sehnsucht schmerzen.

So wie die Nacht in ihrem Dunkel die Bitte
um das Licht verborgen hält, so klingt
aus meiner Seele unbewußten Tiefen
der Schrei: „Ich brauche Dich, nur Dich allein!"

So wie der Sturm sein Ziel im Frieden sucht,
auch wenn er auf den Frieden schlägt mit Macht,
genauso schlägt mein Aufruhr gegen Deine Liebe,
und kennt doch nur den einen Ruf, den einzigen:
„Ich brauche Dich, nur Dich allein!"

Und stille wie die Nacht, kommst Du.

Weit offen sind die Tore meines Herzens -

geh' nicht vorbei gleich einem Traum !

Ich finde keinen Schlaf

und immer wieder steh ich auf

und öffne meine Tür und schau hinaus ins Dunkel.

Nichts kann ich sehen.

Ach kennt' ich Deinen Pfad !

An welchem fernen Rande düstrer Wälder,

durch welches tiefe Labyrinth des Dunkels

bahnst Du Deinen Weg zu mir ?

**Keinen Tag soll es geben,
an dem Du sagen mußt:
„Ich halte es nicht mehr aus!"**

**Keinen Tag soll es geben,
an dem Du sagen mußt:
„Es ist keiner da, der mich hört!"**

**Keinen Tag soll es geben,
an dem Du sagen mußt:
„Es ist keiner da, der mir aufhilft
und mit mir weitergeht!"**

**Jeden Tag wird es sein
daß Du sagen kannst:
„Es ist Einer da, der mich trägt
und durch den ich überwinde!"**

Morgengebet

Herr, öffne meine Lippen.
Damit mein Mund dein Lob verkünde.

Gott sei uns gnädig und segne uns.
Er lasse über uns sein Angesicht leuchten,
damit auf Erden sein Weg erkannt wird
und unter allen Völkern sein Heil.
Die Völker sollen dir danken, o Gott,
danken sollen dir die Völker alle.

Ps 67, 2–3

Ehre sei dem Vater und dem Sohn und dem Heiligen Geist.
Wie im Anfang, so auch jetzt und alle Zeit und in Ewigkeit.
Amen. Halleluja.

Der Herr segne dich
und behüte dich!

Der Herr lasse sein
Angesicht
über dir leuchten und
sei dir gnädig!

Der Herr erhebe sein
Angesicht auf dich
und gebe dir
Frieden!

4. Mose 6, 24-26

Dank

Herr,
ich sehe Schönheit in Deinem Werk.
Die gesamte Schöpfung verkündet
Deinen Ruhm.
Die riesigen Berge,
das tiefblaue Meer,
der klare Himmel,
die grünen Felder,
der Regen,
die blühenden Blumen,
der fließende Bach,
die Schmetterlinge und Vögel,
sie alle loben Dich,
o wunderbarer Herr der Schöpfung.

Texte zum Nachdenken
www.vierzehnheiligen.de   Nr. 78

Du hast uns eine so schöne Welt geschenkt,
doch in unserer Unvollkommenheit
fehlen uns die Mittel und die Worte,
Dir zu danken.
Aber Du weißt, Herr,
was ganz tief in unserem
menschlichen Herzen ruht:
Es ist der Dank für all Deine Gaben,
vor allem für die Gabe des Lebens,
durch das wir Deine Schönheit und
Güte erfahren konnten.
Du hast die Welt so schön gemacht,
Herr.
Amen.

aus Indonesien

Texte zum Nachdenken
www.vierzehnheiligen.de

Nr. 78

Gebet

Während das Bombardement den Schützengraben in Fossalta in Stücke fetzte, lag ich flach und schwitzte und betete: „Ach lieber Herr Jesus, hilf mir hier raus! Bitte, bitte, bitte Christus. Wenn du mich vor dem Tode bewahrst, werde ich allen Leuten in der ganzen Welt sagen, daß du das Einzige bist, worauf es ankommt." Das Granatfeuer zog weiter hinauf. Am Morgen ging die Sonne auf, der Tag war heiß und schwül und ruhig. Am nächsten Abend hinten in Mestre erzählte er dem Mädchen, mit dem er in die Villa Rossa hinaufging, nichts von Jesus. Und er erzählte überhaupt keinem davon.   Ernest Hemingway

Angeblich armer Jesus war selbständiger Handwerker

Historiker stellt Forschungsergebnisse vor

Rom (dpa). Jesus von Nazareth war neuesten Forschungen zufolge nicht Sohn eines armen Zimmermannes, sondern Sproß einer mittelständischen Familie. Sein Adoptivvater Joseph sei selbständiger Bauingenieur gewesen, Jesus selbst habe schreiben und lesen können, mehrere Sprachen gesprochen und habe vermutlich sogar in seiner Heimat das griechische Theater besucht. Zu diesem Ergebnis kommt der Jesuit und Historiker an der Päpstlichen Universität Gregoriana in Rom, Giovanni Magnani (68), in seinem Buch „Jesu, Erbauer und Meister".

Wie es gestern hieß, räumt das Buch mit der bisherigen „Ideologie des religiösen Pauperismus" auf. Wie sein Vater sei auch Jesus gelernter Bauingenieur gewesen und habe gemeinsam mit Joseph zumindest zeitweise eine Werkstatt betrieben. „Christus war weder ein Armer ohne regelmäßiges Einkommen, noch ein Gelegenheitsarbeiter, sondern ein Selbständiger."

... ein neuer Mensch zu werden

„Wissen Sie, Herr Pfarrer, wir gehen zwar nicht in die Kirche, aber das soll keineswegs heißen, wir hätten keinen Glauben!" So oder ähnlich lautet ein oft an den Klerus gerichteter Ausspruch, der geradezu symptomatisch ist für die Austrittswelle aus den Kirchen und die damit zusammenhängende Glaubensverdrossenheit zahlreicher Christen.

Viele Gläubige treten aus der Kirche aus, weil sie eine echte „Seelsorge" vermissen. Sie begeben sich auf die Suche, und zwar dorthin, wo ihre „düsteren Seelen" am ehesten Labung finden. Frei zu sein von allen dogmatischen Zwängen, bedeutet für diese Menschen alles. Denn der lebendige Gott verschanzt sich weder hinter Kirchenmauern, noch bevorzugt er irgendeine Glaubensrichtung oder Sekte. Gott ist überall gegenwärtig: in jedem unserer Nächsten und in der gesamten Natur.

Für jeden einzelnen wird am Ende seiner Erdenwanderung deshalb nur ausschlaggebend sein, inwieweit er sich bemüht hat, nach den göttlichen Gesetzen zu leben, und inwiefern ein jeder die Liebe zu Gott und zu seinem Nächsten angewendet hat. Um nicht in die Fangarme des Widersachers Gottes zu gelangen, sollte jeder Gottzustrebende wachsam und bestrebt sein, durch sein ganzes Denken, Fühlen, Reden und Tun ein neuer Mensch zu werden, ein Mensch, in dem nur Liebe ist, und der nur Liebe aussendet. Denn nur die selbstlose Liebe vermag alles, und sie allein ist der Schlüssel zum Tor des Reiches Gottes.

**Franz Wellschmidt,
Waldbrunn**

Petra C. Harring

Wie der Glaube wächst

Rund vier Jahre war ich alt, da hat sich meine Mutter abends an mein Bett gesetzt. Sie hat meine kleinen Hände in ihre Hände genommen, sie umschlossen und wir haben gebetet. So richtig habe ich es nicht verstanden, was da vor sich gegangen ist und auch nicht so genau auf ihre Worte geachtet, so fasziniert war ich von unseren Händen. Ganz geborgen hab' ich mich im halbdunklen Zimmer, in meinem warmen Bett gefühlt, die Hände in denen meiner Mutter. Sicher hat sie mir auch – so gut sie es konnte – erklärt, was es mit dem lieben Gott auf sich hat. Doch mehr als alles, was sie mir erklärt hat, ist mir das geblieben, was ich gefühlt habe: Gott, bei dem kann ich mich so geborgen fühlen, wie bei meiner Mutter. »weiterlesen

Gott

Johannes Hansen

Gott ist lange tot…

„Gott ist lange tot, wusste der junge Mann. Seltsam, wunderte sich der alte Pater: Vor einer Stunde sprach ich noch mit ihm." Mit dieser kurzen Szene bringt Lothar Zenetti die „Gottesfrage" auf den Punkt. Die Skepsis eines jungen Menschen und das elementare Gottvertrauen eines alten Christen zeigen die Spannung, die überall um uns zu spüren ist. Oft auch in uns selbst. Beides ist da, es ist gut, es zu wissen und sich dem auszusetzen. »weiterlesen

Keiner hat Zeit.
Wenigstens nicht für mich.
Überall suche ich ein Ohr.
Und finde doch nur einen Mund.
Einen, der selber erzählen möchte und nicht zuhören.
Keiner hat Zeit – Einer hat Ewigkeit. **Gott.**
Der schaut nie auf die Uhr.

Ist nie mit seinen Gedanken woanders.
Hängt nie noch dem letzten Gespräch nach.
Hat nie ein „Der Nächste bitte" auf den Lippen.
Ist Tag und Nacht zu sprechen.
Von jedem Punkt des Universums aus.
Er ist da. Ist jetzt da. Ist jetzt für dich da.
Wo? Da, wo du bist.
Sprich ihn an.

Gott ist immer nur ein Gebet weit von dir entfernt.

Öffne die Augen zum Sehen.
Zum Erkennen musst du sie schließen.

Die Erde – *Gaia*, unser Mutterplanet – ist etwa fünf Milliarden Jahre alt. Ist in solcher, nach kosmischen Begriffen relativ kurzer Zeit das Leben hier wirklich *von selbst* entstanden, indem die dazu nötigen Aminosäuren sich organisierten und zur richtigen Zeit den richtigen Weg zur Evolution einschlugen, so daß ein zur Wiederholung fähiges Aggregat von Enzymen entstehen konnte? Daraus – so Deardorff – leitet man ab, daß Leben auf der Erde und der Mensch selbst durch einen statistischen *Zufall* entstanden ist, der gar nicht stattgefunden haben dürfte und folglich nur *einzigartig* sein kann. Eine solche Möglichkeit muß ausgeschlossen werden. Oder kann man sich vorstellen, daß man aus einer Ausgabe des *Faust* von Goethe sämtliche Buchstaben ausschneidet, sie in eine Schachtel gibt und darauf wartet, daß sie sich vielleicht eines Tages zu einer der größten Dichtungen der Menschheit formieren? Niemand wird im Ernst daran festhalten.

Gotteswort

Es ist zuverlässig bekannt, dass der berühmte Arzt Dr. Virchow, dieser große Forscher und „Freidenker", eines Tages seine Tochter in einer christlichen Schule anmeldete. Auf die verwunderte Frage der Vorsteherin, Fräulein Burtin, ob er nicht wisse, dass sie die Kinder im christlichen Geist zu erziehen suche, antwortete er: „Eben darum bringe ich ihnen meine

Tochter. Ich möchte, dass meine Kinder einmal glücklicher werden als ihr Vater." Mit bitterem Lächeln soll Dr. Virchow einmal zu einem Studenten gesagt haben: „Gehen sie in den Saal der krebskranken Frauen und versuchen sie es, diese mit **Goethe oder Schiller** zu trösten."
Mit Schillers Gedichten auf dem Nachtschrank kann man dem Tod nicht ins Gesicht sehen. Mit dem

Gotteswort können wir das.
Es ist unser Lebenswort.

Dein Wort
ist meines Herzens Freude
und Trost.
Jer 15, 16

5. Juli. Mittwoch   Jakobus 4,13–17

Es gibt Leute, die machen skrupellos Geschäfte. Sie lügen, betrügen. Sie tauchen erst da auf, dann dort. Man kann sie nicht fassen.
Es gibt Leute, die mühen sich redlich. Sie arbeiten bis zum Umfallen, kennen keine Freizeit, sind immer im Dienst.
Es gibt Leute, die opfern sich auf für andere. Sie sind rund um die Uhr beschäftigt, Gutes zu tun. Sie organisieren Wohltätigkeitsveranstaltungen, sind Mitglied in allen gemeinnützigen Vereinen.
Es gibt Leute, die schauen sich das Treiben an und bemerken die wachsende Kriminalität, die hohe Arbeitslosigkeit, die große soziale Verunsicherung. Drum, so sagen sie, hat es keinen Zweck sich zu beteiligen.
Es gibt Leute, die haben es schon von Anfang an kommen sehen. Deshalb halten sie sich raus und rein für Gottes Gericht. Viele von den Leuten bekommen einen Herzinfarkt, manche müssen zum Psychiater, denn der Druck ist zu groß. Was sind wir für Leute? Worunter leiden wir? Was wünschen wir uns? Worauf hoffen wir?
Woran glauben wir?
Wie ernst nehmen wir die Angst, die Freude, die Hoffnung, den Glauben der anderen?
Dietrich Bonhoeffer schreibt am 22. Dezember 1944 aus dem Gefängnis: „Nicht das Beliebige, sondern das Rechte tun und wagen, nicht im Möglichen schweben, das Wirkliche tapfer ergreifen, nicht in der Flucht der Gedanken, allein in der Tat ist Freiheit. Tritt aus dem ängstlichen Zögern heraus in den Sturm des Geschehens, nur von Gottes Gebot und deinem Glauben getragen und die Freiheit wird deinen Geist jauchzend empfangen."

Verständnisvoll

Zu Mark Twain kam einmal ein Siebzehn-jähriger und erklärte:

„Ich verstehe mich mit meinem Vater nicht mehr. Jeden Tag Streit. Er ist so rückständig, hat keinen Sinn für moderne Ideen. Was soll ich machen? Ich laufe aus dem Haus!"

Mark Twain antwortete:

„Junger Freund, ich kann sie gut verstehen. Als ich 17

Jahre alt war, war mein Vater genauso ungebildet. Es war kein Aushalten. Aber haben sie Geduld mit so alten Leuten; sie entwickeln sich langsamer. Nach zehn Jahren, als ich 27 war, hatte er soviel dazu gelernt, dass man sich schon ganz vernünftig mit ihm unterhalten konnte. Und was soll ich ihnen sagen? Heute, wo ich 37 bin- ob sie es glauben oder nicht – wenn ich keinen Rat weiss, **dann** frage ich meinen alten Vater. So können die sich ändern!"

„Freudvoll"
Freudvoll
Und leidvoll,
Gedankenvoll sein,
Bangen
Und bangen
In schwebender Pein,
Himmelhoch jauchzend,
Zum Tode betrübt –
Glücklich allein
Ist die Seele, die liebt.

J. W. von Goethe (1749-1832)

Das Böse ist immer in uns und in der Gesellschaft

OTZ-Gespräch mit dem Theologen Professor Dr. Michael Trowitzsch von der FSU Jena

„Das Böse, im Zusammenhang", Herr Professor Trowitzsch, ist das Thema des von Ihnen geleiteten öffentlichen Symposiums heute an der Universität Jena. Warum nehmen sich die Theologen dieser unerfreulichen Kategorie so an?

Weil sie sich damit eines menschlichen Wesenszuges annehmen, denn das Böse an sich gibt es nicht. Wichtigster Gegenstand der theologischen Wissenschaft sind Gott und Mensch, somit auch das Böse.

Der Gutmensch, den das Christentum und andere Religionen seit Jahrtausenden anstreben - ist er eine Fiktion? Das Christentum hat ihn nicht angestrebt. Es weiß, daß der Mensch dem Bösen von sich aus nicht gewachsen ist. Das Böse, das ihn zum Sünder macht, hat den Drang, zu ex-

Prof. Michael Trowitzsch
(Foto: OTZ/Rybka)

pandieren. Ohne göttliche Hilfe hat der Mensch dem nichts entgegenzusetzen. Einmal dem Bösen nachgegeben, ist er ihm ausgeliefert. „Das ist der Fluch der bösen Tat, daß sie fortzeugend Böses muß gebären" sagt Schiller. Nur mit Gottes Beistand, mit dem Glauben an ihn, ist diesem schlimmen Fortgang zu entgehen.

Gerade dieses Jahrhundert zeigt, daß es oft nicht gelang.

Wir lernen nicht richtig aus unserer Geschichte. Etwas Böses ist nicht wieder tun zu wollen, ist richtig, vergißt aber möglicherweise, daß der Teufel jeweils zu einer anderen Tür hereintritt, wie es heißt. Die Tendenz des Bösen zum Absoluten ist immer vorhanden, das müssen wir wissen.

Hilft Gott zuwenig?

Gott hilft. Aber Böses zu tun und zu fragen, warum es Gott nicht verhinderte - so wird der Glauben an Gott dementiert. Man muß das Böse auch nicht tun wollen.

Das ist oft schwierig. Eine Lüge erleichtert manches...

Und zeugt die nächste. Das Böse beginnt immer schon im Kleinen, wie Jesus in der Bergpredigt warnte.

Nimmt diese Kettenreaktion in unserer Zeit zu?

Ich fürchte - ja. Grundsätze menschlichen Zusammenlebens werden vermehrt scheinbaren Vorteilen geopfert. Und ebenso handelt man auch weiterhin im großen Maßstab, zum Beispiel zum Nutzen eines Staates. Das Böse tritt nicht nur im Einzelnen auf, in seiner Summe strukturiert es sich gesellschaftlich. Kriege sind eines der fürchterlichen Ergebnisse. Wir müssen uns immer wieder die Macht des Bösen bewußt machen - und wie wir ihm Einhalt gebieten können.

Gespräch: R. Querengässer

30. Mai. Freitag Apostelgeschichte 5, 17-33

Ein bequemes Leben haben die Leute nie gehabt, die auszogen, anderen die gute Botschaft Gottes zu bringen. Das ist ja wohl auch an keiner Stelle unserer Bibel so verheißen. Ich frage mich nur immer wieder, ob wir heute noch mit einer solchen Zuversicht für unseren Glauben eintreten. Gut, daß es immer noch Beispiele gibt, die uns bestärken können.
Wie das Werk Gottes klare Entscheidungen fordert von seinen Verkündern, das kann man am besten an Bodelschwingh sehen, als Leiter der Betheler Anstalten.
Er bekam 1940 von Hitlers Leibarzt Prof. Brandt und dem Reichsleiter Bouhler plötzlich den Befehl, die Patienten der Betheler Anstalten vergasen zu lassen. Es sei so befohlen. Bodelschwingh brauchte sich keinen Augenblick zu besinnen; so klar und einfach war seine Entscheidung. „Sie können mich wohl in ein Konzentrationslager bringen", sagte er den beiden Männern in seinem Zimmer, „aber nicht einem einzigen unserer Kranken sollen Sie ein Haar krümmen, solange ich auf freiem Fuße bin." Er sprach von der frohen Gemeinschaft der Kranken, von nützlicher Arbeit, die von ihnen getan wird, von ihrem glücklichen Leben. Und schließlich sagte er ihnen unumwunden, daß er Christi Befehl gehorche und auf keinen Fall den Befehl Hitlers ausführen werde. Der Ausgang dieser Verhandlung ist bekannt: In Bethel wurde tatsächlich - anders als in vielen anderen Anstalten - kein Patient vergast.
Gott hat durch Bodelschwinghs klare Entscheidung Menschen am Leben erhalten.

Wir beten: Lieber Vater, es fällt uns oft schwer genug, dir mehr zu gehorchen, als den Menschen. Und wir wollen es auch nicht immer, besonders dann, wenn es Konsequenzen haben könnte. Sei du bei uns, wenn wir um solche Entscheidungen ringen. Amen.

L i e b e !

Wir wollen heut' von Liebe reden,
der höchsten Tugend, die es gibt !
Kein Menschenkind ist wohl auf Erden,
das nicht geliebt wird oder liebt.

Da denk ich gleich an meine Mutter,
wie hat sie selbstlos manche Nacht,
nach ihres Tagwerks vieler Müh,
an meinem Krankenbett durchwacht.

Sie hat mit Liebe mich umgeben,
bei Tag und Nacht, zu jeder Frist,
die ganze Welt kann mir nicht geben,
was meine Mutter für mich ist !

Hab morgens kaum ich aufgeblickt,
erwacht von süßer Ruh,
steht sie an meinem Bett und nickt
mir "guten Morgen" zu.

Sie wäscht und kämmt und kleidet mich
und spielt und lacht mit mir -
und habe einem Kummer ich,
geh damit ich zu ihr.

Und stets, wenn leis der Tag versinkt,
und in das Kämmerlein
der Abendstern verstohlen blinkt,
singt sie im Schlaf mich ein.

Doch vorher betet sie mit mir
und liest aus Gottes Buch,
wie Jesus Christus für uns hier
am Kreuz die Sünden trug.

Zuletzt mit einem Kuß von ihr,
schlaf ich dann friedlich ein.
Du guter Gott erhalte mir,
mein treues Mütterlein !

Warum ich der Gesinnung Albert Schweitzers nachfolge bzw. dem, der zuerst gesagt hat: „Du aber folge mir nach!"

Weihnachten 1981

Das „warum" in meiner o.g. Frage wird eindeutig in dem kleinen Büchlein „Aussprüche und Bekenntnisse Albert Schweitzers" beantwortet. Ich sehe in diesem Buch ein eigenes Bekenntnis zum Evangelium, das mir die Möglichkeit gibt, in Kurzform zu erläutern, was ich tief im Herzen trage. Dabei kommt es nicht darauf an, dass es sich um Aussprüche und Bekenntnisse eines anderen Menschen handelt, sondern auf den **Wahrheitsgehalt** dieser Aussagen.

Auch in den Aussprüchen und Bekenntnissen Albert Schweitzers finden sich philosophische, theologische, kulturelle, moralische und ethische Wahrheiten vorangegangener Jahrhunderte bzw. sogar Jahrtausende wieder. Diese Wahrheiten sind von ihm neu formuliert bzw. übernommen worden, weil man die Wahrheit **nicht zwei Mal erfinden kann.** Man kann sich zu ihr nur bekennen. Dasselbe will ich auch tun. Deshalb gebe ich dieses Buch weiter.

Man könnte dieses Büchlein beliebig erweitern und ein dickes Buch von unwiderruflichen Wahrheiten schreiben, dennoch würde ich damit die Menschen nicht zum Glauben gewinnen können.

Eine meiner wichtigsten Freizeitbeschäftigungen ist das Sammeln solcher unwiderruflichen Wahrheiten.

Die Frage des Evangeliums, nach Jesus und Gott und dem Heiligen Geist sollte bei jedem Menschen das Lebensthema Nr. 1 sein. Leider wird dem gläubigen Christen heute immer wieder unser aufgeklärtes Zeitalter des 20. Jahrhunderts vorgehalten, mit dem Hinweis, alles sei erkennbar und wenn es einen Gott gäbe, dann hätte die Wissenschaft ihn schon gefunden.

Diese förmlich von **Unwissen und Unbildung** vorgetragene Meinung wurde mir von Menschen aller Bildungsstufen entgegengebracht. Es gibt keinen deutlicheren Beweis dafür, dass sich die Menschheit auf dem falschen Weg befindet, als ihre Selbstsicherheit, sie werde alles erforschen.

Wir wissen, dass wir ohne physische Anstrengung nichts erreichen können. Warum

glauben wir dann, im geistigen Bereich ließe sich alles ohne Anstrengung erreichen?
Deshalb habe ich als ein moderner Mensch des 20. Jahrhunderts mir die Mühe gemacht, an einer modernen Schule zu studieren und habe festgestellt:

„Wer erkannt hat, dass die Idee der Liebe der geistige Lichtstrahl ist, der aus der Unendlichkeit zu uns gelangt, der hört auf, von der Religion zu verlangen, dass sie ihm ein vollständiges Wissen von dem Übersinnlichen bietet."

„Nicht auf das, was geistreich ist, sondern auf das, was wahr ist, kommt es an!"

„Das Herz ist ein höherer Gebieter als der Verstand!"

„Ich sehe den Baum wachsen, grünen und blühen.
Aber die Kräfte, die dies bewirken, verstehe ich nicht.
Ihre formende Fähigkeit bleibt mir rätselhaft!"

Die letzten Fragen des Daseins gehen über das Erkennen hinaus.
Um uns ist Rätsel über Rätsel. Die höchste Erkenntnis ist, dass alles, was uns umgibt, Geheimnis ist!"

Durch sein Handeln und Lehren beweist Albert Schweitzer, dass der Verstand allein nicht ausreicht, Jesu Worten zu folgen. Doch die Nachfolge ist möglich, **wenn das Herz dabei ist!**
Ich habe einen Ruf Jesu gehört und bin ihm gefolgt!
Deshalb habe ich immer wieder versucht diesen Ruf als einen Gruß weiterzutragen und bin oft auf Ablehnung gestoßen. Ein Gruß hat aber nur so viel Wert, wie ihm der Empfänger beimisst. Wird einer gegrüßt, dann heißt das, Du ich denke an Dich, ich helfe Dir, wenn Du mich brauchst. Man kann diesen Gruß annehmen oder auch nicht.
Auch dieses mein Bekenntnis soll ein Gruß sein mit dem großen Wort:
„Du, ich liebe Dich!"
Ich habe ganz bewusst auf eigene Aussagen verzichtet. Ich habe von mir nie behauptet mehr

zu sein als andere. Meine Schulbildung beträgt insgesamt 17 Jahre und jetzt lese ich im Selbststudium ganz freiwillig philosophische Bücher.

Deshalb hörte ich die Wissenschaft sagen:

„Es hat uns erschreckt, dass der Gegenstand unserer Forschung nicht menschlich ist!"

Darum habe ich einen dreifachen Doktor Albert Schweitzer gewählt.
Hier einige Daten:
1899: Promotion an der Straßburger Universität zum Dr. phil.
1900: Promotion zum Lizentiaten Dr. theol.
1913: Promotion zum Dr. med.
1920: Erster Ehrendoktorgrad durch die theologische Fakultät der Universität Zürich.
1928: Goethe Preis der Stadt Frankfurt am Main
1929: Ehrenmitglied der damaligen preußischen Akademie der Wissenschaft zu   Berlin
1951: Friedenspreis des westdeutschen Buchhandels
1953: Verleihung des Friedensnobelpreises für das Jahr 1952

1960: 85. Geburtstag. Ehrungen in aller Welt
1960: Verleihung der Ehrendoktorwürde der Medizinischen Fakultät der Berliner Humboldt Universität

1963: Albert Schweitzer Komitee beim Präsidenten des Deutschen Roten Kreuzes in der DDR gegründet
1965: 90. Geburtstag. Albert Schweitzer in allen Ländern der Erde geehrt.
04.09.1965: Tod Albert Schweitzers in Lambarene.

Zum Schluss möchte ich noch einige Zitate aus meiner Sammlung beifügen und ganz herzlich darum bitten, dass dieses Bekenntnis nicht nur mit dem Verstand, **sondern mit dem Herzen** gelesen wird. Das Herz muss dabei sein! Wir müssen die Aussprüche immer wieder lesen. Wer sich von ihnen fesseln lässt, kann stets von neuem Kraft aus ihnen schöpfen.

Wenn Dir der Gedanke kommt, das alles, was Du über Gott gedacht hast, verkehrt ist und es keinen Gott gibt, so gerate darüber nicht in Bestürzung. Es geht allen so. Glaube aber nicht,

dass Dein Unglaube daher rührt, dass es keinen Gott gibt.
Wenn Du nicht mehr an den Gott glaubst, an den Du früher glaubtest, so rührt es daher, dass in Deinem Glauben etwas verkehrt war, und Du musst Dich bemühen, besser zu begreifen, was Du Gott nennst.
Wenn ein Wilder an seinen hölzernen Gott zu glauben aufhört, so heißt das nicht, dass es keinen Gott gibt, sondern nur, dass er nicht aus Holz ist.
   L. Tolstoi

Man muss davon ausgehen, dass Wissen und Glauben nicht dazu da sind einander aufzuheben, sondern einander zu ergänzen.
   J. W. v. Goethe

Wie einer an die Ernte glaubt, obwohl er nicht erklären kann, wie aus einem Korn zuerst ein hohes Gras und dann hundert Körner werden, sie aber doch mit Gewissheit zu ihrer Zeit erwartet, weil eben gesät ist, also mit derselben Notwendigkeit, darf er an das Reich Gottes glauben.
   A. Schweitzer

**Ich glaube an die Sonne, auch, wenn sie nicht scheint.
Ich glaube an die Liebe, auch, wenn ich sie nicht verspüre.
Ich glaube an Gott, auch, wenn ich ihn nicht sehe.
Inschrift im Warschauer Ghetto**

Helmut Dröws

> Ertragt einander in Liebe und seid darauf bedacht, zu wahren die Einigkeit im Geist durch das Band des Friedens.
> Epheser 4,2b-3

Maurice Maeterlink
Literatur Nobelpreis 1911 Termiten, Ameisen
Er sagt:
Es gibt nicht einen einzigen Beweis für Gott!

- **Ich weiß ein Wort,** so klein und doch so groß, das bringt uns nahe ein unaussprechlich Los. Das Wort, das Gott uns sendet, schafft uns die wahre Freud`. Sein Wort schafft Segen, durchdringet Mark und Bein, gibt Licht auf unseren Wegen!
- **Ich weiß eine Quelle,** so herrlich, so fein, aus Jesu Apostel so lauter, so rein ergießt sich der Quell wunderbar. O schau doch die Liebe des Heilandes heut! Rührt solch ein Erbarmen dich nicht?
- **Ich weiß einen Strom,** dessen herrlich Flut fließt wunderbar stille durchs Land, doch strahlet und glänzt er wie feurige Glut. Der Strom ist gar tief, und sein Wasser ist klar, es schmecket so lieblich und fein. Es heilet die Kranken und stärkt wunderbar, ja macht die Unreinsten rein.

Gottes Wort:
- Ich bin der Herr, dein Gott, du sollst keine anderen Götter neben mir haben!
- Du sollst den Feiertag heiligen!
- Du sollst Vater und Mutter ehren, auf das es dir wohl gehe und du lange lebest auf Erden!
- Du sollst kein falsch Zeugnis reden wider deinen Nächsten!
- Du sollst nicht stehlen!
- Du sollst nicht töten!
- Du sollst deinen Nächsten lieben!

Ich bin der Weg, die Wahrheit und das Leben!

Antwort:
Unser Vater in dem Himmel,
dein Name werde geheiligt,
dein Reich komme,
dein Wille geschehe wie im Himmel so auf Erden,
unser täglich` Brot gib uns heute, und vergib uns unsere Schuld,
und führe uns nicht in Versuchung,
sondern erlöse uns von dem Bösen,
denn dein ist das Reich und die Kraft,

und die Herrlichkeit in Ewigkeit.

Die Wahrheit eines lieben Wortes ist nicht zu beweisen. **Die Wahrheit eines lieben Wortes erleben wir.**

In der Natur ist Gott mit unseren Händen greifbar!

Seine Werke sind wunderbar schon auf Erden gemacht.
In ihnen ist der Beweis seiner Existenz gegeben.

Woher weiß ich, dass es einen Gott gibt?
Ich weiß es, **weil er in meinem Herzen wohnt.**

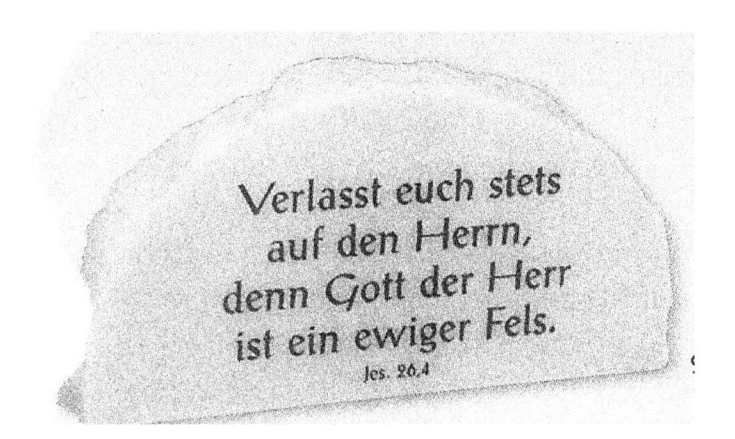

> Verlasst euch stets auf den Herrn, denn Gott der Herr ist ein ewiger Fels.
> Jes. 26,4

Suchet in der Schrift! Joh. 5.39

Die Bibel ist für mich das Buch der göttlichen Wahrheit.
Die Bibel ist nicht ein leeres Wort an euch, sondern sie ist euer Leben. 5. Mose 32.47
So, als Lebensbuch gelesen, erweisen sich die Texte der Bibel und ihre Auslegungen in den Predigten immer neu als eine in uns **wirkende Kraft.**
Die Texte müssen **unser Herz** treffen. Dann nehmen wir Kraft und Leben aus ihnen. Sie treffen unser Herz oft nach wiederholtem Lesen und deshalb ist die Wiederholung ganz wichtig.
Das Wort muss uns erreichen. Aber leider muss manches Wort sehr oft gesagt werden, bis es bei uns ankommt und aufgenommen wird.
Folgende Sprüche sind bestimmend in meinem Leben – **sie sind bei mir angekommen:**

„**Wer nun mich bekennt vor den Menschen, den will ich bekennen vor meinem himmlischen Vater – spricht Christus.** Matth. 10.32

„**Rechtes Denken lässt das Herz mitreden!"**

„Der Anfang alles wertvollen geistigen Lebens ist der unerschütterlich Glaube an die Wahrheit und das offene Bekenntnis zu ihr!"

„Man muss das Gute in sich stark machen, damit das Ungute keinen Raum in uns hat!"

„Lass die Liebe bestehn, denn sie kann nie vergehn,
  sie ist alles was zählt auf der Welt,
  sie ist Wahrheit und Licht, wie ein schönes Gedicht,
  das man liest und den Sinn dann nie wieder vergisst!"

„Anfang des Reiches Gottes ist, das Gesinnung des Reiches Gottes unser Denken und Tun beherrsche!"

„Der letzte Sinn unseres Lebens ist nicht in Gott zu handeln, sondern in Gott zu versinken!"
usw.usw.

Den Sinn meines Lebens habe ich so formuliert:

„Hingebung meines Seins an das unendlich Sein ist Hingebung meines Seins an alle Erscheinungen des Seins, die meiner Hingabe bedürfen und denen ich mich hingeben kann. Nur ein unendlich kleiner Teil des unendlichen Seins kommt in meinen Bereich. Das andere treibt an mir vorüber, wie ferne Schiffe, denen ich unverstandene Signale mache. Dem aber, was in meinen Bereich kommt und was meiner bedarf, mich hingebend, verwirkliche ich die geistige, innerliche Hingebung an das unendliche Sein und gebe meiner armen Existenz damit Sinn und Reichtum. Der Fluss hat sein Meer gefunden."

Gera, am 22. Januar 1982   Helmut Dröws

> Alle eure Sorge werft auf Ihn, denn er sorgt für euch.
> 1. Petrus 5,7

Ein Glaubensbekenntnis Ostern 1978

Als ich im Frühjahr 1978 zum Reservistendienst einberufen wurde, nahm ich mir Bücher zum Studium der Finanzfachschule mit, da ich mitten in Prüfungen stand und deshalb die Zeit zum studieren nutzen wollte.
Dabei gab es meinerseits ein unfreiwilliges Glaubensbekenntnis. Ein ebenfalls eingezogener Soldat, seinerseits Ingenieur, holte aus seinem Schrank ein Buch über „Gott und die Götter", so der Titel, und sagte: „ das musst du lesen."
Ich bekannte natürlich sofort, dass ich auch das tue, aber im Moment mein Studium in der Fachschule beenden muss.
In der Folgezeit gab es dann zwischen uns etliche Gespräche über „Gott und die Götter". Es stellte sich aber heraus, dass mein Gesprächspartner mit seinem Studium über „Gott und die Götter" beweisen wollte, dass das alles doch nur **ein Märchen** sei und er nur seine Studien bei gläubigen Menschen **treibe.**

Nachfolgendes Bekenntnis gab ich ihm dann, nachdem ich bei einem Kurzurlaub zu Hause meinen Standpunkt eindeutig formulierte, denn von „Märchen" kann meiner Auffassung nach hier keine Rede sein.

Mein Glaubensbekenntnis wurde ohne Gegenargumente angenommen, mit der Bitte, es behalten zu dürfen. Es hatte eine nachhaltige Wirkung, denn wir verstanden uns danach keinesfalls schlechter.

Hier ist es nun:

Das kann doch kein Märchen sein!

„Und wer seine Gebote hält, der bleibt in ihm und er in ihm. Und daran erkennen wir, dass er in uns bleibt, an dem Geist, den er uns gegeben hat."
1. Joh. 3.24

Gottes Wort hören viele Menschen, aber es kommt darauf an, das gehörte Wort in sich aufzunehmen, es zu verarbeiten und in die Tat umzusetzen.

Unser ganzes Glaubensleben muss deshalb auf eine Erfahrung beruhen, nämlich wer Gottes Gebote hält, der bleibt bei ihm und er in ihm. Dort, wo diese Erfahrung nicht vorhanden ist, gibt es keinen Glauben.
Betrachten wir uns nun die Gebote, die Mose von Gott bekommen hatte, so ist darin alles enthalten, um rechtschaffen vor Gott, aber auch vor den Menschen zu wandeln. Halten wir uns daran, so kommen wir nicht mit den Gesetzen dieser Welt in Konflikt, die ja um ein erhebliches umfangreicher sind. Würde aber die Welt sich an die Gebote Gottes halten, so wäre manches Leid auf dieser Erde nicht vorhanden.

Jesus aber gab der Welt ein neues Gebot, denn er sagte zu seinen Jüngern:

„Ein neues Gebot gebe ich euch, dass ihr euch untereinander liebet, wie ich euch geliebt habe!"

Jesus brachte der Welt ein neues Gebot, das Gebot von der

„Nächstenliebe"

Er sagte ferner:

„Wer der Größte unter euch sein will, der soll euer Diener Sein!"

Er lehrte die Liebe zum Nächsten und wenn man in dieser Liebe tätig sein will, muss man dienen.
Zur Liebe gehört ein **kindlich, demütiges Herz**.
Zur Liebe gehört kein Verstand.

Ein kluger Mensch sagte einmal:

„Wer zum Gipfel der Weisheit gelangen will, der muss zum Gipfel der Liebe gelangen, denn niemand weiß vollkommen, der nicht vollkommen liebt!"

Es gibt in unserem Leben Dinge, die man sich nicht aneignen, erlernen oder erkaufen kann. Dazu gehören z.B.: **Schönheit, Güte, Weisheit und Liebe.**
Gut kann man geboren sein, **aber gütig wird man.** Man kann sich viel Wissen aneignen durch Studium und lesen. Man wäre dann vielleicht ein kluger, belesener Mensch, **aber weise wird man.** Hier hat der Schöpfer des Himmels und

der Erde dem Menschen Grenzen gesetzt. **Man sollte sie erkennen.**

Das Wort von der „**Nächstenliebe**" und sein Verkünder werden von je her angefochten. Man legte die Wahrheit zu allen Zeiten den Umständen entsprechend aus. Jesus wird als „**Revolutionär**", als „**Würger der Freiheit**", als der „**Feind des Denkens**", ja auch als ein „**großer Mensch**" bezeichnet.
Seine Worte und Taten aber lässt man unbeachtet und lehnt sie ab, weil man sie **nicht glauben will.** Weil man nicht wahr haben will, dass es über dem Menschen einen Gott gibt, der alles lenkt und hält. Der Mensch selbst will Schöpfer sein. Doch

   „**leise ist die Ewigkeit,**
    laut ist die Vergänglichkeit,
    still zieht Gottes Wille über diese Erde!"

Man vergisst einfach, dass man Gott mehr gehorchen muss als den Menschen.
Man vergisst auch, dass sich die Wahrheit nicht nach uns richtet, sondern wir uns nach der Wahrheit richten müssen.

Es gibt wohl viele klugen Menschen auf dieser Erde, aber nur wenige, die eine **Herzensbildung** besitzen.

Wenn man bedenkt, dass die Lichtgeschwindigkeit 300 000 Km/s beträgt, d.h. ein Lichtjahr 9,5 Billionen Km sind, man von kugelförmigen Sternhaufen mit einem Durchmesser von 160 000 Lichtjahren spricht, dass man von 2 bis 3 Milliarden Lichtjahren spricht und die Existenz von Milliarden von Sternen nachzuweisen glaubt, so kann man mit Wernher von Braun einer Meinung sein, wenn er sagt:

„Die Kosmonauten haben ein kleines Fenster zum All geöffnet, aber bei all dem, was wir da sehen konnten, müssen wir mehr und mehr zu der Überzeugung kommen, dass es einen Schöpfer gibt."

Wenn solch ein Mann die Existenz Gottes nicht leugnet oder Präsidenten und Minister heute noch schwören: so wahr mir Gott helfe!", **mit welchen Recht** erlaube dann ich mir, der ich

mich mit solchen Menschen gar nicht vergleichen kann, einen Gott abzulehnen? Gewiss gibt es ebenso kluge Menschen wie Wernher von Braun, die Gott ablehnen, aber einen Beweis für das Nichtexistieren Gottes gibt es auch nicht.
Die Weiten des Weltalls, die Schönheit der Natur und deren Wunder, lassen mich eher an Gott glauben, als dass ich ihn ablehne. Eine Ablehnung Gottes ist Hochmut. **Jesus aber lehrte Demut.**

So wie ich also diesen Gott, der Himmel und Erde geschaffen hat, lobe und preise und ehre und achte und liebe, so begegne ich auch meinem Nächsten, wie Goethe es sagte: **„hilfreich und gut".**

Bei all meinen Studien lasse ich mich von folgender Einstellung leiten:
> **„Dein Bruder ist so gut wie du –**
> **Auch er sucht seiner Seele Ruh`,**
> **auch er hat seine Sorgenlast**
> **so gut wie du die deine hast.**

Und ob du auch `ne Studie treibst

**Und stellst dann fest,
dass er wohl etwas anders ist
in seiner Art als du es bist,
das lässt auch nicht das Urteil zu,
dass er nicht ist so gut wie du!**

**Drum liebe ihn und lass es zu,
dein Bruder ist so gut wie du!"**

Wir streu`n die Saat des Wort`s, der Gedanken,
des Willens, der Tat ins eigene Herz, in die
Seelen der andern, mit denen wir wirken,
schaffen und wandern.
Ich aber sage Dir, was wir in Tat und Wort Gutes
säten da und dort, das besteht und wirket fort,
während Tag um Tag vergeht!
**Kleine gute Taten, jedes Liebeswort machen
diese Erde Dir zur Himmelspfort`.**
Von der Erkenntnis angefacht, dass Gott **allein**
regiert die Welt, bin ich nicht der, den Du zum
Diskutieren suchst, vielleicht in Deinen Augen
„ein Narr um Christi Willen", aber Jesus war
das auch.

Er war der **neue** Mensch, **der seinen Nächsten liebte.** Er hat das Wort vom Frieden gesprochen. Er rief dieses Wort in die Welt hinein. In diese Welt, die von Unrast zerbrochen, von Tränen durchtränkt ist, von Schmerzen und Pein, in diese Welt der unseligen Kriege, da ein Volk sich wider das andere empört, in diese Welt der satanischen Lüge, die den Frieden nicht fördert, sondern zerstört, kam sein Ruf:

„Friede auf Erden!"

Wie seufzt unter der Macht des Bösen
der Mensch, den die ewige Liebe erschuf!
Doch Gott will die Sündengebundenen erlösen,
drum sandt` er den Sohn mit dem heiligen Ruf:
„Friede auf Erden!"

Warum ist damals nicht Frieden geworden?
Weil man dem Ew`gen ins Angesicht schlug!
Man ließ den König der Wahrheit ermorden,
weil man sein heiliges Licht nicht ertrug!

Und dennoch – dennoch das Wort vom Frieden,
es überdauert den Wechsel der Zeit,

ob Krieg und Hölle auch toben hinieden,
das Wort hat **ewige** Gültigkeit!

Seit zwei Jahrtausenden wird es gesungen,
vererbend sich fort von Geschlecht zu
Geschlecht, in aller Rassen und Völker Zungen,
denn des Königs Botschaft behält ihr Recht:
„Friede auf Erden!"

„Friede auf Erden" – ein ständiges Mahnen
  Ist es an unsere friedlose Zeit!
„Friede auf Erden" – o seliges Ahnen
  Ferner, zukünftiger Herrlichkeit.

„Friede auf Erden" – wie Glockenklingen.
„Friede auf Erden!" – wie Engelsingen.
  Tönt es hernieder aus himmlischer Welt!
  Drum öffne Ohren und Herz
  Und höre das Wort aus der Ewigkeit:
„Friede auf Erden!"

Diese wenigen Sätze sind meinerseits ein
Glaubensbekenntnis, was sie bewirken weiß ich
nicht. Dieses Bekenntnis ist auch keine Predigt,
aber nur aus der Predigt kommt der Glaube.

Ich habe Samen gestreut, vielleicht auf harten Weg, vielleicht ins Dorngeheg oder auf Fels und Sand, vielleicht aber auch in gutes Land?
Ich habe Samen gestreut mit Glaubensmut, vielleicht in Sündenglut, vielleicht von Schmach bedroht?
Ganz bestimmt streue ich Samen **auf Hoffnung** aus, dass einmal würde auch Frucht daraus. Wie aber wird die Ernte sein?
Ob ich gestreut in Nacht oder Licht, ob ich gesät in Kraft oder nicht, ob ich ernte erst dort oder hier, sicher bleibet die Ernte mir.

                                    Helmut Dröws

> Befiehl dem Herrn deine Wege und hoffe auf ihn, er wird's wohlmachen.
>
> Psalm 37,5

Gleichheit ist Demut
09.03.1981

„Seht doch, wie uns der Vater geliebt hat! Seine Liebe ist so groß, dass wir Kinder Gottes genannt werden. Und wir sind es wirklich! Die Welt versteht uns nicht, **weil sie Gott nicht kennt.** Wir sind schon Gottes Kinder. Was wir einmal sein werden, ist jetzt noch nicht sichtbar. Aber wir wissen: wenn Christus erscheint werden wir ihm gleich sein, denn wir werden ihn sehen, wie er wirklich ist.
Jeder, der im Vertrauen auf Christus darauf hofft, hält sich von **allem Unrecht** fern, so wie Christus es getan hat!" 1. Joh. 3. 1- 3

Bei der Betrachtung dieses Wortes haben mich Menschen gefragt:
Wie ist diese Gleichheit zu verstehen? Wie soll sie aussehen?
Ist es nicht vermessen zu sagen, dass wir einmal so sein werden wie Jesus und demzufolge wie Gott?

Ich muss eingestehen, dass mir die Antwort ohne tiefgründiges Nachdenken über diese Fragen nicht einfach so zufällt. Ich glaube aber, dass ich mit Gottes Hilfe, denn ich bete zu Gott: gib mir ein weises Herz, eine Antwort gefunden habe.

Im 1. Mose 1.16 wird gesagt: „Und Gott sprach: Lasst uns Menschen machen, ein Bild, das uns gleich sei, die da herrschen über die Fische im Meer und über die Vögel im Himmel und über das Vieh und über die ganze Erde."

Damit wird gesagt, dass Gott, unser Vater, es wollte, dass wir ihm gleich sind. Wenn wir die Menschen nun ansehen, werden wir bemerken, dass es nicht zwei gleiche Menschen gibt, sie sehen alle verschieden aus. Das heißt also, dass **nicht unser Aussehen** nach dem Körper gemeint ist, sondern Gott **den Geist** gemeint hat. Der Mensch hat, wenn wir die Schöpfung betrachten, als **einziges** Wesen, von Gottes Geist etwas abbekommen. Er besitzt deshalb schöpferische Kräfte, was aber nicht heißt, **dass er sich selbst erschaffen hat.**

Der Mensch war also in seinem Ursprung Gott gleich, d.h. er hatte die gleiche **Gesinnung** wie Gott. Es hat ihm gefallen im Paradies zu leben, sich die Erde Untertan zu machen. Man kann also sagen, dass es dem Menschen gut ging. Er hatte keinen Mangel. Wenn die Menschen keinen Mangel haben, Werden sie, so können wir es heute noch beobachten, übermütig. Sie tun dann eben Dinge, die einfach unnötig, unsinnig und ihnen zum Schaden sind. Und so kam es, dass die ersten Menschen in die Sünde willigten. Damit begann die Abkehr von Gott und hat sich bis zum heutigen Tage derart vergrößert, dass es unwahrscheinlich klingt, dass diese Menschheit Gott gleich sein soll. Sie ist es ja auch nicht mehr. Deshalb hat Gott durch seinen Sohn das Erlösungswerk auf Erden errichtet, um die Menschen, die sich zu Gott zurückführen lassen wollen, zu erlösen von ihrer gottfeindlichen Gesinnung. Unter den vielen Menschen sind es zwar wenige, die sich zurückführen lassen wollen, aber diesen wenigen hat Gott sein Heil versprochen und er hat sie schon heute als seine Kinder erwählt.

Heute leben diese Wenigen im Reich der Gnade, aber das Reich der Herrlichkeit ist ihnen zugesagt.
Was sind das nun für Menschen, die sich Gottes Kinder nennen?
Die Antwort ist ganz einfach: es sind Menschen, **die Gottes Gesinnung suchen,** die ihm gleich sein wollen. Heute sind sie es noch nicht, aber sie bemühen sich um diese Gesinnung und wenn das Reich der Herrlichkeit beginnt, wird Gottes Gnade den Urzustand herstellen und alle werden gleich sein.
Aber woran erkennt man Gottes Kinder schon heute?

Sie haben erkannt, dass sie vor Gott mit leeren Händen stehen.
Sie leiden unter der Not der Welt. Sie sind geduldig.
Sie warten brennend darauf, dass Gottes Wille geschieht.
Sie sind barmherzig. Sie haben ein reines Herz.
Sie schaffen Frieden, wo sie es vermögen.
Matth. 5
Sie lächeln ins Leben und sind voll Mut, begegnen den Menschen hilfreich und gut.

**Sie zieh`n die Gesunkenen liebend hinauf,
aus ihrer Liebe geht Liebe auf.
Sie führen die Erde dem Himmel entgegen,
denn alles an ihnen ist Größe und Segen.**

Eines der gewissesten Kennzeichen des Lebens aus Gott aber ist die **Nächstenliebe!**

Nun gibt es viele Menschen, die Gutes tun und sich Christen nennen, ob sie aber Gottes Kinder sind, können wir an ihrer **Nächstenliebe** sehen. Gott prüft sie darin und wenn sie die Prüfung vor Gott bestehen, **dann können auch wir sie darin prüfen.**
Wenn Menschen gleicher Gesinnung sein wollen, dann geschieht das nicht einfach so, sondern es ist ein ständiges Ringen darum, wie es Apostel Paulus sagte: **„ich aber sterbe täglich."**
So sind auch die, die sich Gottes Kinder nennen, täglich diesem Sterben ausgesetzt. Ihre alte, gottfeindliche Gesinnung lassen sie täglich ein wenig sterben, denn auf einmal können auch sie sich nicht umkehren, es gelingt ihnen **nur Stück um Stück,** es ist dies der Glaubenskampf, aber man kann ihn führen und bestehen.

Diese neue Gesinnung hat ihre Prüfung in der Nächstenliebe zu bestehen. Daher auch die Gesinnung: alle Menschen sind Brüder und Schwestern. Nur, wenn wir einander lieben, wird unter den Menschen Brüderlichkeit herrschen. Gleichheit ist Demut. Nur wenn wir uns nicht überheben, sondern jeder sich für den am tiefsten stehenden hält, werden wir alle gleich sein.
Wie soll man das verstehen? Können wir denn alle gleich sein? Es gibt doch geistige Unterschiede, aber gerade die sind zu überwinden.

So seltsam es klingt: Mann und Frau sind, wenn sie geistig leben, **ein Wesen.** Das sind sie aber nicht, wenn sie sich kennenlernen, sondern sie werden es, indem sie versuchen eines Geistes zu werden. Auch hier gibt es nicht allzu viele, wenn man die große Menschheit sieht.
Wie sind sie nun eines Geistes geworden? Dazu muss man zwei Worte herausheben: „**miteinander – füreinander.**"
Bei der Eheschließung wird das miteinander – füreinander durch das gemeinsame **„Ja",** bekräftigt. Und nur über diese beiden Wörter –

miteinander – füreinander – werden sie eines Geistes werden, **wenn sie damit Ernst machen.** Gefunden haben sie sich als zwei verschiedene Menschen, die eigenen Gedanken und Interessen und Träumen nachgegangen sind. Sie werden festgestellt haben, dass sie vieles gemeinsam haben, aber auch gegensätzliche Ansichten vorhanden sind. Ihr Glück wird erst vollkommen sein, wenn sie sich im Geiste eins geworden sind, denn ohne diese geistige Einheit **gibt es kein Glück.**
Um zu dieser geistigen Gleichheit zu kommen, müssen beide sich gegenseitig **dienen.**
Gleichheit ist Demut. Sie müssen den Mut haben zum dienen. Die Schwachheiten des einen müssen durch die Stärken des anderen ausgeglichen werden. So gibt es einen Ausgleich der gegenseitigen Unterschiede, die man nicht mit Wissen und Intelligenz verwechseln darf. Aber auch hier gibt es das
Miteinander – Füreinander.
Es wird einer mehr wissen als der andere, doch kann man sich im miteinander – füreinander ergänzen, die Unterschiede kann man verringern, nicht immer beseitigen, aber die gegenseitige **Achtung und Liebe** wird es nicht

zulassen, dass wir uns über den anderen **erheben.**
Wer liebt hat Geduld. Er ist gütig und ereifert sich nicht; er prahlt nicht und spielt sich nicht auf. Wer liebt ist nicht taktlos, selbstsüchtig und reizbar. Er trägt keinem etwas nach. Er freut sich nicht, wenn der andere Fehler macht, sondern wenn er das Rechte tut.
Wer liebt gibt niemals jemanden auf. In jeder Lage vertraut und hofft er für ihn. Alles nimmt er geduldig auf sich. Liebe behält ihren Wert.
1. Kor. 13

So ist es in einer Ehe, wenn man eines Geistes werden will. Dies gilt aber auch für das Miteinander – Füreinander mit anderen Menschen. **Wir müssen uns gegenseitig dienen,** uns ergänzen, damit die Ungleichheiten beseitigt werden und wir alle gleich – gleicher Gesinnung sein können.

Das geht nur über die Liebe, die Nächstenliebe.

**Das ist mehr als Wissen und Verstand.
Bemühen wir uns deshalb um diese höheren Gaben.**

Dem Menschen ist dass Streben nach mehr eigen. Es kann dies ein Streben nach mehr Mark, mehr Bildern oder mehr Titeln und Kenntnissen sein, notwendig aber ist nur eines: **mehr Güte.**
Die Aufgabe des Lebens besteht darin: durch Taten und Worte, durch Überzeugung in den Menschen **die Liebe** zu mehren.
Selbstaufopferung ist also das erste Grundgesetz des menschlichen Lebens, wie es in einer Ehe eben sein sollte.
Das Glück des Menschen ist nur geistiges Glück, und zerstört wird es in erster Linie durch Sorge um das leibliche materielle Wohl.
Je größer die Nächstenliebe ist, umso einfacher und besser kann man den anderen begreifen, sich in ihn hineinversetzen, und damit steht und fällt alles andere.
Es gibt aber auch das **Gegeneinander und Auseinander.** Es ist schlimm, wenn man sich zankt und streitet und einer dem anderen die Schuld gibt, weil jeder Recht haben will. Da spricht man oft lange gar nicht miteinander, jeder geht seine eigenen Wege…

Ach, was ist das für ein unglückliches Leben und Dasein, wo das Füreinander und Miteinander zerstört ist!
Ich glaube in etwa angedeutet zu haben, dass es möglich ist, dass wir Menschen untereinander gleich sein **könnten, wenn** wir es nur wollten. Dazu bedarf es keines Wissens und keines Verstandes. Den Sinn des Lebens zu erkennen vermögen wir, aber das geht nur über die Nächstenliebe und diese bedarf nicht des Verstandes, sondern der **Selbstaufopferung.**

Für die Menschheit, wie sie heute ist, handelt es sich deshalb darum, das Reich Gottes zu verwirklichen, oder unterzugehen. Aus der Not heraus, in der wir uns befinden, müssen wir an seine Verwirklichung glauben und mit ihr Ernst machen.
Der Anfang des Reiches Gottes ist, dass Gesinnung des Reiches Gotte unser Denken und Tun beherrsche!

Es gibt also eine Gleichheit unter den Menschen, die aber nur existiert, wenn wir mit ihr Ernst machen, wenn wir das Miteinander – Füreinander **begriffen** haben.

Es stimmt also, wenn es heißt:

„Dein Bruder ist so gut wie du,
 auch er sucht seiner Seele Ruh`,
 auch er hat seine Sorgenlast,
 so gut, wie du die deine hast.

Und stellst du fest,
dass er wohl etwas anders ist
in seiner Art als du es bist,
das lässt auch nicht das Urteil zu,
dass er nicht ist so gut wie du!

Drum liebe ihn und lass es zu:
Dein Bruder ist so gut wie du!"

Auch ist es nicht überheblich, wenn wir daran glauben, dass wir einmal Gott gleich sein werden. Gott selbst hat es gewollt. Es ist seine Schöpfung und er wird den paradiesischen Zustand wieder herstellen.
Es darf aber niemand glauben, wenn er nicht **heute** damit anfängt sein Leben zu ändern, dass Gott ihn in sein Reich aufnehmen wird.

Von den ersten Christen hat Gott das natürliche Leben gefordert, denn sie wurden verfolgt und um ihres Glaubens getötet.
Von den letzten Christen verlangt er, dass sie ihre alte Gesinnung, ihre eigene Gesinnung sterben lassen **und auch das ist ein schwerer Tod.**

Es darf aber niemand glauben, dass er anders in das Reich der Herrlichkeit hineinkäme.
Bemühen wir uns darum!

Helmut Dröws

Höre nicht, was Menschen sagen, tue ruhig deine Pflicht.
Gott wird nicht die Menschen fragen, wenn er dir dein Urteil spricht.
Ob mich Menschen tadeln, loben, ob sie mich auch mißverstehen,
Herr, Dein Wohlgefallen droben soll mir über alles gehen.

Jesus lehrt die Jünger beten
Matthäus 6 und Lukas 11

Betest du? Betest du gern? Oder hast du das Beten aufgegeben, weil es ja doch keinen Zweck hat?
Du musst nicht beten! Du darfst vielmehr beten, darfst zu Gott kommen und ihm sagen, was dein Herz bewegt. Du darfst ihm alle deine Wünsche vortragen! Und wenn du glaubst, es habe keinen Sinn zu beten, so darfst du gewiss sein, dass Gott dein Gebet nicht nur hört, sondern dass er es erhören will.
Es hat also nicht nur Sinn zu beten, sondern das Gebet ist eine ganz großartige Gabe Gottes, die wir zu unserem eigenen Nutzen und Besten sehr fleißig gebrauchen sollten.

Jesus sagt:

Wenn ihr betet, dann tut es nicht wie die Scheinheiligen.
Wenn du beten willst, dann geh in dein Zimmer, schließ die Tür zu und bete zu deinem Vater.
Dein Vater, der auch das Verborgenste sieht, wird dich erhören.

Wenn ihr betet, sollt ihr nicht viele Worte machen, wie die Ungläubigen. Euer Vater weiß, was ihr braucht, bevor ihr ihn bittet.

So sollt ihr beten:

Unser Vater in dem Himmel!
Dein Name werde geheiligt. Dein Reich komme.
Dein Wille geschehe auf Erden wie im Himmel.
Unser täglich Brot gib uns heute.
Und vergib uns unsere Schulden,
wie wir unseren Schuldigern vergeben.
Und führe uns nicht in Versuchung,
sondern erlöse uns von dem Bösen.
Denn dein ist das Reich und die Kraft
Und die Herrlichkeit in Ewigkeit. Amen

Dann sagte Jesus zu seinen Jüngern:

„Stellt euch vor, jemand geht mitten in der Nacht zu seinem Freund und bittet ihn: „Lieber Freund, leih mir doch drei Brote, ich habe gerade Besuch von auswärts bekommen und kann ihm nichts anbieten."
Stellt euch vor, der Freund im Hause würde rufen: „Lass mich in Ruhe! Die Tür ist schon

zugeschlossen und ich liege im Bett. Ich kann nicht aufstehen und dir etwas geben."
Ich sage euch, wenn er nicht aus Freundschaft aufsteht und es ihm gibt, so wird er es doch tun und ihm alles geben, was er braucht, um nicht als Unmensch da zu stehen.
Deshalb sage ich euch: Bittet, und ihr werdet bekommen. Sucht, und ihr werdet finden. Klopft an, und man wird euch öffnen. Denn wer bittet, der wird bekommen; wer sucht, der wird finden; und wer anklopft, dem wird geöffnet.
Ist unter euch ein Vater, der seinem Sohn eine Schlange geben würde, wenn er um einen Fisch bittet? Oder einen Skorpion, wenn er um ein Ei bittet?
So schlecht wie ihr seid, wisst ihr doch, was euren Kinder gut tut. Wie viel mehr wird der Vater im Himmel denen seinen Geist geben, die ihn darum bitten."

„Bittet, so wird euch gegeben", spricht er, und „Alles", was ihr bittet im Gebet, so ihr glaubet, werdet ihr`s empfangen."
Das sind doch herrliche Verheißungen, und wir dürfen Gott beim Wort nehmen, dürfen uns berufen auf seine Verheißungen, denn „des

Herrn Wort ist **wahrhaftig,** und was er zusagt, das hält er gewiss."

Eine Ermutigung zum Gebet liegt auch in dem schönsten und besten Gebet, das die Christenheit hat, im heiligen Vaterunser.
Der Herr Christus selbst hat es die Kirche beten gelehrt, und alles, was einem Christen zu beten not ist, ist darin zusammen gefasst.
Leider wird es viel zu oft gedankenlos daher gesagt, meistens als eine Art Abschluss irgendeines anderen Gebetes, so dass es oft gar nicht mehr Gebet genannt werden kann, wenn es gesprochen wird. Um nun zu einem gerechten, segensreichen Gebrauch des heiligen Vaterunsers zu kommen, müssen wir fleißig und genau über die Worte dieses Gebetes nachdenken, damit wir zum rechten Verständnis gelangen und so wirklich von Herzen beten können.
Darum wollen wir nun die Anrede des heiligen Vaterunsers betrachten, welche lautet:

Unser Vater in dem Himmel!

Martin Luther erklärt uns diese Worte so:

Gott will uns damit sagen, das wir glauben sollen, er sei unser rechter Vater und wir seine rechten Kinder, auf dass wir getrost und mit aller Zuversicht ihn bitten sollen wie die lieben Kinder ihren liebenden Vater.

Durch einen Menschen, Adam, ist die Sünde in die Welt gekommen, und durch einen, vorausgesetzt, dass er sich für die anderen opfern würde, könnte die Sünde gebüßt werden. Aber es war unter allen Menschen keiner zu finden, denn da ist nicht einer, der Gutes tut.

Gott wollte aber in seiner großen Liebe zu uns verlorenen Menschen, dass wir nicht verloren bleiben sollten. Deshalb ließ er seinen Sohn Mensch werden. In Jesus Christus wurde Gott Mensch. Und dieser **Gott-Mensch** konnte nun das tun, was kein Mensch vermochte, die Schuld der Menschen bezahlen. Er war ohne Sünde und konnte deshalb stellvertretend für uns eintreten. Er hat unsere Schuld bezahlt, aber das war nicht mit Geld zu erledigen, er musste sein Blut, sein Leben dafür geben.

Im Namen Jesu, das heißt um seines stellvertretenden Leidens willen, dürfen wir nun zu Gott treten, dürfen ihn Vater nennen.

Um Jesu willen will Gott uns ein liebender Vater sein. Um Jesu willen will er unsere Gebete hören und erhören. Und was müssen wir nun tun? Was müssen wir beitragen zu unserer Versöhnung mit Gott? **Nichts!** Wir brauchen nur die Tat Jesu für uns in Anspruch zu nehmen, das heißt an Jesus glauben, darauf vertrauen, dass Gott auch uns um Jesu willen ein lieber Vater ist, auch uns um Jesu willen, für liebe Kinder hält.
Wenn uns keiner zuhören will, Gott hört zu. Wenn uns keiner versteht, Gott versteht uns. Wenn keiner Zeit für uns hat, Gott hat Zeit für uns. Gott will uns Wunderdinge erleben lassen! **Ein lieber Vater gönnt seinen Kindern alles Gute und bewahrt sie vor allem Bösen.** Das dürfen wir von Gott auch erwarten.

Dein Name werde geheiligt

Gott hat diesen seinen heiligen Namen den Menschen gegeben. Was machen sie damit? Die einen verneigen sich voll Ehrfurcht, wenn sie den Namen Gottes hören, andere dagegen machen sich über ihn lustig, und wieder andere wissen damit nichts anzufangen.

Wie oft heißt es: Das habe ich getan, das ist mein Verdienst, ich habe mehr getan als dieser. Indessen es doch heißen sollte: „Von Gottes Gnade bin ich was ich bin" und „Nicht uns, Herr, nicht uns, sondern deinem Namen gib Ehre.!
Wenn wir Christen schon den Namen Gottes nicht recht heiligen, wie soll es dann die Welt lernen.

Wenn wir nun bitten, dass solches alles geschehe, dann bedeutet es zugleich, dass der Anfang bei uns gemacht werde.

Die Offenbarung in der Tiefe kennenzulernen und weiterzugeben, bedeutet doch nichts als eine große Freude. Es ist ja eine Offenbarung des Friedens. Was kann es Schöneres geben, als die Offenbarungen unseres Gottes allen Menschen, mit denen wir zusammenleben, zu bezeugen. Wenn wir also bisher nachlässig gewesen sein sollten in dem Gebrauch der Heiligen Schrift oder in dem Bekenntnis des Namens Gottes, so lasst uns dieses Versäumnis **noch heute nachholen.**

Die Heiligung des Namens Gottes muss sich unter den Menschen als eine **lebensbestimmende** Macht erweisen. Auch das fängt bei uns an.

Dein Reich komme

Jesu Kommen bedeutet den Anbruch des Reiches Gottes. Zwar ist sein Reich ganz anders als alle irdischen Reiche.
Wo er verzweifelten Sündern die Vergebung zuspricht, da ist sein Reich. Wenn er Traurige fröhlich macht, Ausgestoßene aufnimmt, in dunkle Herzen sein Licht fallen lässt, dann baut er sein Reich. Wo er Hass in Liebe wandelt, wo er aus Streit Frieden macht, da richtet er seine Herrschaft auf. Wo man an Christus glaubt als an den Befreier aus der Angst vor dem Tod, da hat er sich als der Herrscher über des Todes Gewalt erwiesen. Wo man erfährt, dass er einen herausholt aus dem Machtbereich des Bösen, da hat man die Wirklichkeit dieses Reiches gespürt. Wo die Ehre eines Menschen in den Dreck gezogen wird, wo die Würde des Menschen missachtet wird, wo ein Mensch in Gier und Leidenschaft sich selbst zerstört, da hat er einen Sieg errungen, da hat sich Jesus als **der Stärkere** erwiesen.
Wo immer an die Siegeskraft unseres Herrn geglaubt wird, da ist das Reich Gottes im Kommen.

Das Reich Gottes ist schon da. Wo Christus ist, wo an Christus geglaubt wird, ist es vorhanden. Aber es ist noch verhüllt. Die Verhüllungen scheinen es oft bis zur Unkenntlichkeit zu verbergen. Dies Reich wird ein Reich des Friedens, der Gerechtigkeit und der Freude sein. Aller Streit hat ein Ende. Tränen und Leid wird es nicht mehr geben. Keine Ungerechtigkeit wird die Gemeinschaft zerstören.
Es ist nicht nur ein Reich der Zukunft. Es ist eine Zukunft, die schon im Heute beginnt. Schon heute dürfen wir Bürger dieses Reiches sein. Wir dürfen jetzt schon im Reich der Gnade leben. Aber dennoch ist das Reich der Herrlichkeit uns erst verheißen. Es wird kommen, wenn Christus wiederkommt.
Wenn wir beten: Dein Reich komme, dann geht es weiter darum, dass Gottes Wort zu uns komme. Es geht also darum, dass Gottes Wort sich als frohmachende Botschaft in unserem Leben erweist. Wir beten, dass Gottes Wort **uns treffe.**
Wir haben von Natur so viel innere Widerstände gegen dieses Wort. Unsere Vernunft glaubt Einwände machen zu müssen. Dies ewige Wort erscheint uns manchmal als ein Wort von gestern,

aber nicht für das Heute. Gottes Wort prallt oft bei uns ab. **Wir haben es gehört und haben es doch nicht gehört.** Es ging ins Ohr, aber nicht ins Herz. Jesus sagte nicht umsonst: **„Wer Ohren hat, der höre!"** Es fehlt an unserer Aufnahmebereitschaft. Es fehlt an dem Hunger nach dieser geistlichen Kost. Viel Gleichgültigkeit und Überdruss ist bei uns, wenn es um dieses Wort geht. Eine Predigt lassen wir uns gern gefallen, aber wir sind **keine** heilsbegierigen Leser der Heiligen Schrift.

Wie sollen die Verkünder des Evangeliums in all ihrer Anfechtung im Glauben beharren, wenn nicht um diesen Glauben gebetet wird? Gott selbst muss die Herzen aufschließen. Und er will es nun einmal tun aufgrund des Gebetes seiner Kinder.

Ebenso verhält es sich auch mit dem verkündigten Wort. Wie oft mag die Verkündigung nur ein unvollkommenes Stammeln sein. Aber Gott kann bewirken, dass sich das gepredigte Wort als ein in die Herzen umwandelndes Gotteswort erweist.

Sind wir nun heute schon Bürger dieses Reiches Gottes?

Wir können nur in das Reich der Herrlichkeit gelangen, wenn wir jetzt im Reich der Gnade leben. Wir können dies Reich der Vollendung nur ererben, wenn wir jetzt mit dem Herrn Christus unser Leben führen.
Das Wiederkommen Jesu will erbeten sein!

Dein Wille geschehe auf Erden wie im Himmel

Diese Bitte deckt zunächst einen Konflikt auf, indem wir Christen tagtäglich stehen, nämlich zwischen unserem eigenen Willen und dem heiligen Willen Gottes. Es ist ein ernster Konflikt, denn wir Menschen möchten von Hause aus immer, dass unser Wille geschieht. Wir lieben es nicht, wenn unser Wille angetastet wird. Für uns hängt alles davon ab, dass wir den Konflikt überwinden, denn nur wer überwindet soll ein Pfeiler Gottes in der Herrlichkeit sein. Das setzt aber dann auch die Bereitschaft voraus, dass wir unseren Willen von Gott zerbrechen lassen, damit Gottes Wille geschehen kann.

Man kann nicht beides, man kann nicht beten „Dein Wille geschehe" und dabei fröhlich nach seinem eigenen Willen leben und entscheiden. Wir würden zu Heuchlern. Es darf für uns keine Sachentscheidung geben, die nicht im Einklang mit dieser Bitte steht. **Machen wir uns das nicht zu leicht!**

Den Willen des Vaters zu tun, das war der ganze und eigentliche Inhalt des Lebens Jesu. Er sagte einmal: **„Meine Speise ist die, dass ich tu den Willen des, der mich gesandt hat!"** Es ist der elementare Lebenstrieb des Sohnes Gottes, den Willen des Vaters geschehen zu lassen. Jesus lebt im völligen Kontakt mit seinem Vater. Jesus hat in Gethsemane nicht vor dem Willen des Vaters kapituliert, sondern ist im Gebet stille geworden und ließ seinen Willen in dem des Vaters aufgehen. Jesus hat in jenem Gebet unseren Konflikt auf sich genommen und ihn für uns ausgetragen. Wir können den Willen Gottes nur lieben oder hassen. Und darin besteht doch das Reifwerden unseres Glaubens, dass wir Gottes Willen lieben lernen, dass wir immer überzeugter werden: **„Du führst mich doch zum Ziele, auch durch die Nacht!"**

Und das wird der aufrichtige Beter dieser Bitte immer wieder aufs Neue erfahren dürfen: wo der Wille Gottes geschieht, da zieht auch sein Friede in das menschliche Herz hinein, **der Friede, den uns die Welt nicht zu geben vermag.**

Unser täglich Brot gib uns heute

Das irdische tägliche Brot ist eine wichtige Sache. Wir beten wohl zu Tisch, wie es auch unsere Eltern taten: und segne, was du uns bescheret hast. Aber erkennen wir uns wirklich als Leute, denen **„beschert"** wird? Kannst du noch sagen: Mein Gott, es ist etwas Wunderbares, dass dieser mein Tisch für mich und die Meinen heute gedeckt ist? Dass das alles da ist, so frisch, so reinlich, so nahrhaft! Bestaunst du das noch? Oder ist uns das schon längst ein selbstverständlicher Anspruch geworden, nach dem Gehalt berechnet, im Geschäft wählerisch eingekauft, behaglich genossen? **Wer kommt sich noch vor wie ein Kind, dem beschert wird?** Und dann beten wir so einfach: Vater gib du uns…?

Es ist so wichtig, dass wir auch heute erkennen: Unser ganzer Lebensunterhalt wird von Gott getragen. Auch um diese Jahrtausendwende gilt vom täglichen Brot: **Herr, dir allein verdanken wir es!**

Am Danken mag uns die Bedeutung des Bittens aufgehen. Es gibt ja neben dem täglichen höflichen „Dankeschön" noch ein ganz anderes. Dank lässt sich nicht auf dem Dienstwege erledigen. Als ob er über Bäcker, Müller, Bauer und zuletzt beim Schöpfer abgestattet werden könnte. Zum Danken gehört die unmittelbare Verbindung zu dem, durch den alle Dinge sind. Es gehört zum Glück des Menschen, dass er überhaupt Einen hat, **dem er danken kann.** Wie viele kranken in ihrem Leben daran, dass sie höchstens sich selbst danken können. Das aber verbiegt innerlich. Nein, alles verdanken wir unserem Vater. Aus seinen Händen kommt das Wunder vor unseren Augen, dass an unserem Esstisch, in unserer Wohnungseinrichtung usw. **alles für uns da ist.**

Vergib uns unsere Schuld, wie wir unseren Schuldigern vergeben

Diese Bitte führt uns mitten ins Leben. Sie ist lebensnah und zeitgemäß, heute nicht weniger als zu der Zeit, da Jesus seine Jünger beten lehrte.

Vergeben ist ein Grundpfeiler des menschlichen Zusammenlebens, ein verborgener Vorgang von unermeßbar weitreichenden Folgen. Sie gestaltet die Beziehungen der Menschen zueinander. Wo sie empfangen und geübt wird, besteht die Aussicht, dass auch verfahrene Verhältnisse in Ordnung kommen. Es gibt kein anderes Heilmittel, das sie ersetzen könnte. Ohne sie behaupten Unordnung, Kälte, Verhärtung, Vergeltung, Rache, tödlicher Kampf das Feld.
Die Vergebung wirkt auf Erden, aber sie kommt vom Himmel. Diese Bitte zeigt, woher sie stammt. Nicht aus dem Herzen des Menschen, sondern aus dem Herzen Gottes. Ihr Ursprung liegt in Gott.

Der Herr lässt uns diese Bitte aber nicht aussprechen, ohne unseren Blick auf unsere Schuldiger zu lenken. „Wie wir vergeben unseren Schuldigern" sollen wir beten. Es besteht also ein innerer Zusammenhang zwischen Vergebung, die wir empfangen, und derjenigen, die wir gewähren. Wir können nicht vor Gott treten, ohne von Herzen bereit zu sein, das Verhältnis zu unseren Mitmenschen so in Ordnung zu bringen, wie Gott es will. Hier gibt es **kein Ausweichen.** Wir haben Schuldner. Zwar ist ihre Schuld zumeist nicht so groß, wie sie uns scheint. Mancher Schuldner ist dies mehr in unserer Einbildung als in Wirklichkeit. Wir übertreiben die Schuld des anderen, wie wir die eigene verkleinern. Der Herr setzt für die Vergebung **keine Grenzen.**

Und führe uns nicht in Versuchung

Versuchung kann Verderben bringen, Versuchung kann aber auch zur Freude helfen. So ist unser Leben. Wo wir nichts als Verderben sehen, kann Freude reifen. Wo uns nur Freude zu locken scheint, kann völliges Verderben drohen. In den Tagen, in denen es dunkel um uns ist, so dass der Mut uns sinken und die Verzweiflung uns überwältigen will, sollen wir daran denken: Das ist der Versucher! Anstatt den Kopf hängen und die Hände sinken zu lassen, **sollen wir beten,** dass wir doch endlich gewinnen und den Sieg behalten. Noch viel nötiger ist solche Bitte um Hilfe und Bewahrung in der Versuchung an den sonnigen, schönen, erfolgreichen Tagen, in denen uns alles nach Willen geschieht. **Da sind wir in Gefahr,** Gott zu vergessen und seine Gnade für nichts zu achten. Als wir selbst von den Versuchungen des Lebens noch nichts ahnten, betete die Mutter schon mit dem Vaterunser auch diese Bitte über uns. Ob wir sie auch beten, wenn es darauf ankommt? Wenn Wohlstand und Ehre uns locken und Geld und Erfolg unser Herz gefangen nehmen, wenn Zuneigung uns blendet und Menschengunst uns schwach macht, wenn bittere Enttäuschung uns im Glauben lähmt und müde macht oder Spott und Widerspruch uns unsicher werden lassen, wenn brennende Lust und Rachsucht, Unkeuchheit oder Trägheit, in Neid oder Geiz uns locken und reizen, dann sollten wir in die Knie gehen und zu Gott um Hilfe schreien.

Das aber ist die größte Not, wenn wir von Versuchung nichts wissen. Wir mögen uns sicher fühlen. Selig zu preisen sind wir nicht.

Wenden wir uns zu Gott so muss der Versucher weichen!

Der Herr, hat selbst dem Versucher gegenübergestanden, ist ihm aber nicht in die Versuchung hinein gefolgt, **sondern hat ihn abgewiesen.** Er hat solchen Sieg nicht ohne Waffen errungen. Das Schwert aber, war nicht seine Waffe. Nehmt das Schwert des Geistes, welches ist **das Wort Gottes.**

Das ist die Waffe, mit der der Herr den Versucher überwunden hat.

Wer dem Versucher aber begegnen will, der trage die Worte seines Gottes bei sich. **Er schreibe sie sich in seine Seele.**

Sondern erlöse uns von dem Übel

Niemand kann die Macht des Bösen übersehen. Zwar ist der Teufel heute nicht mehr gefragt. In

unserer Zeit der Astronautik und der Elektronengehirne ist er längst zur Sagengestalt geworden. Und daran ist auch sicherlich so viel richtig, dass es den Teufel mit Pferdefuß und Bockshörnern nicht gibt.
Der Teufel ist anders, viel gewaltiger, mächtiger, gefährlicher. Das bekundet uns nicht unsere Phantasie, sondern das sagt uns Gottes Wort. Nach den Aussagen der Bibel wirkt der Teufel als ein Oberherrscher über die Reiche dieser Welt und ihres Glanzes.
„Das alles will ich dir geben, wenn du niederfällst und mich anbetest", sagte der Böse zum Sohne Gottes und versuchte ihn. Wo Gott den Samen seines Weizens ausstreut, da sät der Teufel den Samen seines Unkrautes dazwischen. Es gibt deswegen in dieser Welt nicht nur die „Kinder des Reiches", sondern auch die „Kinder der Bosheit!"
Der Gott dieser Welt hat der Ungläubigen Sinn verblendet, dass sie nicht sehen das helle Licht des Evangeliums.
Und wie oft sind auch wir so verblendet! Wir meinen dann durchaus nicht, wir seien blind. Wir wähnen uns im Gegenteil dann erst recht sehend geworden. Der Teufel hat uns ja zur

Genüge zugeraunt: **„Löst euch von Gott, und ihr werdet sein wie Gott!"**

Aber die Heilige Schrift bezeugt: Gerade indem die Verblendeten sich selber zu Gott machen, gleiten sie ab in Sünden wie einst David und Judas, wie Ananias und Saphira. Sie werden zu Werkzeugen und „Besessenen" des Bösen.

Wir sind aber der Gewalt Satans nicht ausgeliefert.

Der „Allmächtige", der also, welcher alle Macht hat, ist zuletzt nicht der Teufel, sondern Gott! Wir stehen schon jetzt unter der Himmelsherrschaft Gottes.

Sicherlich kann man über die Existenz Gottes und des Teufels verschiedener Meinung sein, aber der Glaubende nimmt etwas wahr von den wirklichen Zuständen in dieser Welt. Er erkennt Zusammenhänge, die anderen verborgen sind. Er sieht in unserem Zeitalter mit seinen erschreckenden Dämonen eine Macht am Werke, die durch und durch Böse ist.

Der Gläubige weiß, dass ihn in dieser Zeit nur Gott selber bewahren kann.

Jetzt ist uns noch viel verborgen, und der Mensch sieht natürlicherweise weder das Teufelsreich noch das Gottesreich. Was auf

Erden passiert, erscheint ihm zufällig und willkürlich und oft auch entsetzlich sinnlos. Nur unser Glaube weiß um diese Himmelsherrschaft Christi, der wir schon hier auf Erden angehören. Unser Glaube lebt ja durch das Gebet des Gottessohnes: „Ich bitte nicht, Vater, dass du sie von der Welt nehmest, sondern dass du sie bewahrest vor dem Bösen!" Joh. 17

Denn dein ist das Reich und die Kraft und die Herrlichkeit in Ewigkeit

Die Herrschaft unseres Gottes ist ohne Grenzen. Seine Herrschaft ist unendlich viel größer und reicht weiter, als Menschenherrschaft jemals reichen kann. Sie hat weder Anfang noch Ende, ist nicht erst aus dem Strom der Geschichte aufgestiegen und wird deshalb auch nicht in ihm versinken.-
Gottes Herrschaft zwingt die Menschen, die Kräfte und Mächte nicht mit äußerer Gewalt, sondern lenkt sie heimlich von ihnen, so dass sie ihr unfehlbar gehorchen müssen, ob sie es wissen wollen oder nicht. Sie braucht nicht

technische Mittel oder administrative Apparate, „denn so er spricht, so geschieht`s, so er gebeut, so stehet`s da. "Psalm 33.9

Dass Gottes Herrschaft verborgen ist, heißt aber auch, dass sie ganz anders ist als alle menschliche Herrschaft. Darin erweist sie ihre unendliche Überlegenheit, dass sie sich gerade da zeigt, wo unsere Kraft und Herrlichkeit zu Ende ist. Wo die Schuld uns zerbricht und wo der Tod uns unsere armselige Macht aus der Hand nimmt, da hebt Gott erst wahrhaft an, seine Herrlichkeit zu offenbaren, in der nur er allein herrscht.

Geduldig wartet oft der ewige Gott darauf, bis wir Menschen mit unseren Möglichkeiten am Ende sind. Er tut es nicht, um uns zu quälen, sondern um uns den Blick erst frei werden zu lassen, für seine Herrlichkeit. Darum drängt er sich nicht auf. So tief verbirgt er sich den Menschen, dass er ihnen seinen eingeborenen Sohn und Gesalbten preisgibt ihn verspotten und bespeien, blutig schlagen und ans Kreuz hängen lässt. Dann aber erweckt er ihn vom Tode. Dann stellt er als ein Zeichen seiner Herrschaft die Gemeinde derer in die Welt, die seiner Macht dennoch vertrauen und es bezeugen, dass der Gekreuzigte auferstanden ist.

Darin, dass sie dieses Zeugnis mit ihrem Leben zu besiegeln bereit sind, erweist sich die wahre Herrschaft Gottes mitten im Tode. Denn Gott will nicht knechtische Unterwerfung, sondern Glauben an sein Wort und hingebendes Vertrauen.

Wenn wir also das „Vaterunser" sprechen,

da sollen unsere Gedanken nicht spazieren gehen,

hinter jedem Wort muss das ganze Herz stehen!

Nur dann erfasst es auch die Antwort von Oben,

und die lautet:

In dem Namen Jesu sind dir deine Sünden Vergeben!

Der Herr

sei vor dir,
um dir den rechten Weg zu zeigen.

Der Herr sei neben dir,
um dich in die Arme zu schließen
und dich zu schützen.

Der Herr sei hinter dir,
um dich zu bewahren
vor der Heimtücke böser Menschen.

Der Herr sei unter dir,
um dich aufzufangen, wenn du fällst
und dich aus der Schlinge zu ziehen.

Der Herr sei in dir,
um dich zu trösten,
wenn du traurig bist.

Der Herr sei um dich herum,
um dich zu verteidigen,
wenn andere über dich herfallen.

Der Herr sei über dir,
um dich zu segnen.

So segne dich der gütige Gott.

Altchristliches Segensgebet (4. Jahrhundert)
Aus dem Lateinischen frei übertragen von Anton Kner

Eine Predigt von Albert Schweitzer

Mk.12.28-34 Und es trat zu ihm der Schriftgelehrten einer, der ihnen zugehört hatte, wie sie sich miteinander befragten, und sah, dass er ihnen fein geantwortet hatte, und fragte ihn: Welches ist das vornehmste Gebot von allen? Jesus aber antwortete ihm: Das vornehmste Gebot vor allen Geboten ist das: Höre Israel, der Herr, unser Gott, ist ein einiger Gott, und du sollst Gott, deinen Herrn, lieben von ganzem Herzen, von ganzer Seele, von ganzem Gemüte und von allen deinen Kräften. Das ist das vornehmste Gebot. Und das andere ist ihm gleich: Du sollst deinen Nächsten lieben wie dich selbst. Es ist kein anderes Gebot größer denn dieses. Und der Schriftgelehrte sprach zu ihm: Meister, du hast wahrlich recht geredet, denn es ist ein Gott, und ist kein anderer außer ihm, und ihn lieben von ganzem Herzen, von ganzem Gemüte, von ganzer Seele und von allen Kräften und lieben seinen Nächsten wie sich selbst, das ist mehr denn Brandopfer und alle Opfer. Da Jesus aber sah, dass er vernünftig antwortete, sprach er zu

ihm: Du bist nicht ferne von dem Reich Gottes. Und es wagte ihn niemand weiter zu fragen.

Damals wurde unter den denkenden Israeliten die Frage erwogen, wie alle Gesetze und Gesetzlein zurückzuführen seien. Auch wir haben ein ähnliches Bedürfnis. **Was ist das Gute an sich?**

Die Frage nach dem Grundwesen des sittlichen drängt sich uns in dieser Zeit auf. Wir werden zu einer Erkenntnis gedrängt, vor der sich die Generationen vor uns und wir selber bisher immer gesträubt haben, der wir aber doch nicht entgehen können, wenn wir wahrhaft sein wollen: **Die christliche Sittlichkeit ist zu keiner Macht in der Welt geworden.** Sie ist nicht tief in die Menschengemüter eingedrungen, sondern nur mehr äußerlich angenommen worden, mehr in Worten anerkannt, als in der Tat geübt. Die Menschheit steht so vor uns da, als ob die Worte Jesu für sie **nicht existierten,** als ob es für sie überhaupt keine Sittlichkeit gäbe.
Darum nützt es gar nichts, die sittlichen Gebote Jesu einfach immer wieder zu wiederholen und auszulegen, als müssten sie sich zuletzt so doch

allgemein Anerkennung verschaffen. Dies wäre, als wenn man mit schönen Farben auf eine nasse Mauer malen wollte. Wir müssen erst die Voraussetzungen für das Verständnis derselben schaffen und unsere Welt zur Gesinnung führen, in der sie etwas für sie bedeuten, und es ist gar nicht so einfach, die Worte Jesu so auszulegen, dass sie praktisch im Leben verwendbar sind. Nehmen wir die Sprüche, die das größte Gebot ausmachen. Was heißt denn das, Gott lieben von ganzem Herzen und aus Liebe zu ihm nur das Gute tun? Geh diesem Gedanken nach, und eine Welt von Überlegungen tut sich vor dir auf. **Wann** in deinem Leben hast du das Gute getan aus Liebe zu Gott, wo du sonst das Schlechte gewählt hättest?
Und fasse das andere Wort an: Du sollst deinen Nächsten lieben wie dich selbst. Es ist wahr, es ist wunderbar. Man könnte es in den schönsten Beispielen auslegen. Aber ist es durchführbar? Nimm an, du wolltest von morgen an wörtlich danach leben, zu welchen Konsequenzen kämst du in einigen Tagen?
Das ist das große Rätsel der christlichen Sittenlehre, dass wir die Worte Jesu nicht so ohne weiteres ins Leben übersetzen können,

auch mit dem heiligsten Willen, ihm zu dienen. Daraus ergibt sich dann die große Gefahr, dass wir ihnen eine ehrerbietige Reverenz machen und sie als „ideal" preisen, **in der Wirklichkeit aber nicht zu Worte kommen lassen.**
Noch ein anderes Missverständnis wird der Verwirklichung der christlichen Moral gefährlich. Sie macht leicht hochmütig. Wenn wir unseren Feinden vergeben, kommen wir uns furchtbar gut vor. Wenn wir den, der unserer Hilfe bedarf, unterstützen, erscheinen wir uns selber sehr edel. Für das Wenige, das wir vielleicht im Geiste Christi anders und besser tun als die anderen, fühlen wir uns ihnen so überlegen, dass diese unsittliche Selbstbefriedigung uns oft fast unsittlicher macht als die, die die Gebote Jesu für ihr Leben nicht so anzuerkennen bestrebt sind wie wir. Es wird uns schwer vor uns selber, die Anforderungen Jesu, weil sie so etwas Außerordentliches verlangen, als etwas Selbstverständliches anzusehen, obwohl er es von uns verlangt, da er sagt, dass wir, wenn wir auch noch so viel getan haben, uns als unnütze Knechte fühlen sollen. Das ist`s also, warum wir miteinander über das Gute an sich nachdenken müssen: Wir wollen verstehen, wie die

hochgespannten Forderungen Jesu im täglichen Leben als erfüllbar sich ausnehmen, und wir wollen sie, obwohl so hochgespannt, als selbstverständliche Pflicht der Menschen als solche begreifen können.

Wir wollen das Grundwesen des Sittlichen begreifen und aus diesem wie aus einem obersten Gesetz alles sittliche Handeln ableiten. Ja, aber ist an der Sittlichkeit überhaupt etwas zu begreifen? Ist sie nicht Herzenssache? Beruht sie nicht in der Liebe? Das hat man uns zweitausend Jahre wiederholt – **und was ist das Resultat?**

Betrachten wir die Gesamtheit der Menschen um uns herum und die einzelnen, warum sind sie in vielem so haltlos? Warum sind sie fähig, auch die frömmsten unter ihnen und oft gerade diese, sich durch Vorurteile und Volksleidenschaften zu einem Urteilen und Handeln hinreißen zu lassen, das gar nichts Sittliches mehr hat? Weil es ihnen an einer auf Vernunft gegründeten, in der Vernunft logisch begründeten Sittlichkeit fehlt, weil ihnen Sittlichkeit nicht etwas mit dem Vernunftwesen als selbstverständliches Gegebenes ist.

Vernunft und Herz **müssen** miteinander wirken, wenn eine wahre Sittlichkeit zustande kommen soll. Darin liegt das Problem für alle allgemeinen Fragen der Sittlichkeit und für alle Entscheide in den Dingen des täglichen Lebens.

Vernunft: ein in die Tiefe der Dinge gehender und die Gesamtheit der Dinge umfassender, in das Gebiet des Willens hinübergreifender Verstand.
Das ist das Merkwürdige, Zwiespältige, das wir erleben, wenn wir uns im Hinblick auf den sittlichen Willen in uns selber zu verstehen suchen: Wir bemerken, dass er einerseits mit der Vernunft zusammenhängt, andererseits, dass wir damit zu Entschlüssen gedrängt werden, die im gewöhnlichen Begriffe nicht mehr vernünftig sind, sondern Forderungen entsprechen, die man gemeinhin als überspannt ansehen würde. In diesem Zwiespalt, in dieser merkwürdigen Spannung, hängt das Wesen des Sittlichen. Die Angst, dass eine auf der Vernunft begründeten Sittlichkeit etwas zu niedrig Eingestelltes, Kaltes, Herzloses sei, ist unbegründet, denn so wie die Vernunft wahrhaft in die Tiefe der Fragen geht, hört sie auf, kühle Vernunft zu

sein, und fängt an, ob sie will oder nicht, **mit in den Tönen des Herzens zu reden.** Und das Herz selbst, so wie es sich zu ergründen sucht, entdeckt, dass sein Gebiet in das der Vernunft **hineinragt,** dass es durch das Land der Vernunft ziehen muss, um an die letzten Grenzen seines Bezirkes zu kommen. Wie geht das zu?
Nun wollen wir den Weg zum Urbeginn des Guten zuerst vom Herzen und dann von der Vernunft aus gehen und sehen, ob beide sich begegnen.
Das Herz sagt, das Sittliche beruht in der Liebe. Ergründen wir dieses Wort. Liebe bedeutet Wesensharmonie, Wesensgemeinschaft und gilt ursprünglich in dem Bereich von Personen, die sich in irgendeiner Weise angehören, dass ihre Existenzen in einem inneren Zusammenhang miteinander stehen: Kinder und Eltern, Gatten und Menschen, die sich in enger Freundschaft nahe kommen. Und nun sollen wir, verlangt die Sittlichkeit, auch den Menschen, den wir nicht kennen, gegenüber nicht das Gefühl der Fremdheit haben dürfen, auch denen gegenüber, die uns mehr als fremd sind, weil wir Abneigung gegen sie haben oder sie uns Feindschaft

beweisen, sondern uns zu ihnen verhalten müssen, als stünden sie uns nahe.
Das Gebot der Liebe heißt also im letzten Grunde: **Es gibt für dich keine Fremden,** sondern nur Menschen, deren Wohl und Wehe dir angelegen sein muss. Es ist uns etwas so Natürliches, dass uns die einen nahe angehen und die anderen indifferent sind, und dieses Natürliche will die Sittlichkeit nicht gelten lassen! Und Jesus hebt dieses Fremdsein so weit auf, dass er sagt: Der andere Mensch muss dir so nahe stehen wie du dir selber, du musst, was ihn angeht, so unmittelbar erleben wie das, was dich betrifft.
Weiter soll das Herz auslegen, was das heißt, du sollst Gott lieben von ganzem Herzen und von ganzem Gemüte und von allen deinen Kräften! Gott, dieses ferne unergründliche Wesen lieben! Hier wird zwar deutlich, dass das Wort, wo es sittlich gemeint ist, in übertragender Bedeutung gebraucht wird. Gott, der unser nie bedarf, sollen wir lieben, als wäre er ein Wesen, dem wir im Leben begegnen! Ist den Menschen gegenüber Liebe etwas wie Miterfahren, Mitleiden und Helfen, so bedeutet es Gott gegenüber etwas im Sinne von ehrfürchtiger

Liebe. Gott ist das unendliche Leben. Also bedeutet das elementarste Sittengesetz, mit dem Herzen begriffen:
Aus Ehrfurcht zu dem unbegreiflich Unendlichen und Lebendigen, das wir Gott nennen, sollen wir uns **niemals** einem Menschenwesen gegenüber als fremd fühlen dürfen, sondern uns zu helfendem Miterleben zwingen.
Soweit das Herz, wenn es das Gebot der Liebe zu Gott und dem Nächsten auf seinen allgemeinsten Ausdruck zu bringen sucht.

Nun rede die Vernunft. Sie suche, als wäre uns nichts über Sittlichkeit überliefert, wie weit sie im Nachdenken über die Dinge zu etwas gelangt, das unser Handeln bestimmt.
Wird auch sie uns nötigen, aus uns selbst herauszutreten?
In der Vernunft, hört man gewöhnlich sagen, ist nur der Egoismus begründet. **Wie mache ich es, dass ich es gut habe? Das ist ihre Weisheit, weiter nichts.** Bestenfalls kann sie uns eine gewisse Ehrbarkeit und Gerechtigkeit lehren, weil diese mehr oder weniger zum Gefühl des Glückes gehören: Vernunft ist Bedürfnis nach

Erkennen und Bedürfnis nach Glück, beide innerlich geheimnisvoll zusammenhängend. Bedürfnis nach Erkenntnis! Suche zu ergründen alles, was um dich herum ist, gehe bis an die äußersten Grenzen des menschlichen Wissens, und immer stößt du zuletzt auf etwas Unergründliches – und dies Unergründliche heißt: **Leben!**
Und dies Unergründliche ist so unergründlich, dass der Unterschied zwischen wissend und unwissend ein ganz relativer ist.
Welches ist der Unterschied zwischen einem Gelehrten, der die kleinsten und ungeahntesten Lebenserscheinungen im Mikroskop beobachtet, und dem alten Landmann, der kaum lesen und schreiben kann, wenn er im Frühling sinnend in seinem Garten steht und die Blüte betrachtet, die am Zweige des Baumes aufbricht? **Beide stehen vor dem Rätsel des Lebens,** und keiner kann es weitgehender beschreiben wie der andere, aber für beide ist es gleich unergründlich. Alles Wissen ist zuletzt Wissen vom Leben und alles Erkennen Staunen über das Rätsel des Lebens – Ehrfurcht vor dem Leben in seinen unendlichen, immer neuen Gestaltungen. Was ist denn das, dass etwas entsteht, ist,

vergeht? In anderen Existenzen sich erneut, wieder vergeht, wieder entsteht und so fort und fort von Unendlichkeit zu Unendlichkeit? Wir können alles und wir können nichts, denn wir vermögen in aller unserer Weisheit nicht zu schaffen, was lebt, sondern was wir hervorbringen ist tot!
Leben heißt: Kraft, Wille aus dem Urgrund kommend, in ihm wiederaufgehend, heißt **fühlen, empfinden, leiden.**

Was ist also das Erkennen, das gelehrteste wie das kindlichste: Ehrfurcht vor dem Leben, vor dem Unbegreiflichen, das uns im All entgegentritt und das ist wie wir selbst, verschieden in der äußeren Erscheinung und doch innerlich gleichen Wesens mit uns, uns furchtbar ähnlich, furchtbar verwandt.
Aufhebung des Fremdseins zwischen uns und den anderen Wesen.
Ehrfurcht vor der Unendlichkeit des Lebens – Aufhebung des Fremdseins – Miterleben, Mitleiden. – Das letzte Ergebnis des Erkennens ist also dasselbe im Grunde, was das Gebot der Liebe uns gebeut. Herz und Vernunft stimmen zusammen, wenn wir wollen und wagen,

Menschen zu sein, die die Tiefe der Dinge zu erfassen suchen!

Und die Vernunft entdeckt das Mittelstück zwischen der Liebe zu Gott und der Liebe zu den Menschen – die Liebe zur Kreatur, die Ehrfurcht vor allem Sein, das Miterleben allen Lebens, mag es dem unseren äußerlich noch so unähnlich sein.

Wir können nicht anders als Ehrfurcht haben vor allem, was Leben heißt, wir können nicht anders als mitempfinden mit allem, was Leben heißt: **Das ist der Anfang und das Fundament aller Sittlichkeit.**

Wer dieses einmal erlebt hat und weitererlebt – und wer es einmal erlebt hat, erlebt es immer weiter -, der ist sittlich. Er trägt seine Sittlichkeit in sich unverlierbar, und sie entwickelt sich in ihm. Wer es nicht erlebt hat, der hat nur eine angelernte Sittlichkeit, die nicht in sich gegründet ist, ihm nicht gehört, sondern von ihm abfallen kann. Und das Furchtbare ist, dass unser Geschlecht nur die angelernte Sittlichkeit hatte, die in der Zeit, wo es Sittlichkeit bewähren sollte, von ihm abgefallen ist. Seit Jahrhunderten wurde es nur mit der angelernten Sittlichkeit erzogen. Es war roh, unwissend, herzlos, ohne es zu ahnen, weil es, den Maßstab für das Sittliche noch nicht besaß, **da es keine allgemeine Ehrfurcht vor dem Leben besaß.**

Du sollst Leben miterleben und Leben erhalten – das ist das größte Gebot in seiner elementarsten Form. **Anders ausgedrückt: Du sollst nicht töten.** – Das Verbot, mit dem wir es so leicht nehmen, indem wir **geistlos** die Blumen brechen, **geistlos** das arme Insekt zertreten und dann **geistlos**, in furchtbarer Verblendung, weil alles sich rächt, das Leiden und das Leben der Menschen **missachten** und es kleinen irdischen Zielen opfern. – Man redet viel in unserer Zeit vom Aufbau einer neuen Menschheit. Was ist der Aufbau der neuen Menschheit? Nichts anderes, als die Menschen zur wahren, eigenen, unverlierbaren, entwickelbaren Sittlichkeit zu führen. Aber sie kommt nicht dazu, **wenn die vielen einzelnen nicht in sich gehen, aus Blinden Sehende werden** und anfangen, das große Gebot zu buchstabieren, das große einfache Gebot von der „**Nächstenliebe!**"

Denn unser keiner lebt sich selber, und keiner stirbt sich selber Römer 14.7

Im Anschluss an die Frage nach dem größten Gebot des Alten Testaments, die Jesus dem fragenden Schriftgelehrten beantwortet, indem er ihm zwei Gebote – das Gebot der Liebe zu Gott und das Gebot der Liebe zum Nächsten – zusammenstellt, warfen wir die Frage nach dem Wesen des Sittlichen, nach dem letzten Grundprinzip der Moralität auf. Wir wollten uns nicht bei dem hergebrachten Bescheide, dass das Wesen des Sittlichen in der Liebe bestehe, begnügen, sondern gingen weiter und fragten: Was ist denn die Liebe? Was ist die Liebe zu Gott, **die uns zwingt, gegen die Menschen gut zu sein?** Was ist die Liebe gegen den Nächsten? Und wir befragten nicht nur das Herz, sondern auch die Vernunft über das Sittliche, weil wir die Schwäche unserer Zeit darin sehen, dass es ihr an einer vernünftigen, durch keine Vorurteile und durch keine Leidenschaften zu zerstörenden Sittlichkeit fehlte, und weil wir überhaupt nicht annehmen können, dass Vernunft und Herz so ohne Bemühen nebeneinander hergehen.

Das wahre Herz überlegt, und die wahre Vernunft empfindet. Wir fanden, dass beide, Herz und Vernunft, darin übereinstimmen, dass das Gute im letzten Grunde in der elementaren Ehrfurcht vor dem Rätselhaften, das wir Leben nennen, besteht, in der Ehrfurcht vor allen seinen Erscheinungen, den kleinsten wie den größten besteht.
Gut ist: Leben erhalten und fördern, **schlecht ist:** Leben hemmen und zerstören. Sittlich sind wir, wenn wir aus unserem Eigensinn heraustreten, die Fremdheit den anderen Wesen gegenüber ablegen und alles, was sich von ihrem Erleben um uns abspielt, miterleben und miterleiden. In dieser Eigenschaft sind wir wahrhaft Menschen, in ihr besitzen wir eine eigene, unverlierbare, fort und fort entwickelbare, sich orientierende Sittlichkeit. Diese allgemeinen Ausdrücke „**Ehrfurchet vor dem Leben**", „**Aufgeben des Fremdseins**", „**Drang nach Erhaltung des Lebens**" um uns herum klingen kalt und nüchtern. Aber wenn es auch unscheinbare Worte sind, können sie doch reich sein. Das Samenkorn ist auch unscheinbar, und doch trägt es das Gebilde, das aus ihm herauswächst, in sich. So liegt in diesen

unscheinbaren Worten die Grundanschauung beschlossen, aus der sich die ganze Sittlichkeit entwickelt, ob dies den einzelnen bewusst ist oder nicht.

Voraussetzung der Sittlichkeit ist also, dass wir alles, was nicht nur die Menschen, sondern überhaupt alle Wesen um uns herum erleben, miterleben und dadurch gezwungen werden, alles was wir zur Erhaltung und Förderung des Lebens tun können, zu tun.

Der große Feind der Sittlichkeit ist die Abstumpfung.

Als Kinder hatten wir, soweit unser Verständnis für die Dinge ging, eine elementare Fähigkeit des Mitleidens. Aber diese Fähigkeit ist mit den Jahren und mit dem zunehmenden Verständnis **nicht gewachsen.** Sie war uns etwas **Unbequemes, Verwirrendes.-** Wir sahen so viele Menschen, die sie nicht mehr besaßen. Dann drängten auch wir die Empfindsamkeit zurück, **um zu werden wie die anderen, um nicht anders zu sein als sie und weil wir uns nicht Rat wussten.**

Gut bleiben heißt wach bleiben! Wir gleichen alle dem Menschen, der draußen in der Kälte und im Schnee geht. Wehe ihn, wenn er sich hinsetzt, um der Ermattung nachzugeben und zu schlafen. Er wird nicht mehr erwachen. So erstirbt der sittliche Mensch in uns, wenn wir müde werden, was die anderen Wesen um uns herum erleben, mitzuerleben, mit ihnen zu leiden. Wehe uns, wenn unsere Empfindsamkeit sich abstumpft: Unser Gewissen im weitesten Sinne, das heißt das Bewusstsein vor dem, was wir sollen geht dabei zugrunde. Die Ehrfurcht vor dem Leben und das Miterleben des anderen Leben **ist das große Ereignis für die Welt.** Die Natur kennt keine Ehrfurcht vor dem Leben. Sie bringt tausendfältig Leben hervor in der sinnvollsten Weise und zerstört es tausendfältig in der sinnlosesten Weise. Durch alle Stufen des Lebens hindurch bis in die Sphäre des Menschen hinan ist furchtbare Unwissenheit über die Wesen ausgegossen. Sie haben nur den Willen zum Leben, aber nicht die Fähigkeit des Miterlebens, was in anderen Wesen vorgeht, sie leiden, aber sie können nicht mitleiden. Der große Wille zum Leben, der die Natur erhält, ist in rätselhafter Selbstentzweiung mit sich selbst.

Die Wesen leben auf Kosten des Lebens anderer Wesen. Die Welt, dem unwissenden Egoismus überantwortet, ist wie ein Tal, das im Finstern liegt, nur oben auf den Höhen liegt Helligkeit. Alle müssen in dem Dunkel leben, nur eines darf hinaus, das Licht schauen: Das höchste, **der Mensch.** Er darf zu der Erkenntnis der Ehrfurcht vor dem Leben gelangen, er darf zu der Erkenntnis des Miterlebens und Mitleidens gelangen, aus der Unwissenheit heraustreten, in der die übrige Kreatur schmachtet.

Und diese Erkenntnis ist das große Ereignis in der Entwicklung des Seins. Hier erscheinen die Wahrheit und das Gute in der Welt, das Licht glänzt über dem Dunkel, der tiefste Begriff des Lebens ist erreicht, das Leben, das zugleich Miterleben ist, wo in einer Existenz der Wellenschlag der ganzen Welt gefühlt wird, in einer Existenz das Leben als solches zum Bewusstsein seiner selbst kommt, **das Einzeldasein aufhört, das Dasein außer uns in das unsrige hereinflutet.**

Wir leben in der Welt und die Welt lebt in uns. Um diese Erkenntnis selbst türmen sich die Rätsel.

Warum gehen Naturgesetz und Sittengesetz so auseinander? Warum kann unsere Vernunft nicht einfach übernehmen und fortbilden, was ihr als Äußerung des Lebens in der Natur entgegentritt, sondern muss mit ihrem Erkennen in eine so ungeheuren Gegensatz zu allem, was sie sieht kommen? Warum muss sie ganz andere Gesetze in sich entdecken als die, die die Welt regieren? Warum müssen wir diesen Widerstreit erleben, ohne Hoffnung, ihn jemals ausgleichen zu können? Warum statt der Harmonie die Zerrissenheit? Und weiter, Gott ist die Kraft, die alles hält. Warum ist der Gott, der sich in der Natur offenbart, die Verneinung von allem, was wir als sittlich empfinden, nämlich zugleich sinnvoll Leben aufbauende und sinnlos Leben zerstörende Kraft? Wie bringen wir Gott, die Naturkraft, in eins mit Gott, dem sittlichen Willen, dem Gott der Liebe, wie wir uns ihn vorstellen müssen, wenn wir uns zu höherem Wissen vom Leben, zur Ehrfurcht vor dem Leben, zum Miterleben und Mitleiden erhoben haben?

Für die Menschheit ist es ein Unglück, dass man ihr keine geschlossene, in sich einfach gefügte Weltanschauung bieten könne, weil das Wissen, je weiter es fortschreitet, uns immer mehr von einer solchen abführt. Und dies nicht nur, weil immer deutlicher wird, wie wenig wir eigentlich im Wissen erfassen können, sondern auch, weil dies Widerspruchsvolle im Sein sich immer tiefer auftut. Unser Wissen ist Stückwerk, sagt der Apostel Paulus. Damit ist viel zu wenig gesagt.

Noch schwerer ist, dass unser Wissen eine Einsicht in unlösbare Gegensätze bedeutet...

Das andere, was uns die Fähigkeit und den Willen zum Miterleben bedroht, ist die sich immer wieder aufdrängende Überlegung! Was du tust und kannst, um Leiden zu verhüten, um Leiden zu mildern, um Leben zu erhalten, ist ja doch nichts im Vergleich zu dem, was geschieht auf der Welt, um dich herum, ohne dass du etwas dazu tun kannst. Gewiss es ist furchtbar, sich vorstellen zu müssen, in wie vielem wir ohnmächtig sind, ja, wie viel Leid wir selbst anderen Wesen schaffen, ohne es verhindern zu können.

Noch eine andere Überlegung tritt auf. Mitleiden heißt Leiden. Wer einmal das Weh der Welt in sich erlebt, **der kann nicht mehr glücklich werden in dem Sinne, wie der Mensch es möchte.**

In den Stunden, die ihm Zufriedenheit und Freude bringen, ist er nicht imstande, sich unbefangen dem Behagen hinzugeben, sondern das Weh, das er miterlebt, ist da. **Er hat gegenwärtig, was er geschaut.** Er gedenkt des Armen, den er angetroffen, des Kranken, den er geschaut, des Menschen, von dessen schwerem Schicksal er gelesen – und Dunkel fällt in die Helligkeit seiner Freude. Und so fort und fort. In der fröhlichen Gesellschaft ist er plötzlich geistesabwesend. **Und da sagt der Versucher:** So kann man nicht leben. Man muss absehen können von dem, was um einen vorgeht. Nur keine so große Empfindsamkeit. Erziehe dich zur notwendigen Gefühllosigkeit, leg einen Panzer an, werde gedankenlos wie die anderen, wenn du vernünftig leben willst. Zuletzt kommen wir dann soweit, dass wir uns schämen, das große Miterleben und das große Mitleiden zu kennen. Wir verheimlichen es voreinander und tun, als wäre es uns etwas Törichtes, **so etwas, das man ablegt, wenn man anfängt, ein vernünftiger Mensch zu werden.**

Allen Überlegungen und Versuchungen begegne, indem du dir sagst, das Mitleiden und Mithelfen ist für dich eine **innere Notwendigkeit.** Alles, was du tun kannst, wird in Anschauung dessen, was getan werden sollte, immer nur ein Tropfen statt eines Stromes sein, **aber es gibt deinem Leben den einzigen Sinn, den es haben kann, und macht es wertvoll.**

Wo du bist, soll, soviel an dir ist, Erlösung sein, Erlösung von dem Elend, dass der in sich selbst entzweite Wille zum Leben in die Welt gebracht hat, Erlösung, wie sie nur der wissende Mensch bringen kann. Das wenige, das du tun kannst, ist viel, wenn du nur irgendwo Schmerz und Weh und Angst von einem Wesen nimmst, sei es Mensch, sei es irgendwelche Kreatur. **Leben erhalten ist das einzige Glück.**

Sei dir bewusst, dass mit dem Mitleiden zugleich die Fähigkeit des Mitfreuens gegeben ist. Mit der Abstumpfung gegen das Mitleiden verlierst du zugleich das Miterleben des Glücks der anderen. Und so wenig das Glück ist, das wir in der Welt erschauen, so ist doch das Miterleben des Glückes um uns herum mit dem Guten, das wir selbst schaffen können, **das einzige Glück,** welches uns das Leben erträglich macht.

Und zuletzt hast du gar nicht das Recht zu sagen: Ich will so sein oder so, weil du meinst, dass du so glücklicher bist als anders, sondern du musst sein, wie du sein musst, wahrer, wissender Mensch, der die Welt in sich erlebt, ob du damit nach der gewöhnlichen Auffassung glücklicher bist oder nicht, ist gleichgültig. Nicht das Glücklichsein verlangt die geheimnisvolle Stunde in uns – ihr zu gehorchen ist das einzige, was befriedigen kann.

> Wie jeder zu sich selbst, so verhalte er sich zu seinem Freunde.
>
> Aristoteles

Sind wir denn Kinder, so sind wir auch Erben, nämlich Gottes Erben und Miterben Christi!

Er will uns dasselbe geben, was er Christus gab!

Wenn wir wirklich mit Christus leiden, dann sollen wir auch seine Herrlichkeit mit ihm teilen. Römer 8.17

Jeder Mensch, der an Gott glaubt, muss sich einmal die Frage beantworten, ob er denn den richtigen Glauben ergriffen hat. Bei der Vielfalt der Glaubensrichtungen unserer Zeit ist das eine berechtige Frage, zumal auch alle Glaubensrichtungen von sich behaupten, **sie hätten den wahren Glauben.**

Schon sehr lange und oft habe ich mich mit dieser Frage beschäftigt, ohne jedoch eine befriedigende Antwort gefunden zu haben. Für mich persönlich ist diese Frage weniger von Bedeutung, weil ich bedingungslos und mit großer Freude, aber auch Dankbarkeit in meinem Glauben leben kann, dem ich von Kindheit an zugehöre. In diesem Glauben habe ich **tiefen Frieden** gefunden!

Dennoch beschäftige ich mich mit solchen Fragen, weil sie mir immer wieder gestellt werden und demzufolge einer glaubhaften Antwort bedürfen.

Ich möchte daher die Antwort festhalten, die mir kürzlich, nach langer Zeit, es vergingen Jahre, zugefallen ist.

Diese Antwort hat aber nur für mich persönlich und für alle die Gültigkeit, die meinem Glauben angehören oder angehören möchten. Außenstehende werden sie möglicherweise ablehnen, aber es ist ja wichtig, dass ich mir selbst die Frage nach dem richtigen Glauben beantworten kann.

Wer es will, kann ja diese Antwort auch für sich nutzen.

Hier ist sie nun in kürzester Form:

„Es gibt für mich auf der ganzen Welt keine bessere Gemeinschaft als die, zu der ich gehöre und das beweist mir, dass hier ein Geist, der Heilige Geist, tätig ist und diese Menschen eines Sinnes sind."

Erläuterung:

Wenn sich zwei Menschen finden und wirklich von Herzen lieben, dann werden sie sich miteinander in einer Gemeinschaft, der Ehe, verbinden. Würde man sie fragen, warum gerade diesen Ehepartner und nicht einen anderen Menschen, wovon es ja so viele gibt, dann würden sie antworten: Dieser Ehepartner ist der Beste, den es auf der Welt für mich gibt.

Für sich hätten sie die Frage, warum gerade den, aufs Beste beantwortet, obwohl es viele bessere Menschen gäbe, als derjenige mit dem sie sich

vielleicht in einer Gemeinschaft zusammen-
gefunden haben. Und doch können nur sie persönlich wissen, dass ihre Antwort richtig ist, weil sie in dieser Gemeinschaft leben und es ihnen dort bestätigt wird.

Außenstehende werden es immer besser wissen und andere Gemeinschaften loben.

Genauso verhält es sich mit der Glaubensgemeinschaft. Nur wer in ihr lebt, kann wissen, dass er in ihr **selig** wird. Er wird feststellen, dass er nirgends sonst auf der Welt glücklicher ist als in dieser Gemeinschaft mit Gott, die durch den Heiligen Geist **eines Sinnes** ist.

Und das ist für ihn persönlich der Beweis, dass dies die rechte Glaubensgemeinschaft sein muss und deshalb wird er ihr angehören wollen, um die ihr **zugesagten Verheißungen** auch zu erleben.

Durch den Heiligen Geist und das wirkliche mitleiden mit Jesus Christus in seinen Brüdern und Schwestern, unseren Nächsten, sind wir

„**Gottes Kinder**" geworden und deshalb auch „**Gottes Erben!**" Eine wunderbare Antwort.

Außenstehende werden es immer besser wissen und andere Gemeinschaften loben.

Unzählige Menschen geben sich der **Täuschung** hin: Überall kann man selig werden! Der Sohn Gottes hat aber das Zahlungsmittel mit dem er uns loskaufen will, sein Verdienst und Opfer, nicht wahllos unter die Menschen gestreut. Er gab **Apostel** als Haushalter über Gottes Geheimnisse, 1. Korinther 4.1, und sandte zu Pfingsten den Heiligen Geist. Dieser Geist kam nicht in den Palast des Hohenpriesters, sondern zu den Botschaftern an Christi statt, den Aposteln Jesu, gemäß seiner Verheißung: „**Es ist euch gut, dass ich hingehe zum Vater. Denn so ich nicht hingehe, so kommt der Tröster nicht zu euch.**" Joh. 16.7

"Und ich will den Vater bitten, und er soll euch einen anderen Tröster geben, dass er bei euch bleibe ewiglich: den Geist der Wahrheit, welchen die Welt kann nicht empfangen." Joh.

14.16-17
„Derselbe wird mich verklären, denn von den Meinen wird er`s nehmen und euch verkündigen." Joh. 16.14

Der Apostel Paulus spricht einmal von falschen Aposteln 2. Korinther 11.13. Wer diese durchschauen will, muss zuvor die echten erkannt haben. **Einem Menschen, der die echten Gottesmänner nicht kennt, fallen die falschen nicht auf.**

So gibt es viele gute Menschen auf Erden, die besser sind als wir, die aber nicht den Heiligen Geist besitzen und demzufolge nicht Gottes Kinder und Erben sein werden.

Wir haben so viel, wie wir glauben und hoffen!

Das, was ich hier niedergeschrieben habe, ist nicht eine Antwort aus meinem Geist, aus meinem Verstand, sondern ich predige Christus als göttliche Kraft und göttliche Weisheit.

Will man aber anfangen weise zu werden, so muss man Gott fürchten. Das ist **der einzige Fehler,** dass viele Leute Gottes Wort hören und doch nichts daraus lernen, dass sie es wohl für ein Wort, aber nicht für Gottes Wort halten.

Denn sie lassen sich dünken, sie könnens, sobald sie es hören. Hielten sie es aber für Gottes Wort, so würden sie gewiss denken: Wohlan Gott ist weiser als du und wird was Größeres reden, lass uns doch mit Ernst und Furch zuhören,

wie sich`s gebührt einem Gott zuzuhören.

06.08.1983 Helmut Dröws

Ihr sollt euch nicht Schätze sammeln auf Erden, wo sie Motten und der Rost fressen und wo die Diebe einbrechen und sie stehlen.

Sammelt euch aber Schätz im Himmel, wo sie weder Motten noch Rost fressen und wo die Diebe nicht eibrechen und sie stehlen. Matthäus 6.19-23

Oder

Man muss etwas, und sei es noch so wenig,

für diejenigen tun, die Hilfe brauchen,

etwas, was keinen Lohn bringt,

sondern die Freude, es tun zu dürfen.

Offenbar ein radikales Wort gegen alles Sammeln. Gehört nicht das Sammeln, die Freude

am Sammeln kleiner und großer Schätze zu den **ganz normalen** und menschlichen Verhaltensweisen?
Schon die Kinder haben Spaß daran, Muscheln, Bilder oder vielleicht Wimpel zu sammeln.
Erwachsene freuen sich über ihre Briefmarken- oder Schallplattensammlung.
Und wenn wir an den Alltag denken: Ist es nicht gut, einige Dinge vorsorglich angesammelt zu haben, die wir irgendwann einmal brauchen?
Und doch das harte Wort Jesu: **„Ihr sollt euch nicht Schätze sammeln auf Erden…"**
Wir versuchen vielleicht ein wenig besser in den Bibeltext hinein zuhören: „Ihr sollt euch nicht Schätze sammeln auf Erden, wo sie die Motten und der Rost fressen und wo die Diebe einbrechen und sie stehlen."
Die Warnung vor dem Sammeln wird begründet: Die Schätze auf Erden seien bedroht. Sie hätten eine Menge Feinde: die Motten, die die kostbaren Gewänder zerfressen, Rost, der den Schmuck angreift, Diebe, die den Schatz stehlen könnten.
Diese Begründung verstehen wir schon.
Auch unsere Schätze der verschiedensten Arten sind in dieser Weise bedroht.

Unsere Schallplatten bekommen Kratzer, Die elegante teure Kleidung wird durch die Mode überholt oder durch unsere veränderte Figur unbrauchbar.
Das Auto, eben noch lange ersehnt und neu, erschreckt uns durch eine Menge Roststellen.
Der Zahn der Zeigt nagt, so sagen wir. Oft nagt er wahnsinnig schnell an Dingen, die wir besitzen. Auch an unserem Bankkonto. Die Älteren wissen es noch aus eigener Erfahrung, dass auch das Geld seinen Wert verlieren kann.
Tatsächlich: Unsere irdischen Schätze sind bedroht.
Ja, Jesus hat damit recht, damals wie heute.
Aber welche Konsequenzen zieht er denn aus seiner Feststellung?
Alles Sammeln aufgeben? „Sammelt euch aber Schätze **im Himmel,** wo sie weder Motten noch Rost fressen und wo die Diebe nicht einbrechen und sie stehlen."
Einen Schatz bei Gott sollten wir uns also erwerben.

Was aber könnte das denn sein?

In der Geschichte vom reichen Jüngling, Matthäus 19, deutet Jesus an, was damit beispielsweise gemeint sein könnte. Der reiche junge Mann soll seinen Besitz den Armen schenken.
Dies würde ihm dann einen „Schatz im Himmel" verschaffen. Das heißt doch: Das, was wir für andere **einsetzen, hingeben, ausgeben, gebrauchen** – das ist das Bleibende.

Nicht der gehütete, gehortete, geschonte, sondern der **für andere** verwendete Besitz – bleibt!

Der hat Bestand vor Gott – und auch vor uns selbst.

Deutlicher: Nicht das wöchentlich gepflegte, geflimmerte, allzu gut gewartete Auto, das wir nur zur eigenen Wochenendausfahrt benutzen, ist von Dauer. Es hält vielleicht ein paar Jahre länger als ein oft benutztes. Aber was sind schon ein paar Jahre? Was letzten Endes bleibt und zählt, vor Gott und vor mir, ist, dass ich mit diesem Wagen meine behinderte Nachbarin häufig an das Grab ihres verstorbenen Mannes gefahren habe oder liebe alte Geschwister in den Gottesdienst.

Oder: Nicht die gut geordnete, wertvolle Schallplattensammlung hat ewigen Wert – auch nicht, wenn ich die Platten wie meinen Augapfel hüte. Was letztlich zählt, was vor Gott und vor mir bleibt, ist, dass ich den Kindern damit einen Teil der musikalischen Welt aufgeschlossen habe und dass ich dem alt gewordenen Vater mit den geborgten Platten große Freude machen konnte.

Und schließlich: Nicht die gut gefüllte Speisekammer, nicht das gut sortierte Obstregal im Keller ist von Dauer. Was vor Gott und vor mir letztlich zählt, ist, ob meine Gastfreundschaft dadurch zugenommen hat oder nicht.

Noch einmal: Nicht das, was ich für mich zurückhalte und auftürme, sondern das, was ich für den anderen hingebe und einsetze bleibt, zählt, gilt – ohne dass es von Motten, Rost und

Dieben, wechselnden Zeiten oder Verunreinigung zerstört wird.

Dies möchte uns Jesus heute sagen. Und er möchte uns fragen, ob wir ihm dies abnehmen, ob wir seine Botschaft annehmen können.

Dazu braucht es freilich mehr, als das wir **nur in unserem Verstand** davon überzeugt sind: Jesus hat recht.

Wir sind mit diesen Worten über das Sammeln nach der Ausrichtung unseres gesamten Lebens, unserer gesamten Person, nach unserem **„Herzen"** gefragt.

Helmut Dröws
06.11.1983

*Lasst uns an die Grenzen der Welt, der Zeit denken –
und es wird ein Wunderbares geschehen.
Die Augen werden uns aufgetan dafür,
dass die Grenze der Welt, das Ende der Welt –
der Anfang eines Neuen ist, der Ewigkeit.*

Dietrich Bonhoeffer

Die Grenzen der Wissenschaft

Angesichts des Menschenandranges, der zu Allerheiligen und Allerseelen, Buß- und Bettag, am Volkstrauertag und am Totensonntag auf unseren Friedhöfen herrscht, muss der Besucher aus der exotischen Fremde den Eindruck mitnehmen, dass hier zu Lande die Beziehungen zwischen Lebenden und Toten, das Verhältnis der Menschen zum Sterben in bester Ordnung sei. Und dann heißt es in dem Leitartikel, Süddeutsche Zeitung, wörtlich weiter: „Wo die letzten Ruhestätten so liebevoll gepflegt werden und kein Grabnachbar sich von andern im Blumenaufwand übertreffen lassen will, wo die Friedhöfe übervölkerten Sonntags-Parkanlagen gleichen, wo die Polizei zur Steuerung der Parkplatzsuchenden Hinterbliebenen Sonderschichten fährt, da scheint es auch in dieser oft vergessenen programmierten Zeit an einem lebendigen Totenkult nicht zu fehlen."
Wir alle wissen, dass der **schöne Schein trügt.** Der Reisende aus Fernost oder den Tropen kehrte mit einer völlig falschen Vorstellung zu den Seinen heim.

Hierzulande und heutzutage vom Sterben zu reden, mit dem Tod zu rechnen, sich gar auf die letzte Stunde einzustellen, gilt dem Wort eines britischen Soziologen zufolge als obzön.
Wie vormals im viktorianischen Zeitalter die Sexualität.
Das Allensbacher Institut für Demoskopie wollte es genau wissen. Nur jeder 10. Bürger, so ließ eine Befragung erkennen, denkt oft ans Sterben. Alle anderen verschwenden **selten oder nie** einen Gedanken an den Tod. Für immerhin 34 % rund ein Drittel der Deutschen, ist die Vokabel Tod praktisch aus dem Bewusstsein gestrichen.
Viele von uns, so schrieb kürzlich der Berliner Internist Prof. Dr. Klaus Erich Hampel in einem Aufsatz über den Tod:
„Viele von uns erhoffen einen großen Lottogewinn. Fast nie denken die gleichen Menschen daran, dass sie eine ungleich höhere Wahrscheinlichkeit haben vorzeitig zu sterben, z.B. im Straßenverkehr oder an einer bösartigen Erkrankung. Dabei ist der Tod die **einzige unausweichliche Gewissheit** unseres Lebens."
Doch mit keinem Wort, mit keinem Lied und keinem Bild **lassen wir Ansätze zur Bewältigung des Todes erkennen.** Wir begegnen ihm viel-

mehr **stumm und sprachlos,** meiden seine Erwähnung und scheuen die Auseinandersetzung mit ihm.

Pfarrer Klaus Dirschauer nahm sich für seine Doktorarbeit, die binnen 10 Monate in einer großen Bremer Tageszeitung erschienenen mehr als 10 000 Todesanzeigen vor.

Dass der Tod etwas mit Sterben zu tun hat, ließen nur ½ % der Trauerbotschaften erkennen. Für die meisten Hinterbliebenen war der Tote Heimgegangen, abberufen worden, habe die Welt verlassen, sei erlöst worden oder sei mehr oder minder sanft entschlafen.

Sterben ist heute kein Ereignis mehr, das sich im Kreis der Familie vollzieht. Gestorben wird möglichst anonym. Im Straßenverkehr, bei Eisenbahnunglücken, Flugzeugabstürzen, im Altersheim oder im Krankenhaus, umringt allenfalls von Ärzten, Schwestern und Pflegern, aber **selten** von den Angehörigen.

Noch immer werden die Toten gut hergerichtet, in einen repräsentativen Sarg gelegt, aber anschauen, Prominente ausgenommen, will den Leichnam **niemand** mehr. Und wer in unseren Tagen **wagt Trauerkleidung zu tragen**, wird erleben, dass ihm Freunde und Bekannte aus dem Weg gehen oder sich ihm gegenüber recht seltsam linkisch benehmen.

Obwohl das Anlegen von Sicherheitsgurten im PKW seit einigen Jahren bei uns Gesetzespflicht ist, weil dies wissenschaftlichen Erkenntnissen zufolge den besten Schutz bietet, die Schwere von Unfallfolgen zu verringern, was sehr oft bedeutet, den Tod zu verhindern, gibt es noch einen großen Prozentsatz sogenannter Gurtmuffel. Sie führen eine Vielzahl von Gründen ins Feld warum sie meinen, im Falle eines Unfalls, diesen, ohne den Gurt am Leibe, besser zu überstehen.

Psychologen sehen darin nur vorgeschobene Argumente, mit denen scheinbar rational der Notwendigkeit ausgewichen wird, beim Antritt jeder Fahrt und sei sie noch so kurz, mit dem Anlegen des Gurtes der Tatsache bewusst ins Auge zu sehen, dass die Teilnahme am Straßenverkehr tödlich sein kann.

Das alles wirft Fragen auf. Und eine nicht unwichtige hat unlängst der Göttinger Psychiatrieprofessor Joachim Ernst Meier gestellt.

„War es das Unmaß gewaltsamen Sterbens in diesem Jahrhundert, das bewirkt hat, dass wir nur durch die Verdrängung des Todes aus dem Bewusstsein, die ständige Konfrontation mit ihm ertragen können oder hat nicht vielmehr umgekehrt die Verdrängung des Todes in der modernen Gesellschaft gerade jene Kräfte gelähmt, die sich den Massenvernichtungen hätten entgegenstellen können?"
Prof. Meier lässt diese Fragen offen, gibt aber auf andere Fragen Antworten aus denen erhellt, welche Wurzeln, die hinter unserer betonten Diesseitsbezogenheit Lebensbejahung und den übertriebenen Jugendlichkeitswahn noch immer vorhandene Todesfurcht und Sterbeangst haben.
Auf fünf Punkte spitzen sich danach die beklemmenden Gedanken zu:
Jeder weiß, dass er den Weg des Todes ganz allein gehen muss. Auch der liebste Mitmensch nicht, kann ihm auf diesen Gang beistehen oder helfen.
Der Zeitpunkt des Todes ist von beunruhigender Ungewissheit. Es quält viele die Vorstellung, dass ihnen schon morgen die letzte Stunde

schlagen kann, sie aber davon vorher keinerlei Kenntnis haben.

Praktisch jeder möchte rasch und unmerklich sterben. Die Vorstellung, dass das Ende schmerzhaft und grauenvoll langwierig sein kann, verleidet den Meisten ruhigen Mutes an das Sterben zu denken.

Wie wird das Erlebnis? Darüber nicht Bescheid zu wissen, trägt zusätzlich zur Beunruhigung bei. Niemand weiß wirklich, was nach dem Tode kommt. Gehen wir in die Unsterblichkeit ein, werden wir auferstehen oder ist einfach Schluss, werden wir total ausgelöscht? Auch mit dieser Ungewissheit können sich die Meisten nicht abfinden.

Sich mit der Todesproblematik auseinanderzusetzen, diese letzten Fragen zu bewältigen und schließlich die Angst vor dem Sterben zu überwinden, oder sie doch wenigstens innerlich zu meistern, hat eine lange Tradition.

Keine philosophische Richtung hat sich nehmen lassen dazu Stellung zu nehmen. Alle Religionen bieten Glaubensstützen hierfür an. Moralisten, wie Materialisten wetteifern mit gegensätzlichen Lösungsansätzen. Doch wirkliche

Gewissheit vermochte bisher Nichts und niemand zu verschaffen.
Erst in neuerer Zeit unternimmt die Forschung mit den Mitteln und Methoden der Naturwissenschaften Vorstöße in diesen Grenzbereich. Soweit er wissenschaftlichen Untersuchungen überhaupt zugänglich ist. Man kann so wenigstens zum teilweisen Abbau, wenn schon nicht zur Aufhebung der Sterbensängste und Todesbefürchtungen beitragen.

Tod oder lebendig – schon allein diese Frage lässt sich heute nicht mehr wie früher mit dem bloßen Augenschein fehlender Atmung und stillstehendem Herzen beurteilen.
Medizintechnische Einrichtungen zu Diagnose und Therapie gestatten heute viel feinere Abstufungen in der Benennung dessen was noch Leben und schon Tod ist.
Zu diesen Geräten zählt etwa das Elektroenzyfalogramm – kurz EEG. Mit ihm lassen sich die elektrischen Potentiale im lebenden Gehirn, so schwach sie sein mögen, messen und registrieren. Ein ebenso wichtiger Teil der Apparatemedizin sind Beatmungsgeräte und Herzstimulatoren zur Aufrechterhaltung des

Pulsschlages und damit der Pumparbeit des Herzens. Um nicht zuletzt Herzlungenmaschinen zur Sauerstoffanreicherung des Blutes bei Ausfall von Herz oder Lunge.
Medizinische Fortschritte, wie diese, haben es mit sich gebracht, das das Leben und damit freilich auch das Leiden schwerstkranker und todgeweihter Menschen damit auch verlängert werden kann.
Eine Problematik, die unter dem Stichwort Euthanasie aktive und passive Sterbehilfe noch immer nicht ausdiskutiert ist, weder in Fachkreisen, noch in der Öffentlichkeit.
Die Apparatemedizin verhilft aber auch zur Wiederbelebung, zur Reanimation Schwerverletzter, sogenannter klinisch Toter, Vergifteter, Drogenopfer, von Menschen, die sich das Leben nehmen wollten.
Die Frage tot oder lebendig wird infolge dieser technischen Gegebenheiten zum beherrschenden Problem in der Medizin.
Nicht zuletzt auch im Hinblick auf die Transplantationschirurgie, die auf möglichst **lebensfrische** Spenderorgane für die Verpflanzungsoperationen angewiesen ist. Dabei muss zweifelsfrei sichergestellt sein, dass die

Organe **wirklich Toten,** entnommen wurden und nicht etwa klinisch Toten, die wieder belebbar wären.

Was also heißt heute Tod?
Eine Frage, die ganz offensichtlich nur beantwortbar ist, wenn dafür wissenschaftliche Kriterien vorhanden sind.
Die Berliner Medizinjournalistin Rosemarie Stein schrieb über eine ärztliche Fortbildungsveranstaltung zum Thema Reanimation:
„Den Tod gibt es nicht mehr! Man spricht vom Herz- und Hirntod, Partial- und Gesamttod, klinischen und biologischem Tod, reversiblen und irreversiblen Tod. Die Grenzen zwischen Leben und Tod haben sich verschoben."
In dieser zwiespältigen Lage warf die Wissenschaft den Ärzten einen Rettungsanker zu. Maßgebend ist allein der Hirntod. Mit dem Erlöschen der Hirnfunktion scheitert auch jeder Versuch einer Wiederbelebung.
Forschungen hatten ergeben, dass Hirnzellen, wenn sie fünf Minuten keinen Sauerstoff erhalten oder ihn, weil sie abgestorben sind, nicht mehr aufnehmen oder verwerten können, bereits in Auflösung und Verwesung übergehen und mithin irreversibel tot sind.

Wohingegen andere Körperorgane, selbst stundenlang, Sauerstoffmangel relativ unversehrt überstehen, so dass beispielsweise Herztote noch ziemlich lange reanimierbar sind.
Für den medizinischen Alltag schienen sich damit die Dinge wieder zu vereinfachen. Das Funktionieren des Gehirns lässt sich an seinen elektrischen Potentialen mit dem EEG erkennen. Das Erlöschen der Hirnfunktionen wäre demnach am Aufhören der elektrischen Aktivität ablesbar, das sich im EEG in einer sogenannten Nulllinie, eines durchgehenden geraden Strichs der Schreibnadel zu erkennen gibt. – **Dachte man!** Und so arbeiteten ärztliche Standesorganisationen Ende der 60 iger und Anfang der 70 iger Jahre Empfehlungen aus, wonach als Kriterium des Todes, die über längere Zeit nachweisbare Nulllinie im EEG gelten könne. Die Zeitspanne für diese elektrische Hirnstille, die sicherheitshalber eingehalten werden sollte wurde unterschiedlich auf mindestens 4 und höchsten 48 Stunden festgelegt. Doch die Ärzte hatten **voreilig** geschlossen. An der wissenschaftlichen Feststellung, dass für den Tod, das irreversible Erlöschen der Hirnfunktion ausschlaggebend ist, gab es zwar nichts zu rütteln.

Wohl aber am EEG als Nachweisinstrument. Funkstille im Gehirn, so erkannte man nun, **besagt gar nichts. Entscheidend ist** allein, ob die Hirnzellen noch mit Sauerstoff versorgt werden und diesen verwerten können.
Und dies lässt sich nicht mit einem EEG messen! Es ist allenfalls mit einer Angeografie nachweisbar. Dabei wird in sämtlichen zum Gehirn führenden Arterien ein Kontrastmittel gespritzt. Bei der röntgeneologischen Schädeldurchleuchtung ist dann genau erkennbar, ob noch alle Hirnzellen durchblutet sind oder der Blutfluss unterbrochen ist, so dass keine Sauerstoffversorgung mehr stattfindet.
Das wäre dann der klinische Beweis für den Hirntod. Und so ist heute die Hirnangeografie in allen heiklen Fällen **unverzichtbarer** Bestandteil der Todesfeststellung.
In der Presse erscheinen immer wiederBerichte, wonach in den Kliniken auf den Intensivstationen Tote über Wochen und Monate an Beatmungsgeräten zur Aufrechterhaltung ihrer Körperfunktionen hängen.
Nach Laienverständnis mögen dies in der Tat Leichen sein. Doch nach den heutigen wissenschaftlichen Kriterien handelt es sich solange um

lebende Menschen, als nicht nachweislich der Hirntod eingetreten ist. Der medizinische Fortschritt räumt ihnen lediglich die Chance ein, nach Überwindung jener kritischen Phase ihr Leben ohne apparative Hilfe fortsetzen zu können. **Das war früher nicht möglich.**
Genauso war es früher nicht gänzlich auszuschließen, dass ein Totenschein für einen Scheintoten ausgestellt wurde. Inzwischen ist die Sorge unbegründet als Scheintoter lebendig begraben zu werden, wenn zuvor die diagnostischen Kriterien zur Feststellung des irreversiblen Hirntodes angewandt wurden.
Nicht nur die Frage tot oder lebendig beunruhigt die Menschen, besonders angstbesetzt ist der Zeitpunkt unmittelbar vor dem Todeseintritt, der eigentliche Sterbevorgang. Wird er schrecklich werden, werde ich mich quälen müssen, wie lange wird es sich hinziehen? Gerade zu diesem Themenbereich hat die Forschung in neuerer Zeit eine Fülle von Fakten zusammengetragen. Sie ergeben eher ein erfreulich stimmendes Bild.
Schon länger zurück reichen übereinstimmende Berichte von Menschen, die plötzliche, normalerweise tödlich verlaufende Ereignisse

wider Erwarten lebend überstanden haben, mitunter sogar nach dem sie für einige Zeit klinisch tot, aber nicht Hirntod waren. Es sind Erfahrungen von Menschen, die vorm Ertrinken und Erfrieren gerettet wurden, einen Fenstersturz oder einen Fall aus großer Höhe im Gebirge überlebten, von Tieren zerbissen oder im Krieg lebensgefährlich angeschossen wurden. Ihr ganzes Leben sei da in kurzen Momenten vor ihnen im geistigen Auge abgelaufen, heißt es da immer wieder.
Oder es werden traumähnliche Erlebnisse durchaus angenehmer Art geschildert. Von Angst, von Schmerz von Todesbewusstsein keine Spur.
Typisch dafür sind Darstellungen wie diese: Während der Invasion in Frankreich wurde ich am 3. September 1944 von einem amerikanischen Jeeb im Niemandsland aus 100 m mit einigen Schnellfeuergewehren etwa zwei Minuten lang bäuchlings in einer Wiese liegend, beschossen. Und da war es halt plötzlich da. Jenes Panorama. Ungewollt und ungefragt. Alle Lebensphasen bis zur Kindheit überdeutlich, überwach, gleichzeitig und in

stehenden Bildern im Raum ringsum ausgebreitet.

Inzwischen haben zahlreich Psychologen, Psychiater und Internisten dieses Phänomen an Menschen überprüft, die moderne Formen von Katastrophen, Autounfälle und Flugzeugunglücke beispielsweise um Haaresbreite überlebten. Sie gelangten zu ähnlichen Ergebnissen. In einer amerikanischen Studie, die sich auf die Befragung von 104 Personen mit einschlägigen Erfahrungen stützt, heißt es zusammenfassend: „Viele beschrieben ihren Gemütszustand als angenehm und 23 %, fast ¼, sprachen sogar von Freude. Fast alle gaben an, für einen kurzen Augenblick Angst gehabt zu haben. Als sie jedoch die Ausweglosigkeit der Situation erkannten, stellte ich im Allgemeinen ein Zustand absoluter Ruhe und Gelassenheit ein."

Auch hierzu eine typische Äußerung. Sie stammt von einer Frau, die dem Verkehrstod nur mit knapper Not entkam:

„Die Zeit stand still. Alles schien eine Ewigkeit zu dauern. Es war, als säße man in einem Kino und sähe auf die Leinwand. Die Erinnerungen waren angenehm, machten mich aber auch ein

bisschen traurig, da dies das schöne Leben war, das ich nun verlieren sollte."
Freilich alle diese Angaben stehen im Zusammenhang mit lebensgefährlichen Ereignissen von großer Plötzlichkeit, Schmerzhaftigkeit und Gewalteinwirkung.
Möglicherweise gibt es für die in dieser Situation einsetzenden traumhaft schönen Vorstellungen eine einfache biologische Erklärung.
Seit Mitte der 70 iger Jahre wissen wir, dass das Gehirn beim Eintreffen übermäßig heftiger Schmerzsignale Stoffe ausschüttet, die ähnlich wie Opiate, Schmerzempfindungen auslöschen und rauschähnliche Wahrnehmungen hervorrufen.
Die Kardinalfrage wäre demnach, ob der Sterbevorgang auch dann verklärende und verzückende Formen annimmt, wenn er nicht plötzlich und gewaltsam einsetzt, sondern am Ende eines langen Lebens steht oder sich nach einer schweren, vielleicht auch chronischen Krankheit einstellt.
Den Eindruck, den Klinikärzte in langjähriger Tätigkeit am Krankenbett und Sterbelager gewinnen können, hat der vor wenigen Jahren verstorbene Grandoldman der Berliner inneren

Medizin Prof. Hans Freiherr von Kress so zu Papier gebracht:
„Je mehr die Kranken dem Tod sich nähern, desto weniger pflegen sie sich mit ihm zu beschäftigen. Man hört nicht mehr die vorher so oft gemachte Äußerung, dass ja doch nichts mehr zu machen sei. Am Schluss täuschte eine spontane Euphorie mit dem subjektiven Gefühl der Erleichterung die Kranken oft über ihren Zustand hinweg. Nicht selten berichten sie am Tag ihres Todes oder schon am Tag vorher, über ein besseres Befinden. Sie sind dann einem aufmunternden Wort gegenüber auffallend leichtgläubig. Ist der Sterbevorgang soweit fortgeschritten, dass eine Desorientiertheit auftritt, und schließlich das Bewusstsein schwindet, dann verfügt der Kranke über keine Einsicht mehr, wie er sich verhalten soll. Nach lang hingezogener Krankheit sind es die sich einstellende Blutarmut, die Zirkulationsstörungen, die Kohlensäureüberlagerung mit ihrer narkotischen Wirkung, die Fiebersteigerung, die inneren Vergiftungen und die allgemeine Auszehrung, die einzeln oder im Zusammenwirken das Bewusstsein trüben.

Selbst der gelegentliche Todeskampf, das letzte Aufbäumen des kranken Körpers, bevor die Lebenskräfte versiegen, dieser Todeskampf, über den Angehörige und Außenstehende zutiefst erschrecken, wenn sie ihn miterleben, ist nach Ansicht der Fachleute für den Sterbevorgang ohne Bedeutung, weil ihn das Bewusstsein nicht mehr wahrnimmt."
Eine fast schon klassische Formulierung der Ärzte lautet:

„Der Wissende erkennt Ruhe und Frieden dort, wo der Laie Kampf und Schrecken zu sehen meint."

Diesen mehr empirischen Erkenntnissen haben jüngst einige Forscher ganz gezielte Beobachtungen hinzugefügt.
Die bedeutendste Untersuchung in dieser Hinsicht geht auf Dr. Lothar Witzel von der Erlanger Medizinischen Universitätsklinik zurück. Witzel hat den jeweils letzten Tag von 110 Patienten mit den Kranken gemeinsam verbracht, sie beobachtet und mit ihnen, soweit sie ansprechbar waren, Gespräche geführt.

Sein Fazit: „Es stirbt sich ganz offenbar leichter als gemeinhin angenommen wird. Je näher die Sterbestunde rückt, desto mehr weicht die Furcht vor dem Tod."
Die meisten Todgeweihten, so lässt sich den Einzelergebnissen entnehmen, wirkten friedlich und abgeklärt. Nur 2 der 110 Patienten hatten auch noch wenige Minuten vor ihrem Tod Angst vor dem Sterben. Dabei waren 74 % der Sterbenskranken in den letzten 24 Stunden noch bei Bewusstsein und klarem Verstande, wussten wo sie sich befanden, um welchen Tag und um welche Stunde es sich gerade handelte.
Mehr als 50% ahnten oder nahmen als sicher an, dass ihr Ende sehr nahe sei. Von den 73 Sterbenden mit denen bis zum Schluss ein Gespräch möglich war, äußerten sich immerhin 56 befriedigt über ihr Leben. Doch wollten nur sehr wenige, nämlich 2, dasselbe Leben noch einmal durchmachen.
Als ziemlich sicher kann nach Witzels Studie gelten, dass die Todesfurcht von den Sterbenden umso stärker abfällt, je mehr sie sich ihrem Ende nähern. Eine Erklärung allerdings konnten die Befragten dem Erlanger Mediziner jedoch nicht geben. Es blieb ihnen selbst unver-

ständlich. Wie ein 34 jähriger Mann wenige Stunden später einem Krebs erlag, sagte: warum ich keine Angst habe, weiß ich selbst nicht. Witzels Erkenntnisse sind inzwischen durch Arbeiten anderer Wissenschaftler vollauf bestätigt worden.

Ein britischer Mediziner untersuchte die seelische Verfassung von rund 500 Sterbenden und kommt zu dem Schluss:

„Nur zwei von ihnen zeigten echte Todesangst. Bei 11, der mehr als 500 Sterbenden ließ sich eine gewisse Beängstigung im Sinne einer allgemeinen unbestimmte Zaghaftigkeit erkennen."

Ein Professor von der amerikanischen Howard Universität gelangte in seinen Sterbestudien zu den zusammenfassenden Feststellungen:

„Es geht dem Tode fast immer eine Bereitwilligkeit zum Sterben voraus. Wie groß auch das vorherige Leiden gewesen sein mag. Vor dem Tod kommt stets ein Zustand vollkommenen Friedens, innerer Gelassenheit und oft sogar Verzückung."

Allerdings auch darin stimmen die jüngsten Sterbeforschungen überein, der Gleichmut und die Bereitschaft gegenüber dem Tode, gehen stets unterschiedliche, oft lange währende Auseinandersetzungen des Betroffenen voraus. Die Wissenschaftler sprechen hier von insgesamt fünf sich klar voneinander abhebende Sterbephasen:

Die 1. Phase: Der Todgeweihte will sein nahes Ende nicht wahrhaben. Er weigert sich zur Kenntnis zu nehmen, dass er schon an der Reihe ist.

Die 2. Phase: Er hat eingesehen, dass er in Kürze sterben muss. Aber nun zürnt er mit sich und der Welt. Warum muss gerade ich daran glauben? Was habe ich falsch gemacht? Das hat mir der oder der eingebrockt.

Die 3. Phase: Der Sterbende spürt, dass er den Kürzeren zieht und mit seiner Wut nichts auszurichten vermag. Nun versucht er es im Guten mit Bitten und Feilschen, indem er Gott und den Mitmenschen einen Handel vorschlägt und sich mit einem Pakt mit dem Teufel rückversichert. Wenn ich noch einmal für eine Woche schmerzfrei sein könnte, wenn mir vergönnt wird den nächsten Frühling zu erleben, wenn ich noch einmal meine Heimatstadt zu sehen bekomme, dann füge ich mich gern und ohne Jammern in mein Schicksal.

Die 4. Phase: Wenn der Betreffende merkt, dass sich nichts mehr zum Guten wendet, sein Zustand vielmehr noch schlimmer wird, verfällt er in Melancholie und Depressionen. Er macht sich Sorgen um seine Familienangehörigen, den Ehepartner, oder die Kinder, wie es mit ihnen weitergehen soll, wenn er nicht mehr das ist. Nicht mehr für sie da ist!

Die 5. Und letzte Phase: Der Sterbende fügt sich ins Unvermeidliche. Er kennt die zwangsläufige Verkettung von Leben und Tod und akzeptiert sie als sein unmittelbar bevorstehendes Schicksal. Nun erst wird er innerlich ruhig und gelassen und geht dem Tode angstfrei entgegen. Das erst in der letzten Sterbephase die Tatsache unserer irdischen Vergänglichkeit hingenommen wird, zeigt, wie wenig Trost der berühmte Satz: **„Mementomori"** – der an die Sterblichkeit aller Menschen erinnern soll, zu spenden vermag. Tröstlich ist nicht das Wissen um die Begrenztheit des Lebens, tröstlich wäre allenfalls das Wissen um die Gründe der Endlichkeit unserer Existenz, die verstandesmäßige Einsicht in die biologische Notwendigkeit unseres Todes. Eben diese Grundfragen hat aber auch die Naturwissenschaft solange sie sich auch damit beschäftigt – bis auf den heutigen Tag – bis in die letzen Einzelheiten nicht aufklären können. Es ist zwar eine Erfahrungstatsache, dass alle Menschen wie sämtliche höhere Lebewesen irgendwann ausnahmslos sterben. Aber bisher hat noch niemand einen biologischen Mechanismus entdeckt, der den Tod auslöst, auch wenn keinerlei Krankheit, Alter oder Abnutzungserscheinung vorliegt. Das bringt immer wieder auch forschende Geister auf den Gedanken, dass wir von Natur aus vielleicht doch unsterblich sind und nur widrige Umstände in Form von Krankheiten oder krankheitsgleichen Alterungsvorgänge unserem Leben ein Ende setzen.

Statt der biblischen 70 Jahre, die ein Menschenleben währt, räumen zahlreiche Biologen und Mediziner eine Spanne **von 150 bis 200 Jahren** ein. Die Extremposition vertritt aber derzeit der amerikanische Physiologe Bernat Streeler mit der Aussage: „Die biologische Reserve des menschlichen Körpers lässt eine individuelle Lebensdauer von **2000 Jahren** zu."

Ein Menschenleben von 2000 Jahren Dauer.

Das grenzt schon an Unsterblichkeit und wenn wir uns in der Natur umsehen, dann finden wir, **dass das Prinzip der Unsterblichkeit alles andere als eine Ausnahmeerscheinung ist.** Schließlich leben mit uns auf der Erde Milliarden und aber Milliarden von Lebewesen, die streng genommen weder altern noch den Tod finden, also **unsterblich** sind.
Es sind dies die Einzeller, die Mikroben, Bakterien, Amöben und Geißeltierchen.
Sie bleiben am Leben, indem sie sich einfach teilen und in der geteilten Form weiterleben, um sich dann erneut zu teilen und in den so entstehenden Teilprodukten fortzubestehen.

Was aber sind wir Menschen? Im Grunde genommen nur eine Ansammlung von Einzellern, eine Symbiose einzelner Zellen, die sich zur Erfüllung eines gemeinsamen Planes in wechselseitige Abhängigkeit begeben haben.
Die Logik sagt, dass die Einzeller durch den bloßen Zusammenschluss zu mehrzelligen Geweben nicht ihre Teilungsfähigkeit und mithin nicht ihre Unsterblichkeit verloren haben müssen.

Und wie wir aus dem Biologieunterricht wissen, pflegen sich ja auch die mehrzelligen Organismen durch Zellteilung zu entwickeln. Aber auf die Logik ist in der Natur kein Verlass. Und auch der Schein, dass sich die einzelnen Zellen mehrzelliger Lebewesen zu teilen vermögen, kann trügen, soweit jemand versucht ist, daraus die Unsterblichkeit höherer Lebewesen herzuleiten.

Soviel lässt sich indes sagen: der wissenschaftliche Streit um die Frage, ob altern und Tod schicksalhaft, unabwendbar vorgegeben sind oder aber auch durch nachteilige Lebens- und Umweltbedingungen bewirkt werden und somit auch verhindert werden könnten, wird auf zellulärer Ebene ausgetragen und wohl auch eines Tages entschieden.

Die Anhänger der einen wie der anderen Richtung gehen von sehr gegensätzlichen Überlegungen aus.
Die einen sagen: Im Grunde sind die in einem organischen Verband zusammengeschlossenen Zellen unsterblich, aber ihre Lebensfähigkeit ist dadurch beeinträchtigt, dass eine Zelle auf die andere angewiesen ist, keine dem Ver-

bundsystem entrinnen kann. Jede Funktionsstörung einer einzelnen Zelle, jeder Fehler im Zusammenspiel der Zellen untereinander wirkt sich schädigend auf den Gesamtorganismus aus. Solche Schädigungen sind es, die wir als Alterung merken. Häufen sich solche Schädigungen zu sehr oder beeinträchtigen einzelne Schäden die Lebensfähigkeit des Gesamtorganismus zu stark, tritt der Tod ein. Sterben kann demnach immer nur ein kranker, geschwächter, geschädigter Körper, nie ein kerngesunder.

Demgegenüber lehrt die andere Meinung:
Einzeller sind im Grunde nur deshalb unsterblich, weil sie keine Individualität besitzen. Sie immer nur Teilungsprodukt in einer endlosen Kette von Vermehrungsschritten sind. Es bleibt keine sterbliche Hülle, kein Leichnam, wenn man so will, von ihnen zurück.
Mit ihrem Zusammenschluss zu größeren Zellverbänden haben die Einzeller ihre unbegrenzte Teilungsfähigkeit und somit auch ihre Unsterblichkeit aufgegeben, zugleich aber die Voraussetzung für Individualität geschaffen, die ihrerseits nur durch Sterblichkeit möglich ist.

Alter und Sterblichkeit der zu Zellverbänden zusammengeschlossenen Einzeller, sind deren Tribut an die Evolution. Nur durch dieses Opfer der Einzeller konnte die Natur das Überleben und die Weiterentwicklung der verschiedenen Arten höherer Lebewesen sicherstellen. Die Lebensspanne sowohl der Arten als auch jedes ihrer Individuen ist mit ihrer äußersten Grenze mit Erzeugung festgelegt. Das geschieht durch Vorprogrammierung aller Körperzellen mit Hilfe genetischer Codierung, also Erbinformationen. Die Zellen erhalten demnach nicht nur den Befehl sich zu entwickeln, zu wachsen und sich zu teilen, sondern auch zu einem bestimmten Zeitpunkt zu sterben, was dadurch verwirklicht wird, dass keine weiteren der Regenerierung dienenden Zellteilungen vorgesehen sind.

Beide Ansichten sind **Hypothesen!** Keine gesicherten Erkenntnisse!

In der Wissenschaft zählt auf die Dauer nur diejenige Hypothese, für die sich die stärkeren Beweise und experimentellen Ansatzpunkte finden lassen. Bisher waren die Verhältnisse hier fast ausgeglichen. Doch das Pendel der Forschung schlägt neuerdings mehr in Richtung der zweiten Hypothese – der genetischen Verankerung der Sterblichkeit und maximalen Lebensdauer aus. In 50 Jahren wird sich darüber sicher konkreteres sagen lassen.

Tod oder lebendig – die Wissenschaft hat zur Klärung der sogenannten letzten Fragen viel beigetragen. Sie wird gewiss noch etliches mehr beisteuern. Doch auch der Wissenschaft sind Grenzen gezogen.

Diese Grenzen beginnen jenseits des Lebendigen!
Was nach dem Tode ist und sein wird, das wird für **immer** unerforscht bleiben. Selbst Philosophie und Theologie können hier nicht Gewissheit, sondern nur Glauben verschaffen. Mit Glaubenssätzen können sich aber durchaus Einsichten messen, wie sie die lebenslange Beschäftigung mit der Natur etwa einem Forscher, wie dem Chemiker Justus von Liebig im vorigen Jahrhundert eingetragen hat:

„Meine Bekanntschaft mit der Natur und ihren Gesetzen hat uns die

Überzeugung eingeflößt, dass man sich über die Zukunft und den eigenen Tod keine Sorgen machen solle.
 Alles ist so unendlich weise geordnet, dass die Angst, was nach dem Tode aus uns wird, in der Seele des Naturforschers nicht Platz greifen kann."

Gera, den 07.11.1983

> Wie schön,
> wie einzigartig
> tröstlich zu wissen,
> dass der Geist
> nicht sterben kann
> unter keinen
> Qualen,
> durch keine
> Verleumdungen,
> in keiner Wüste.
> Dies zu wissen,
> macht Fortgehen leichter.
>
> FRANZ MARC

Der ideelle Schaden

In unserem Lande werden trotz atheistischer Grundeinstellung der Staatsform Kirchen gebaut. Das ist einerseits ein Beweis dafür, dass dieser Staat das in seiner Verfassung gegebene Grundrecht der „Glaubensfreiheit" seinen Bürgern zugesteht und andererseits aus der Sicht eines Gläubigen „Gott" es gut meint mit seinen Kindern.
Nun gibt es auch Menschen in diesem Staate, die der Ansicht sind, dass von diesen Kirchen ein „ideeller Schaden" ausgeht.
Da eine solche Ansicht unlängst wörtlich in meiner Gegenwart geäußert wurde, kann ich als Christ dazu nicht stille sein.
Ich habe mir deshalb darüber Gedanken gemacht, weil ich der Meinung bin, dass von einem ideellen Schaden **überhaupt keine Rede** sein kann.
Es gibt zwischen dem „Christsein" und dem „Nichtchristsein" einen grundsätzlichen Unterschied. Als Christ bin ich gleichzeitig auch ein „Beter". Zum Beten gehört es, dass wir uns nicht zu gut vorkommen. Wer betet, ist auch bereit, sich korrigieren zu lassen.

Weitere Unterschiede lassen sich bei gutem Willen und Ehrlichkeit aus nachfolgendem ableiten.
Was ein einziges Gebet für eine Wirkung hat, soll folgendes deutlich machen:

„Einen Bruder, für den ich bete, kann ich bei aller Not, nicht mehr verurteilen oder hassen."

Oder anders gesagt:

„Solange ich für meinen Nächsten beten kann, kann ich ihn doch nicht hassen und verurteilen oder mich mit ihm zanken, auch, wenn er mir noch so viel Not bereitet."

Deshalb gilt:

**„Dein Nächster ist so gut wie du –
Auch er sucht seiner Seele Ruh`,
auch er hat seine Sorgenlast
so gut wie du die deine hast.**

Und stellst du fest,

**dass er wohl etwas anders ist
in seiner Art als du es bist,
dass lässt auch nicht das Urteil zu,
dass er nicht ist so gut wie du!**

**Drum liebe ihn und lass es zu,
dein Nächster ist so gut wie du!"**

Als Christ wurde ich gelehrt **meinen Nächsten zu lieben** wie mich selbst, ja, sogar meine Feinde soll ich lieben.
Die „Nichtchristen" lehren nicht die „Feindesliebe", sondern **den „Hass auf Feinde."**
Wie mir schon in meiner Kindheit eingeschärft wurde, all meine Energie darauf zu richten, meine Feinde zu hassen, so ist es auch möglich, den Kindern einzuschärfen, alle Energie auf den Kampf mit sich selbst, **auf die Vermehrung der Liebe zu richten.**
Wie ist denn das zu verstehen, seine Feinde lieben?
Seine Feinde kann man nur lieben, **wenn man sehr viel versteht,** denn Jesus selbst hat dies gelehrt und er allein weiß wovon er gesprochen hat, **er hat viel verstanden, nämlich seine Feinde.**

In einem Kreis christlicher Menschen sagte einer unüberhörbar laut:

„Ihr mit eurer Bibel, das ist doch lauter Mist."

Darauf folgte eine Weile betretenes Schweigen, das dann ein alter Bauer brach, indem er sagte:

„Ja, wenn der Mist auf einem Haufen liegt, dann ist er nicht viel wert und stinkt sogar. Aber, wenn man ihn verteilt, auf das Feld, wo er hingehört, da wirkt er sogar Wunder."

So ist es mit Gottes Wort, es will Wunder wirken, wenn wir es nur annehmen wollen und nicht gleich negativ urteilen.
Den Inhalt der Bibel muss man deshalb nicht gleich als **„Mist"** bezeichnen, nur weil wir das Wort nicht annehmen wollen.

Wer kann zum Beispiel gegen folgende Bibelstelle etwas Besseres setzen:

„Tut doch Taten, die eure Umkehr beweisen!"

Welche Taten sind gemeint?

„Wer zwei Gewänder hat, der gebe eines dem, der keines hat. Und wer zu Essen hat, der handle ebenso!"

Würden die Menschen danach handeln, brauchte niemand wegen Hunger sterben. **In der Bibel aber steht „Mist".**

Über den Begriff „Freiheit", gibt es ja viele Auffassungen.
Goethe definiert es so:
Hat einer nur so viel Freiheit, um gesund zu leben und sein Gewerbe zu treiben, so hat er genug, und so viel hat leicht ein jeder. Und dann sind wir alle nur frei unter gewissen Bedingungen, die wir erfüllen müssen. Der Bürger ist so frei wie der Adelige, sobald er sich in den Grenzen hält, die ihm von Gott durch seinen Stand, worin er geboren, angewiesen. Der Adelige ist so frei wie der Fürst; denn wenn er bei Hofe nur das wenige Zeremoniell beobachtet, so darf er sich als seinesgleichen fühlen.

Nicht das macht frei, dass wir nichts über uns anerkennen wollen, sondern eben, dass wir etwas verehren, heben wir uns zu ihm hinauf und legen dadurch unsere Anerkennung an den Tag, dass wir selber das Höhere in uns tragen und wert sind, seinesgleichen zu sein.
Ich bin bei meinen Reisen oft auf norddeutsche Kaufleute gestoßen, welche glaubten, meinesgleichen zu sein, wenn sie sich roh zu mir an den Tisch setzten. Dadurch waren sie es nicht; **allein sie wären es gewesen, wenn sie mich hätten zu schätzen und zu behandeln gewusst."**

Dieser Auffassung schließe ich mich an.
Allein auf das richtige Durchdenken einer Sache, eines Begriffes kommt es an.

Wir müssten also anders an die Dinge des Glaubens herangehen als es gewöhnlich getan wird. Das heißt, viel tiefgründiger. Wir selber müssen neu und tiefer über Gott denken lernen, um ihm besser zu entsprechen und dann Antwort stehen zu können. Wir müssen besser auf Gott achten lernen und auf das, was man über ihn sagen kann.

Wenn wir dieses Ziel haben, fragen wir vielleicht besser:

„Wie kommt Gott in meinem Leben vor?"

Gott kommt nicht als Ding in unserem Leben vor. Nicht als etwas, was wir direkt wahrnehmen könnten. Solches Vorkommen gibt es auch sonst.
Liebe zum Beispiel erkennen wir nur als etwas Durchleuchtendes. Sie kommt durch im liebenden Gesicht. Wir sehen nur das Gesicht, nicht die Liebe selbst. Aber im Gesicht wird die Liebe offenbar. Ebenso in der helfenden Tat, im selbstlosen Rat, in der zärtlichen Hand, in der Innerlichkeit der Stimme.
Wissenschaftlich untersuchen kann man Gesicht, Hand, Stimmbänder. **Die Liebe aber muss man wahrnehmen.**
In solcher Weise kommt auch Gott in unserem Leben vor, durchleuchtend durch anderes. Kontrollierend feststellen kann man ihn darum nicht.
Aber man kann sein Geheimnis wahrnehmen.
Ich sehe den Baum wachsen, grünen und blühen. Aber die Kräfte, die dies bewirken,

verstehe ich nicht. Ihre formende Fähigkeit bleibt mir rätselhaft.

Die letzten Fragen des Daseins gehen **über das Erkennen hinaus.**

Um uns ist Rätsel über Rätsel. Die höchste Erkenntnis ist, dass alles, was uns umgibt, **Geheimnis ist.**

Wenn wir in Gedanken mit dem Tode vertraut sind, nehmen wir jede Woche, jeden Tag **als Geschenk an.**

Was ist der Friede Gottes?

Das Stillewerden unseres Willens in dem Unendlichen.

Wer erkannt hat, dass die Idee der Liebe der geistige Lichtstrahl ist, der aus der Unendlichkeit zu uns gelangt, der hört auf, von der Religion zu verlangen, dass sie ihm ein vollständiges Wissen von dem Übersinnlichen bietet.

Ich könnte in dieser Weise forterzählen und erreiche bei dem Leser dieser Zeilen vielleicht doch nichts.
Zwei Menschen erleben ähnliches. Der eine bleibt, was er ist, der andere wächst dadurch am inwendigen Menschen, weil er ihm eine Bedeutung abgewinnt.

Abschließend bekenne ich dennoch:

**„Ich glaube an die Sonne, auch, wenn sie nicht scheint.
Ich glaube an die Liebe, auch, wenn ich sie nicht verspüren.
Ich glaube an Gott, auch, wenn ich ihn nicht sehe."**

„Wie einer an die Ernte glaubt, obwohl er nicht erklären kann, wie aus einem Korn zuerst ein hohes Gras und dann hundert Körner werden, sie aber doch mit Gewissheit erwartet, weil eben gesät ist, also, mit derselben Notwendigkeit, glaube ich an das Reich Gottes."

Man sollte darüber nachdenken und wo ideeller Schaden sichtbar wird dagegen seine Stimme erheben. Das ist unsere Pflicht, weil der Anfang alles wertvollen geistigen Lebens der unerschütterliche Glaube an die Wahrheit und das offene Bekenntnis zu ihr ist.
                                      Helmut Dröws
Gera, den 08.10.1984

Die Wissenschaft:

Die Unsterblichkeit, was ist das? Pfaffengewäsch?

Wir dürfen zwischen unseren Tannenbrettern liegen und auf eine Auferstehung in Form von Wasserdämpfen, Kalkstoffen und anderen Düngemitteln warten.

Wir werden das Leben hier auf der Erde vielleicht als blühender Busch, als Wolke, als fruchtbarer Regen fortsetzen.

Ein erhabener Gedanke, nicht wahr?

Er kommt durch die offenstehende Kirchentür und fragt verwundert, warum der Mann da am Kreuzt hängt.

Wir können heute nicht mehr voraussetzen, dass Kinder biblische Geschichten kennen. Kirchliche Lehren sind heutzutage kein Allgemeingut. Nicht selten passiert es, dass ein neugieriges kleines Kind durch die offen-stehende Kirchentür kommt und verwundert fragt, warum der Mann da am Kreuz hängt. Das ist der Sohn Gottes. Wer ist Gott? Ich kenne ihn nicht. Wo wohnt er? Man muss ihn doch sehen können, wenn es ihn gibt!
Kinder denken und sprechen anders als wir Erwachsenen. Kinderfragen sind immer anschaulich und lebensnah. Auch in alle ihre Fragen nach Gott bringen die Kinder ihre Lebenswelt mit ein. Hinzu kommt, dass solche Kinderfragen immer ernst gemeint sind und deshalb auch ernst genommen werden müssen.
Die Erwachsenen sehen den Geist! Sie sagen: ich weiß nicht, ob es dich gibt? Ich weiß nicht,

ob du wirklich bist? Ich weiß nicht, was ich davon halten soll?
Die Kinder dagegen sagen: Bist du ein Gespenst? Nein, sagt der Geist. Bist du ein Geist? Ja, sagt der Geist. Was willst du?
Genau das ist es, wonach wir Erwachsenen **nicht** fragen. **Was willst du? Was soll ich tun?**
Man muss nachforschen, genau Bescheid wissen, ehe man einen Entschluss fasst, und man muss fragen, denn wie könnte man ohne Wissen beraten oder belehren?
Man muss viel wissen und naschdenken, und selbst dann irrt der Mensch oft und weiß nicht alles.
Ich will lieber wenig wissen, dafür aber die Wahrheit.
Das Kind hat ein Recht darauf, dass seine Angelegenheit ernsthaft behandelt und gebührend beachtet wird.
Es ist immer leichter zu sagen: eine Sache tauge nichts, **als darüber nachzudenken.**
Deshalb will ich über Kinderfragen, mit meinem wenigen Wissen, ernsthaft nachdenken.
In unserer Zeit, in der die Umwelt weitgehend nicht christlich ist, muss man über seinen Glauben reden können. Man besitzt geistig

wahrhaft nur das, was man in Worte fassen und für das man in der Rede einstehen kann.
Nehmen wir also solch eine Kinderfrage. Wo ist eigentlich Gott? Wo soll er sein? Im Himmel? Überall?

Was ist hier zu antworten? Um es gleich zu sagen: **Hier ist falsch gefragt. Hier steckt bereits in der Frage eine Unrichtigkeit, ein Irrtum.**
In der Frage: „Wo soll denn Gott sein?" wird gefragt, als ob Gott **ein Ding** an einem Ort sei, oder ein Wesen, **wie ein Mensch.**
Gott kommt **nicht** als Ding in unserem Leben vor. Nicht als etwas, was wir direkt wahrnehmen könnten. Solches Vorkommen gibt es auch sonst. Liebe zum Beispiel erkennen wir nur als etwas Durchleuchtendes. Sie kommt durch im liebenden Gesicht. Wir sehen nur das Gesicht, nicht die Liebe selbst. Aber im Gesicht wird die Liebe offenbar. Ebenso in der helfenden Tat, im selbstlosen Rat, in der zärtlichen Hand, in der Innerlichkeit der Stimme.
Wissenschaftlich untersuchen kann man Gesicht, Hand, Stimmbänder.
Die Liebe aber muss man wahrnehmen!
In solcher Weise kommt auch Gott in unserem Leben vor, durchleuchtend durch anderes.

Kontrollierend feststellen kann man ihn darum nicht.

Aber man kann sein Geheimnis wahrnehmen. Gott ist schon in meinem Dasein zu finden. Da sitze ich irgendwo still und ruhig und besinne mich. Ich erfahre: Ich bin da und doch tue ich nichts dazu, dass ich da bin. Ich warte und bin immer noch da. Ich bin da und kann dem Dasein gar nicht entfliehen. Was ist das für eine tiefe Macht, die mich im Dasein hält und trägt? Wer dieses merkt, **der erfasst: In meinem Dasein kommt Gott vor!**

In meinem Fragen nach Sinn kommt Gott vor. Wir alle wehren uns, wenn wir Sinnloses tun müssen. Aber auch das Leben als Ganzes **muss einen Sinn haben.** Die einzelnen Gründe genügen uns nicht. Auch in langer schwerer Krankheit, in Katastrophen des Lebens bleibt die Frage offen: **„Warum?"** In dieser Frage ist nach dem letzten, gültigen immer tragenden Sinn des Lebens gefragt, der bleibt, wenn alles andere zerschlagen wird. Die letzte Antwort auf diese Frage ist wiederum das letzte, große Geheimnis, **das wir Gott nennen.**

In meiner Geduld kommt Gott vor. Manchmal ist es doch zum Verzweifeln. Manchmal sind wir am Ende. Aber dann kommt es vor, dass wir uns fassen, nicht aufgeben, dass von innen her eine Ruhe kommt, dass wir nicht zerschlagen liegenbleiben, sondern uns irgendwie vertrauend wieder aufmachen, nicht nein sagen, sondern ja. In dieser Kraft, die uns in Geduld von innen her ja sagen lässt, **darin ist Gott.**

In meiner Liebe kommt Gott vor. Wenn in einem Menschen die Freude aufbricht, seinem Nächsten, seinen Kindern gut zu sein. Wenn er für sie da sein will. Wenn er über alle Fehler und Mängel hinwegsehen kann und einfach liebt und nicht fragt, was er davon hat. Da strömt etwas aus dem Innersten, etwas Tiefstes und Letztes. **In solcher Liebe ist Gott.**

Die meisten Menschen lehnen eine solche Betrachtung für sich ab. **Gelten sie deshalb nicht für sie?** Auch für sie gilt das Gesagte. Denn Gott ist der Schöpfer aller Menschen! Er lässt auch für die Ungerechten die Sonne scheinen und die Blumen wachsen. Ist es etwa nicht ungerecht zu sagen: „meine Liebe, meine Geduld, mein Dasein haben nichts mit Gott zu tun, **alles bin ich selber!"**

Der Mensch ist so angelegt, dass er in den ersten neun Monaten seines Daseins eine **vollkommene** Geborgenheit erfährt. Im Mutterschoß ist das Kind völlig aufgehoben, geschützt versorgt. Alle seine Bedürfnisse sind vollkommen erfüllt. Das ist für unser **ganzes** Menschsein von größter Bedeutung. Jeder Mensch hat auf diese Weise einmal erfahren, dass es das gibt: **volle Sicherheit,** Geschütztheit, Geborgenheit, Versorgtheit, Erfülltheit. Wenn die Erfahrung auch unbewusst gemacht ist, geht sie doch so **tief** in unser Wesen ein, dass sie **nie mehr** rückgängig gemacht werden kann. Sie steht bereit, um später erweitert und vollendet zu werden auf die wahre und letzte Geborgenheit und Sicherheit hin, auf das letzte Umfangensein, **auf die Geborgenheit in Gott.**
Im Tun der Eltern leuchtet Gottes Verhalten auf. Ist das Kind geboren, so tun die Eltern vielerlei mit dem Kinde. Es ist erstaunlich, wie mannigfaltig **und wie genau ihr liebendes Verhalten das Verhalten Gottes widerspiegelt.** Durch das Tun der Eltern erweist Gott dem Kinde seine Liebe, **durch sie erreicht er es.**

An dieser Stelle muss man erst mal eine Pause einlegen. An dieser Stelle entscheidet sich, ob das Kind von Gott erfährt oder nicht. Bis hierher haben die Eltern die Liebe Gottes an das Kind herangetragen **ohne viel Worte** zu machen. Deshalb kann man ungerechter Weise auch sagen, das hat alles gar nichts mit Gott zu tun, das machen wir alles selber. Aber wie sonst, als über die Eltern, sollte Gott seine Liebe zu den Kindern offenbaren? **Kann ein Erwachsener die Verantwortung tragen, den Kindern nichts von Gott zu sagen?**
Der Grund solcher Einstellung kann in einem **einseitig** naturwissenschaftlichen Denken liegen, das auf Gott angewandt wird.
Nun ist Gott aber kein naturwissenschaftlicher Gegenstand. Also kann er mit solchem Denken **nicht** erreicht werden und **erscheint** bei solchem Vorgehen als nicht existent.
Da müssen wir lernen, dass die Methoden der Naturwissenschaft nur für ihr Gebiet gelten und nur einen Teil der Wirklichkeit im Auge haben und erfassen können und wollen. Sie sind gut, ja ausgezeichnet. Wenn aber jenes Wort „nur" verwendet wird: **nur das gibt es,** was mit dieser Wissenschaft bewiesen werden kann, dann

werden die Aussagen **unsachlich und gehen am Wichtigsten vorbei.**

Niemals kann ja auch ein Chemiker den Wert eines Rembrandt – Bildes mit **seinen Mitteln** feststellen. Der eigentliche Wert wird **in ganz anderer Weise** erfasst.

Mit dem Denken verhält es sich wie mit einer Blüte, die ganz allmählich die zum Erblühen nötigen Säfte ansammelt. Haben wir selbst diesen Stand erreicht und begriffen? Sorgen wir also dafür, dass die Wurzeln die lebensnotwendigen Säfte im Überfluss erhalten und dass die Blüte viel Sonne bekommt, damit sie prächtig aufblüht. **Lehren wir die Kinder denken,** eröffnen wir ihnen die Quelle alles Denkens, die Umwelt! Vermitteln wir ihnen die größte menschliche Freude, die Freude an der richtigen Erkenntnis der Wahrheit!

Ich glaube fest an die mächtige erzieherische Kraft des Wortes. Das Wort, das edle Ideen zum Ausdruck bringt, hinterlässt für immer im Kinderherzen **Spuren der Menschlichkeit, aus denen sich allmählich die Stimme des Gewissens entwickelt.**

Wie **kindisch** ist die Hoffnung von Eltern, nennen wir sie nur nicht fortschrittlich, die

meinen, dass sie ihren Kindern das Verständnis der sie umgebenden Welt erleichtern, wenn sie ihnen sagen: „Es gibt keinen Gott."
Wenn es keinen Gott gibt, wer ist es dann, der das alles gemacht hat? Wer macht dann auch das, was sein wird, wenn ich sterbe und woher ist dann der erste Mensch gekommen?
Wenn es kein Wunder ist, wenn es regnet, **warum kann dann niemand Regen machen?** Wenn es keine Sünde ist, **warum ist Töten dann verboten?**

Mühsam habe ich nach einer Antwort auf die schmerzliche Frage gesucht, warum sich das rechtschaffene Denken so oft verbergen muss oder genötigt ist, sich unauffällig durchzusetzen, während sich der Hochmut lauthals breitmacht; Güte gilt dagegen gleichbedeutend mit Dummheit und Unfähigkeit.

Mir will scheinen die Menschen durchleben nicht erst seit Rom, sondern schon seit dem alten Ägypten und Babylon eine Zeit des Irrens, in der alle Kräfte auf materielles Gedeihen gerichtet sind und die Menschen diesem Gedeihen ihr geistiges Glück, ihre geistige

Vervollkommnung zum Opfer bringen. Die Ursache hierfür **ist die Gewalt der einen über die anderen.**

Der Hauptirrtum all derer, die gegen das bestehende Übel ankämpfen ist, sie wollen den Kampf von außen führen. Nicht von außen wird die Welt umgestaltet, sondern von innen. Und daher muss alle Energie auf die Arbeit im Innern gerichtet werden. **Nur wenn wir einander lieben,** wird unter den Menschen Brüderlichkeit herrschen. Nur wenn wir uns nicht überheben, sondern jeder sich für den am tiefsten Stehenden hält, werden wir alle gleich sein. Die These von der Gleichheit aller heißt nicht, dass Gleichheit durch eine Gleichschaltung erfolgt, sondern **durch Gleichachtung** aller!

Wie man lernen kann, sein Leben dem Erwerb von Rang und Würden zu weihen, dem Reichtum, dem Ruhm, selbst der Jagd und der Sammelleidenschaft, so kann man auch lernen, sein Leben der Vervollkommnung, der allmählichen Annäherung an die uns gesetzte Grenze zu weihen.

Den Menschen ist das Streben nach „**mehr**" eigen. Es kann dies ein Streben nach mehr Mark, mehr Bildern, nach mehr Titeln, Muskeln und Kenntnissen sein, notwendig aber ist nur eines: **„mehr Güte!"**
Wie uns in der Kindheit eingeschärft wurde, alle unsere Energie darauf zu richten, unsere Feinde zu hassen und ein bravouröser Krieger zu werden, so ist es auch möglich, den Kindern einzuschärfen, alle Energie auf den Kampf mit sich selbst, auf **die Vermehrung der Liebe** zu richten.

Die Aufgabe des Lebens besteht durch Taten und Worte, durch Überzeugung in den Menschen **die Liebe** zu mehren.

Um dieser Aufgabe des Lebens gerecht zu werden sind uns allen die Stunden unserer Lebenszeit gegeben.
Stunden – sie kommen und gehen. Woher und wohin, davon weißt du nichts. Du weißt nur, dass sie eine kleine Weile da sind. Und dann rinnen sie zu den anderen der Vergangenheit in das Meer der Ewigkeit.

Nun musst du aber nicht denken, **dass eine Stunde nichts sei!**
Du kannst sie, wenn du willst, zu Gold münzen, zu vergänglichem und unvergänglichem Gold.
Du kannst sie, wie du willst, mit Güte und Schönheit und Größe, mit Liebe und Glauben und Treue und seliger Hoffnung erfüllen, auch **mit dem Gegenteil** von alledem.
Oder du kannst sie auch taub verklingen lassen, dass gar nichts in ihnen ist als Dumpfheit. **Ganz wie du willst.**
Aber eines musst du wissen:
Keine von ihnen kommt zurück, die einmal ausgeschlagen hat mit klingendem Glockenklang oder schicksalsschwerem Zittern. **Keine!**
Auch die glücklichste nicht, die wie Maienblüte leuchtet, und die leiddunkle nicht, in der Tränen perlen. **Keine!**
Jede aber mahnt dich: **Hab auf mich acht!**
Jede will etwas von uns. Die eine Liebe, die andere Glauben, diese Pflicht, jene Opfer, eine andere milde Duldung. Sie wollen so viel von uns. **Soviel!**
Aber keine ist, die Hass fordert. Jede fordert Liebe!

Und doch kommt der Hass mit seinem rotglühenden Fieber, und die Liebe steht **einsam und schweigt.**
Die Liebe steht gar oft einsam und **schweigt … und weint…**

Weil sich so die Liebe verhält, wird solches Verhalten gleichbedeutend mit Dummheit und Unfähigkeit bezeichnet und gesagt: „**davon kann man nicht leben.**"
Aber der Mensch lebt nicht vom Brot allein, das ist auch eine Wahrheit.

Und ich schäme mich meiner Liebe nicht, die gar oft einsam steht und schweigt … und weint…

Würde ich immer mein Recht verteidigen, müsste ich ganz andere Wege gehen! Ich wäre durchaus dazu in der Lage. Man kann mir nun folgen oder auch nicht! **Aber den Kindern müsst ihr es sagen.** Sie sollen dann selber entscheiden, aber wissen müssen sie es. **Wissen wer Gott ist. Er ist die Liebe. Wo und wie er zu finden ist. In unserer Liebe.** Sie müssen wissen, dass sie nicht hassen, sondern **lieben** sollen. **Dazu brauchen sie keine Waffen.**

Um die Menschen zu ändern, muss man mit ihnen **reden.** Wir müssen gegen all diese Dinge kämpfen, mit all unserer Kraft.
Aber wie führen wir diesen Kampf? Was können wir tun? Wie kämpfen wir? Wie kämpfe ich? Ich kämpfe dagegen, indem ich **jeden Tag** neu meine Stimme erhebe und gegen Lüge, Hass und Gewalt predige!
Wer für die Wahrheit nicht streitet, leicht kann`s geschehen, ist er gezwungen, für eine Lüge zu kämpfen.

Die Antwort des Kindes auf die Liebe des Vaters ist wiederum Liebe und Vertrauen. Und genau das meinen Christen, wenn sie sagen:

„Ich glaube an Gott, den Vater!"

Helmut Dröws

*Ich gehe zu denen,
die ich liebte und
warte auf die,
die ich liebe!*

Es werde Licht

Der Begriff „Zeitalter des Fortschritts" vereinigt auf sich eine bestürzende Fülle von Erfindungen, Entwicklungen und Entdeckungen. Im Zeitalter des Fortschritts wurde auch die Antwort auf eine Frage gefunden, die die Menschheit von Anbeginn aufs tiefste bewegt, die uralte Frage nach der Entstehung unserer Erde und des Universums.

Wenn der Wissenschaftler vom gegenwärtigen Zustand der Welt auf deren Zukunft blickt, so erkennt er im Makrokosmos und Mikrokosmos das Altern der Welt. Im Laufe von Milliarden von Jahren verliert die anscheinend unerschöpfliche Masse von Atomkernen ihre nutzbare Energie. Die Materie nähert sich, bildlich gesprochen, einem erloschenen und schlackenförmigen Vulkan. Wenn also die gegenwärtige Welt, die voll von Rhythmus und pulsierendem Leben ist, keinen genügenden Daseinsgrund in sich selbst besitzt, **wie kann sie dann aus sich selbst geworden sein?**

Kann die Wissenschaft sagen, wann dieser mächtige Anfang der Welt erfolgte? Und wie ist der Anfangszustand der Welt gewesen?

Die Auseinanderbewegung der Spiralnebel erbrachte das Ergebnis, dass diese weitentfernten Milchstraßensysteme die Tendenz haben, sich voneinander zu entfernen, und zwar mit solcher Schnelligkeit, dass sich der Abstand zwischen zwei solchen Nebeln in ca. 1300 Millionen Jahre verdoppelt. Aus diesem Prozess des „Expanding Universe" ergibt sich, dass zu einer Zeit, die etwa eine bis zehn Milliarden Jahre zurückliegt, die Materie aller Spiralnebel auf einen verhältnismäßig engen Raum zusammengepresst war.

Die Zahlen mögen Staunen erregen, doch enthalten sie auch für den einfachsten Gläubigen keinen anderen Begriff als den aus den ersten Worten der Genesis: "Im Anfang", das bedeutet den Anfang der Dinge in der Zeit. Diesen Worten der Schrift geben die Zahlen der Wissenschaft einen konkreten und gleichsam mathematischen Ausdruck.

Das Werk einer schöpferischen Allmacht ist **unverkennbar,** deren Kraft, von einem mächtigen „Fiat" des Schöpfergeistes vor Milliarden von Jahren in Bewegung versetzt, sich im ganzen Universum verteilt und mit einem Akt der Liebe die an Energie überquellende Materie

ins Dasein gerufen hat. Der modernen Wissenschaft **scheint** es geglückt zu sein, einen Abstand von Millionen Jahrhunderten zu überspringen und Zeuge jenes ersten „Fiat lux" („Es werde Licht") zu sein, damals, als mit der Materie ein Meer von Licht und Strahlung hervorbrach, während sich die Teilchen der chemischen Elemente spalteten und in Miilionen von Milchstraßensystemen wieder vereinigten.
Die Wissenschaft hat den Verlauf und die Richtung der kosmischen Entwicklung verfolgt und deren notwendiges Ende erkannt, wie sie deren Anfang in einer Zeit von fünf Milliarden Jahren erkannt hat.

Nicht im Kopf, sondern im Herzen liegt der Anfang.
Maxim Gorki

Nur ein Lächeln

Nur ein Lächeln, nur ein Lächeln und ein
Fremder wird zum Freund
und viel leichter trägt sich manche schwere Last.
Nur ein Lächeln und Dein Kind, es sieht Dir an,
dass Du ihm den
dummen Streich verziehen hast.
Nur ein Lächeln für den alten Mann im Park, der
aus Einsamkeit
schon mit den Möwen spricht.
Nur ein Lächeln, so ein freundlicher Blick, **steht uns unsagbar**
gut zu Gesicht.

Nur ein Lächeln, wenn man sich im Hausflur
sieht und da kann man
noch so sehr in Eile sein.
Nur ein Lächeln aus dem Autofenster heraus,
gehört die Vorfahrt
Dir auch ganz allein.
Nur ein Lächeln, macht ein anderer etwas
schlecht, und ist selber
man auch tausendmal im Recht –

Nur ein Lächeln und so ein freundlicher Blick,
steht uns unsagbar
gut zu Gesicht.

Nur ein Lächeln und die Mauer, die rund um uns
die Argwohn und
die Ängste bauend, zerbricht.
Nur ein Lächeln, so ein freundlicher Blick**, steht**
uns unsagbar
gut zu Gesicht.

Nur ein Lächeln, es verhindert keinen Krieg,
doch es trägt ein
Stückchen Frieden in die Welt.
Nur ein Lächeln, ja, das ist es, was uns fehlt, in
dem sogenannten
Ernst des Lebens.
Nur ein Lächeln, nur ein Lächeln in einer Zeit,
die von uns will,
dass man Härte zeigt, statt Liebe und Gefühl.
Nur ein Lächeln und wenn Du dann endlich
stehst vor mir und wir
fühlen, bleib hier, dann sag: „ja", sag: „ja" !

Nur ein Lächeln, bringt uns anderen nah !

Und die Bibel hat doch recht

von Werner Keller

Heute ist „Ur" eine Bahnstation, 190 Km nördlich von Basra in der Nähe des Persischen Golfs, eine der vielen Halteplätze der Bagdadbahn. S. 17

1843 wird erster Bibelzeuge ans Tageslicht befördert. Es ist Sargon, der sagenhafte Herrscher von Assyrien. (Jesaja 20.1) S. 20

1845 wird Nimrud (1. Mose 10.11) und Ninive (Jona 1.2) ausgegraben. S. 20

Unter dem Tell al Muqayyar liegt die Stadt Ur, die 1925 durch den englischen Forscher Wooley gefunden wird. S. 28

Ur in Caldäa war eine mächtige, wohlhabende, farbenprächtige, betriebsame Hauptstadt zu Beginn des 2. Jahrtausends v. Chr. S. 29

Die Königsgräber von Ur enthalten eine Besonderheit. In einem Grab wurden 70 Skelette von Dienern gefunden, die den Verstorbenen mit einem herrlichen Gespann begleiteten. Während von außen das Grab zugemauert wurde, hat man innen den Verstorbenen zur letzten Ruhe gebracht und dann selbst eine Droge genommen, um zu sterben. Man wollte dem König im neuen Lebensbereich weiterhin dienen. Es fanden sich keine Spuren von Kampf. S. 34

1929 wird die Sintflut in Ur ausgegraben. Eine große Flutkatastrophe, die an die Sintflut der Bibel, von Skeptikern häufig als Märchen oder Sage abgetan, erinnert, hatte nicht nur stattgefunden, sie war obendrein ein Ereignis, in historisch greifbarer Zeit.

Zu Füßen des alten Stufenturms der Sumerer, in Ur, am Unterlauf des Euphrat, konnte man auf einer Leiter in einem schmalen Schacht hinabsteigen, und die Hinterlassenschaft einer ungeheuren Flutkatastrophe, eine fast 3 Meter starke Schicht aus Lehm, in Augenschein nehmen und mit der Hand betasten. Und an dem Alter der

Schichten menschlicher Besiedlungen, an denen man wie an einem Kalender die Zeit ablesen kann, lässt sich auch bestimmen, wann die große Flut hereinbrach. Es geschah um das Jahr 4000 v. Chr. S. 39

Mari-Palast um 2000 Jahre v. Chr. Mit 260 Sälen und Höfen sowie 25000 Keilschrifttafeln 1936 gefunden.

Die Dokumente aus dem Mari Reich liefern erstmals den unerhörten Beweis: die Patriarchengeschichten der Bibel sind nicht, wie oft und gern angenommen wurde, „fromme Legende", **sondern Ereignisse und Schilderungen aus einer genau datierbaren historischen Zeit.** S. 59

Sodom und Gomorra sind unter dem Toten Meer begraben worden. **Manna wächst noch heute** auf Tamariskensträuchern, wenn diese von einer Schildlausinsekte gestochen werden, tropft es im Morgentau zu Boden. S. 124

Jericho kann den Anspruch erheben, die weitaus älteste Stadt der Welt zu sein. Die allerersten Häuser Jerichos sind 7000 Jahre alt und ähneln mit ihren runden Mauern noch den Nomadenzelten. S. 155

Gilgamesch-Epos (S. 250, S. 40)
Das Gilgamesch-Epos entstammt dem gleichen großen Lebensraum, in dem auch die Bibel entstand.
Durch den Fund der Lehmschicht bei Ur ist erwiesen, dass das alte Epos aus Mesopotamien von einem historischen Ereignis erzählt; die Flutkathastrophe um 4000 v. Chr. In Südmesopotamien ist archäologisch gesichert. Ob diese im Epos geschilderte babylonische Flut identisch mit der Sintflut ist, die uns die Bibel überliefert hat, haben Archäologie und Forschung noch nicht klären können. (S. 48)
Von 1899 – 1917 hat der deutsche Prof. Robert Koldewey das sagenhafte Babel der Bibel, 100 Km südlich des geschäftigen Bagdad, ausgegraben. Auch der Turm zu Babel befindet sich dort. (S. 294)
Herodes zauderte nicht. Er ließ versammeln alle Hohenpriester und Schriftgelehrten unter dem

Volk und erforschte von ihnen, wo Christus sollte geboren werden. Diese lasen in den alten heiligen Schriften ihres Volkes nach und fanden den Hinweis in der Schrift des Propheten Micha , der 700 Jahre zuvor im Königreich Juda gelebt hatte: „Und du Bethlehem Ephrata", die du klein bist unter den Städten in Juda, aus dir soll mir der kommen, der in Israel Herr sei..." (Micha 5.1) (S. 341)

Alljährlich hören Millionen in der Welt die Geschichte von den Weisen aus dem Morgenland. Der „Stern von Bethlehem", ein von der Weihnacht untrennbares Symbol, begleitet die Menschen auch sonst im Leben. (S.342)

Der Geschichtsschreiber Flavius Josephus fällt ein hartes Urteil über Herodes, wenn er wenige Jahrzehnte nach seinem Tode schreibt: **„Er war kein König,** sondern der grausamste Tyrann, der jemals zur Regierung gelangt ist."

In 36 Jahren seiner Herrschaft verging kaum ein Tag ohne Todesurteil. Herodes schonte niemanden, nicht seine eigene Familie, nicht die Priester und schon gar nicht das Volk. Auf seinem Mordkonto stehen allein zwei Männer seiner Schwester Salome, seine Frau Mirjamne und seine Söhne Alexander und Aristobul. Seinen Schwager ließ er im Jordan ertränken, seine Schwiegermutter Alexandra beseitigen. Adelsfamilien wurden mit Stumpf und Stiel ausgerottet. Fünf Tage vor seinem Tode ließ der Greis noch seinen Sohn Antipater umbringen. Und das ist nur ein Bruchteil dessen, das ein **„wildes Tier als Herrscher"** war.

In das abscheuliche Bild dieses Mannes passt durchaus der ihm in der Bibel zur Last gelegte Kindermord zu Bethlehem. (Matth.2.16) (S. 348)

Rom brennt im Juli Anno 64! Das war Nero – das Gerücht. Doch der Kaiser weilt außerhalb Roms in Antium. Die Christen werden beschuldigt. Von da an erlebt das Rund der Kampfbahn schreckliche Szenen. Im Sanmd der Arena werden Christenanhänger gefoltert, Schaaren frommer Männer mit Teer übergossen und wie Fackeln verbrannt oder ans Kreuz geschlagen. **Unter ihnen ist auch Petrus. Er wird gekreuzigt.** (S. 3850)

Das alles können wir nachlesen, ohne es selbst erforscht zu haben. Dennoch ist es sehr interessant, dass Menschen dies alles erforscht und gefunden haben. Ich kann nur jeden raten, immer wieder in den Büchern nachzulesen, um selbst Erkenntnisse zu gewinnen, die die Existenz Gottes beweisen. Die Bibel als **„Märchenbuch"** zu bezeichnen, halte ich für **geistig niedrig,** denn das Gegenteil wurde hier erforscht und gefunden.

Ich möchte mit J. W. v. Goethe meine Betrachtungen schließen:

„Das schönste Glück des denkenden Menschen ist, das Erforschliche erforscht zu haben und das Unerforschliche ruhig zu verehren!"

Ein Christenleben besteht nicht in Worten, sondern in Erfahrung.

Dein „I c h" in Zahlen

80 000 Streichholzköpfchen könnte man aus dem Phosphorgehalt des menschlichen Körpers herstellen, hat ein Institut in Skandinavien errechnet.
Die Eisenmenge würde für 6 Nägel von 2 cm Länge und der Glyceringehalt für die Dynamitfüllung einer Granate ausreichen. Aus dem Knochengerüst ließen sich zweieinhalb Kilo Tischlerleim und aus dem Fett 60 Kerzen oder 17 Riegel Waschseife fabrizieren.
Außerdem enthalten wir 1 Viertelpfund Zucker und etwa 20 Esslöffel Salz, sowie ganz geringe Spuren von Kupfer.
Zum weitaus größten Teil besteht unser Körper aus Wasser, und zwar zu 70 bis 80 Prozent. Davon sind 9 bis 13 Prozent in den Knochen enthalten, 5 bis 9 Prozent im Blut und gut die Hälfte in den Muskeln.
Der Wassergehalt unserer inneren Organe beträgt durchschnittlich 80 Prozent.
Um unseren Körper zu erhalten, vertilgen wir im Laufe unseres Lebens 25 000 bis 30 000 Kg Nahrung, ein starker Esser bringt es sogar auf

50 000 bis 65 000 Kg. Das ist das 500 fache bis 1000 fache des eigenen Gewichtes.

Während einer Stunde aß die Bevölkerung Vorkriegsdeutschlands rund eine Million Brote auf und verzehrte 800 000 Hühnereier.
In normalen Zeiten verzehrt ein einziger Normalverbraucher während seines Lebens: 18 000 Kg Getreide, 13 860 Kg Gemüse, 6 600 Kg Kartoffeln, 6 000 Kg Obst, 720 Kg Fleisch, 360 Kg Fisch, 1092 Kg Butter, 270 Kg Käse, 10 800 Eier, 8 100 Liter Milch, 13 800 Liter Wasser.

Bedenken wir was die einzelnen Organe unseres Körpers leisten, dann wundern wir uns nicht mehr so sehr darüber, wie viel Nahrung sie verbrauchen:
Wir atmen in der Minute durchschnittlich 27 Mal ein und aus. In 60 Jahren machen wir also rund 850 Millionen Atemzüge. Dabei werden fast 300 000 Kubikmeter Luft in die Lunge und aus der Lunge befördert. In derselben Zeit hat unser Herz, das pro Tag durchschnittlich 100 000 mal schlägt, mehr als 200 Millionen Pumpenstöße gemacht. Die Blutmenge beträgt bei einem Neugeborenen den 19. Teil, bei einem

Erwachsenen den 13. Teil seines Gewichtes. Wer 65 Kg wiegt, hat also 5 Liter Blut. Das Herz presst täglich 11 500 Liter Blut in die Blutbahnen, eine Menge, mit der man 1 150 Wassereimer füllen könnte. Die Tagesleistung des Herzens entspricht einer Kraft, die 6 Zentner 100 Meter hoch hebt. Dabei verbraucht das Herz nur 5 Prozent der dem Körper zugeführten Gesamtenergie. Alle sechs Minuten wird die Blutmenge von fünf Litern durch die Nieren geschleust, also rund 200 Mal am Tag. Dabei werden aus diesen 1000 Liter Blut 60 Liter Wasser abfiltriert, das die gelösten schädlichen Abfallstoffe enthält. Sie werden durch den Harn ausgeschieden. Der Zucker aber, der auch in dem Wasser vorhanden ist, wird durch ein enggewundenes, sehr langes Kanalsystem dem Körper wieder zugeführt.
Der größte Teil des von der Niere abfiltrierten Wassers, etwas 59 Liter täglich, saugt der Körper wieder auf. Herz und Niere arbeiten ungefähr mit dem gleichen Nutzeffekt wie der Dieselmotor, der 38 Prozent der von ihm erzeugten Gesamtenergie als Nutzen liefert.

Und noch ein paar Zahlen am Rande:

Die Fingernägel wachsen in einer Woche um ungefähr einen Millimeter. Sie könnten also in 60 Jahren drei Meter lang werden, wenn sie nicht abgenutzt oder abgeschnitten würden. Das Kopfhaar nimmt pro Tag 0,2 Millimeter an Länge zu, theoretisch könnten wir also mit 60 Jahren einen viereinhalb Meter langen Zopf besitzen. Aber bekanntlich wächst das Haar nicht weiter, wenn es eine gewisse Länge erreicht hat, und auch das gesamte einzelne Haar hat nur eine Lebensdauer von sechs Jahren. Die Barthaare sprießen zum Kummer der Männer noch schneller: drei Millimeter in der Woche. Ein glattrasierter 60jähriger hat sich demnach im Laufe seines Lebens ungefähr sechs Meter Bart abgenommen und dabei für die tägliche Rasur nur 10 Minuten gerechnet, rund 100 Tage und Nächte vor dem Spiegel zugebracht.

Preisliste – ein Mensch

80 000 Streichholzköpfchen
2 500 Gramm Tischlerleim
125 Gramm Zucker
380 Gramm Salz
0,05 Gramm Kupfer
17 Riegel Seife
6 Nägel
<u>80 % Wasser</u>
Ein Mensch ?

> DURCH BLOSSES LEHREN SIND NIE MENSCHEN ZU BEKEHREN
>
> DAS GUTE BEISPIEL PRÄGT ALLEIN DER LEHRE SINN DEM HERZEN EIN
>
> FRIEDRICH BODENSTEDT

Und noch einen Rat

Wenn du ausgebetet hast, steh nicht gleich auf von den Knien, sondern **verharre eine Weile** vor Gott, **lauschend und wartend**, ob er dir etwas zu sagen hat. Viele lassen Gott gar keine Zeit, sich zu ihrem Gebet zu äußern, ihnen Antwort und Auftrag zu geben.
All unsere Sorgen schwinden, all unsere Nöte hören auf, wenn wir auf Gottes Größe und Herrlichkeit blicken und anbetend sagen: **Denn dein ist die Kraft!**

Du, glaub an die Liebe und an weiter nichts. Du, glaub an die Liebe, **dies allein bringt Glück.**

Ich bin der Herr dein Gott, **der dir hilft.** Ich habe dir bis hierher geholfen und werde dir auch weiter helfen.

Die Kraft, die ich dir gebe, ist **größer** als alle Kraft, die du je brauchst.

So ist denn meine Gnade auf **allen** deinen Wegen! Sie behütet, beschirmt und beschützt dich.

Eile nicht, sondern höre, was der Geist dir zu sagen hat: **„Ich hab dich lieb,** spricht der Herr!"

Du hast Angst in dieser Welt. **Warum?** Glaubst du mir nicht? Siehe, ich habe die Welt überwunden!

Der Heiland **sorgt für dich**, täglich und neu! Es ist kein Freund wie er, glaube ihm nur.

Handle, so wie du geredet hast!

Höre auf mein Wort und fürchte dich nicht, denn den Weg, den ich dir zeige, **den sollst du gehen!**

Ich will dir meine Liebe zeigen! **Du sollst dich freuen!**

Schaffe in dir ein reines Herz, dann wirst du **vollkommen** werden, gleich wie dein Vater im Himmel vollkommen ist.

Deine Träume sind Wünsche, an die musst du **glauben,** dann werden sie sich auch erfüllen!

Weine nicht! Dein Vater im Himmel **wacht über euch alle.**

Geh deinen Weg mit Jesus, er führt dich **nach Hause, ins Vaterhaus.**

Kein Schritt, den du gehst, ist mir verborgen. Darum wandle danach!

Gedankensplitter
Der große Unterschied zwischen uns und anderen Menschen besteht nicht darin, dass wir von allem verschont bleiben, sondern dass wir in den Unbilden des Lebens **uns anders verhalten** Wenn zwei Einheiten einer dritten gleich sind, dann sind sie untereinander gleich Ap. Köhler

Der liebe Gott hat uns nicht aufgefordert, Kenntnisse zu erwerben in den Universitäten und Seminaren, er hat uns ermahnt, **auf seine Gebote zu achten.** UF 1/85.

Worte können Stacheln gleichen, **die den anderen verletzen**, die ins Herz des anderen treffen.
Worte können Brücken gleiche, können Gräben überspannen und **den Weg zum andern bauen.**
Worte können Händen gleichen, sich dem Feind entgegenstrecken, und dann endlich Frieden machen. Herr, gib uns Worte der Liebe!

Der Kluge eilt der Zeit voraus, der Unkluge stellt sich ihr entgegen.

Manchmal erkennst du deine Freunde nicht, auch wenn sie die ganze Zeit bei dir sind.

Wer sagt denn, dass der Mensch nicht voran kommt, auch wenn er **„scheinbar"** rückwärts geht?

Wenn man sich in einem Gespräch nicht einigen kann und es sogar zum Streit kommt, sollte man beim Auseinandergehen sagen: „Wenn wir uns jetzt nicht einigen konnten, so liebe ich dich auch weiterhin."

Aber das, was größer ist als wir, **lehrt uns zu leben!**

Aber wie soll man denn das machen, dass jeder alles hat, was er braucht?
Man soll tun, was Gott gebietet! Und Gott gebietet, **dass man alles mit seinem Nächsten teilt!**
Gebt denen, die hungern von eurem Reis, gebt denen, die leiden von eurem Herzen!
Oft sind unvernünftige Gründe, die helfen, besser als vernünftige, die nicht helfen!

Die Engel Gottes behüten die Kinder Gottes. Die Nichtchristen haben recht, wenn sie sagen: wir haben nie etwas vom Schutz der Engel bemerkt.

Meine Art Liebe zu zeigen, das ist ganz einfach Schweigen. Worte zerstören, wo sie nicht hingehören! Schließ mich in die Stille ein, lass mich einfach bei dir sein.

Hab` mich lieb, singt der Wind immer wieder, hab` mich lieb, singt der Vogel im Baum.
Jede Blume, die irgendwo blüht, singt schon am

Morgen mit dir dieses Lied.
Hab` mich lieb, heißt das Lied aller Lieder.
Hab` mich lieb und **lass mich nicht allein!**
Hab` mich lieb, singt der Wind,
hab` mich lieb, sagt ein Kind
und **lass mich bei dir sein!**

Alles, was nicht in unseren Kopf geht, geht durch unser Herz und das ist oft schmerzhaft. Alles Leid dieser Erde, von Menschen gemacht, geht nicht in meinen Kopf, aber durch mein Herz **und das schmerzt.**
Wenn wir glauben, dass wir das Werk Gottes so führen können, als lenkten wir eine Firma, d.h. mit ganz menschlichen Methoden, nur das Ziel religiös ausgerichtet, dann haben wir uns geirrt! **So erreichen wir nicht den Himmel!**

Der Weg der Geradlinigkeit ist voller Steine, an denen man sich stoßen kann oder die man überwinden kann! 26.05.1993 H.D.

Wenn mein Nächster nicht mehr spürt, dass ich ihn liebe, dann muss ich meine Liebe größer werden lassen!

Wenn ich meine Sprache verbessere, verbessere ich meine Seele!

Wir sind Zisterne und müssen uns aus der Quelle des Apostelamtes zufließen lassen, was wir geben sollen. Ap. Köhler

Geben kann nur, wer hat; keiner kann mehr geben, höchstens weniger! Verfall beginnt mit der Verwässerung und der Scheu, dagegen Stellung zu nehmen. Ap.Köhler

Es gibt nicht jeden Tag ein Fest, doch kommt`s denn darauf an?
Hältst du die kleinen Dinge fest, bist du viel besser dran, ein Vogel, der im Zweige singt, ein Kind, das fröhlich lacht, ein Lied, das unser Herz beschwingt, **ist das was Freude macht.**

> BLUMEN FRAGEN NICHT, WO UND WIE SIE BLÜHEN SOLLEN, SIE HABEN ES IN SICH.
>
> DEIN GLÜCK MUSS IN DIR SELBER WURZELN, DAMIT ES UNVERLIERBAR WIRD.
>
> ELMAR GRUBER